光文社文庫

月の光の届く距離

宇佐美まこと

光　文　社

目次

月の光の届く距離

私の赤ちゃんへ

この手紙を読んでいるあなたは、今何歳ですか？

きっと可愛《かわい》らしい女の子になっていることでしょうね。ママがこれを書いている時は、まだあなたはママのお腹《なか》の中にいます。

あなたがママの子どもとして生まれてきてくれて、とても嬉《うれ》しいです。

ママは今、十七歳です。あなたがこの世に生まれてくるまでに、たくさんの人に助けられました。ママにとっても愛《いと》しい存在ですが、あなたはたくさんの人に愛されて生まれてくるのです。どうかそのことを忘れないで。

ママはパパとは別れてしまったけど、パパも今、どこかでもうすぐ生まれてくるあなたのことを思っていると思います。ちゃんとした家族であなたを迎えられなくてごめんなさい。

でも家族の形はいろいろです。私たちは太陽のような明るい光では、あなたを包み込んであげられない。だけど夜になって空に月が出て、あなたをそっと照らすことがあったら、それはあなたへの私たち家族の愛だと思ってください。

私たちは、いつも月の光の届く距離にいます。

ママより

第一章　夜の踊り場

空に満月が出ていた。

立ち並ぶビル群の上から、クリーム色のまろやかな光を投げかけている。

少しの欠けもない真ん丸の月だ。きれいだな、と美優《みゆ》は思った。こんなふうに夜空を見上げたことなんか長い間なかった。

死ぬ直前に美しい満月を見ることに、何か意味があるのだろうか。

ビルの下から風が吹き上げてくる。腰を下ろしたコンクリートが冷たい。屋上にある高置水槽の基礎部分に座っているのだ。こうして何時間経《た》っただろうか。しだいに体中が冷えてくる。

ふいにお腹《なか》の中の子が動いた。ぐぐぐっと内側からお腹を押してくる。美優はお腹に手をやった。

ごめんね、産んであげられなくて。

次はもっと強いママのところに生まれておいで。

でもママは、一人でもどうにかあなたを産んで育てられないか一生懸命考えたんだよ。交際相手だった准也《じゅんや》には妊娠がわかった途端に去られ、両親からも責められて家から追い出されても、美優はたった一人で頑張ってきたのだ。

だけどもう疲れてしまった。

体の中心を貫いていた芯が、ぽきりと折れてしまった。

美優が飛び下りようとしているビルは、八階か九階建てだ。マンションではなくて古いオフィスビルといった感じだった。鉄製の非常階段が屋上まで通じていたから、ふらふらと上ってきた。家を出てから持ち歩いていたキャリーバッグは重いので、持って上がれなかった。

また赤ん坊が動いた。

バカな母親に道連れにされて、殺されてしまうのはたまらないと全身で抗議をしているのだろうか。

美優はふらりと立ち上がった。屋上の周りに巡らされたフェンスに歩み寄る。そう高いフェンスではない。ところどころ錆《さ》びて歪《ゆが》んでいる。屋上なんかに人が上ってくることもないのか、おざなりに付けたもののようだ。ここをよじ登るのは、わけはないだろう。たとえ妊娠中の身でも。

フェンスに手をかけて、もう一度夜空を見上げた。

優しく丸い月が、愚かな女の子を見下ろしていた。軽い気持ちで付き合った同級生の男の子と深く考えることもなく体を重ねた。当然の結果として妊娠をした。そして今は自分で命を絶とうとしている。お腹に宿った命もろとも。

ついこの間まで平凡な女子高生だったのが、嘘《うそ》のようだ。

明るい満月の光を浴びて、美優は自分に問いかけた。

本当にいいの？

いいよ、ともう一人の自分が答える。ここから飛び下りたら、それで何もかも終わりにできる。自分が犯した決定的な間違いを、消しゴムで消すみたいになかったことにしてしまいたかった。

屋上から見る地面は、闇の中に没して見えない。

美優は大きく息を吸い込んだ。両脚を軽く振ってサンダルを脱ぐ。裸足《はだし》になった片足を、フェンスにかけた。ぐっと腕に力を入れる。

どうか今は動かないで、とお腹の子に語りかけた。

「ねえ！」

唐突に背後から声をかけられた。

美優はぎょっとして動きを止めた。そろそろと振り返る。

美優のすぐ後ろに幼い女の子が立っていた。伸び放題の髪の毛が、風に嬲《なぶ》られて巻き上がっている。美優は固まった姿勢のまま、その子をまじまじと見た。

痩せた子だ。頬もこけているので、大きな目だけがぎょろりと目立つ。きっと自分は幻を見ているのだと思った。満月の魔法が地上に届いて、いもしない子どもを見せているのか。それともお腹の中の子がかりそめの姿で現れて、母親を止めようとしているのか。とにかく到底現実とは思えなかった。

「ねえ、何か食べるもの持ってない？」

五歳かそこらの女の子は、はっきりした声でそう言った。

「え？」つい問い返してしまう。

「ないの？」

女の子は不満そうに口をとんがらかした。美優はまだフェンスをつかんだままだ。

「じゃあ、お金ちょうだい」

女の子は片手を突き出した。小さな手のひらを見て、ゆっくりと唾を呑《の》み込む。地上をはるかに離れた屋上が、急に気味の悪い場所に思えた。この子は妖魔か何かではないか？今まさに死のうとしているというのに、何かを怖がる自分が滑稽だった。よく見ると、屋上に続く階段室の扉が開いている。そこからぼんやりとした蛍光灯の明かりが漏れていた。

この子は、あそこから出てきたのだ。人が住んでいるビルには見えなかったが、ここの住人なのだろう。気が張っていたから、物音に気がつかなかった。美優はほっと体の力を抜いた。フェンスにかけていた足も下ろして、女の子と向き合った。

でもこんな夜中に幼児が屋上に出てくるなんて、ちょっとおかしい。

その時、非常階段を駆け上がってくる足音がした。ガンガンと大きな音に、また美優は体を強張《こわば》らせた。一人ではない。二人の足音だ。

黒い影が屋上に現れた。

「サクラ!」

若い女の声がした。呼びかけられたのは、美優の後ろにいる子だ。嬉《うれ》しそうにそっちに走り寄っていく。

「姉ちゃん!」

弾丸のように飛び込んでいった子を受け止めたのは、美優とそう年の変わらない少女だった。少女は美優に気づいたふうもなく、女の子を抱き締めて振り返った。

まだ非常階段の足音は響き渡っている。階段を、また別の人物が駆け上がってきた。

「麻奈美《まなみ》ちゃん!」

麻奈美と呼ばれた少女は、妹の手を引いて階段室に逃げ込もうとした。追いかけてきたのは三十代後半くらいの女の人で、彼女は素早く麻奈美に追いついて腕を引っ張った。

「放してよ!」

麻奈美はすごい形相で女性を睨《にら》み、腕を振りほどこうとした。女性はつかんだ手を離さない。

「ちょっと、ちょっとでいいから私の話を聞いて」

「うざいんだよ！　ほっといてよ！」

「ほっとけない！　ほっとけないからこうして来たんでしょ」

二人は屋上でもみ合いになった。サクラが「うわーん」と大きな声で泣いた。泣きながら女性にむしゃぶりついていく。

「姉ちゃんを放してよう！　あっちへ行ってよう！」

美優には何が起こっているのかわからない。自分が今、自殺しようとしていたことも忘れて、茫然《ぼうぜん》と立ち尽くしていた。

「あんたなんかにぐちゃぐちゃ言われることないよ。あたしは誰にも迷惑をかけてないんだから」

「でもあんなことしてお金を稼いでいるじゃない。学校にも行ってないんでしょ？」

麻奈美はいきり立って暴れ回り、とうとう女性の腕を振りほどいた。しかし、もう逃げる気がなくなったのか、サクラの肩を抱いたまま、女性に向き合った。対峙《たいじ》した二人は肩を上下させ、息を整えている。

「そうだよ！　それがどうしたのよ。親があたしたちにご飯を食べさせてくれないんだから、こうするよりしょうがないだろ？」

女性は何か言い返そうとしたが、言葉が見つからないようだ。麻奈美は勝ち誇ったように咆《ほ》えた。

「あたしとサクラと、生きていくためにお金を稼がないといけないんだよ。あんなハゲ親父《おやじ》に体触らせてやってさ！　あいつらだって、あたしみたいな中学生にいい思いさせてもらってウハウハ喜んでいるんだからね。ちょっとぐらい多めにお金もらったっていいじゃん」

「麻奈美ちゃん！」

女性の口から悲鳴のような声が絞り出された。それに少女はさらに嚙《か》みつく。

「ホテルに連れ込まれそうになるのを、うまくかわして逃げるんだって大変なんだよ。あんなスケベ親父に無理やりヤラレるなんて、そんなドジはやらないよ」

「でもさっき、あなた男の人の財布を盗んだでしょ？」

「それがどうしたんだよ！」

麻奈美の口調はだんだん乱暴になってくる。

「警察に通報されたら――」

麻奈美は「へんっ！」と鼻で笑った。

「そんなことするわけないじゃん。そんなことしたら、自分が十五歳の少女相手にわいせつ行為を働いたことがバレるじゃん。絶対黙ってるよ。家に帰ったら、あたしくらいの娘がいたりするんだよ、あの親父」

またサクラが「うわーん」と泣き声を上げた。

「姉ちゃん、お巡りさんに連れていかれるの？　ヤダヤダヤダ。お金なんかいらないよう！　お金なら、あの人がくれるって」

サクラが美優を指差した。麻奈美と女性は、揃《そろ》って美優の方へ首を回した。初めてそこに別の誰かが立っているのに気がついたようだ。

口を半開きにした麻奈美と、不審げに目を細めた女性とに見詰められて、美優は縮み上がった。いったい何が起こっているのだろう。殺風景な屋上で繰り広げられる騒動は、まるで現実味がなかった。

だけど、あの女性には見憶《みおぼ》えがある。新宿《しんじゅく》でたむろしていた若い女の子たちにチラシのようなものを配っては、声をかけていた人だ。

そこまで考えると、くらりと眩暈《めまい》がした。

「あっ！」

女性の声が響いた。それを境に、美優は真っ白な世界に吸い込まれていった。

救急車のサイレンを聞いた気がする。

途切れ途切れの意識の中で、「大丈夫?」「しっかりして」と言う女性の声を聞いていた。目を開けたいのに、それをどこか拒絶する自分がいた。このまま眠っていたい。もう一人の自分が訴えている。このまま死んでしまえたら――。

記憶のテープが巻き戻されている。

「ごめん、悪いけど――」

准也が青白い顔でうつむく。美優の顔を見ずに呟《つぶや》く。

「悪いけど、俺、やっぱ大学へ行きたいからさ」

体が震えた。私だって大学へ行きたいよ。でも何もかもがおじゃんになった。こんな目に遭うのは私だけ? 妊娠してしまった私が悪いわけ?

「いいよ。じゃあ、私が一人で産んで育てる」

とがった声をひねり出す。それまでそんなこと、思ってもいなかったのに。

娘の妊娠を知って、激昂《げきこう》した両親にも同じセリフを吐いた。

「もうお前はうちの子じゃない。出ていけ!」

声を荒らげた父の後ろで、母は泣き崩れていた。

あれも今思い出すと、なんだか現実じゃない気がする。何もかも夢の中の出来事ではないのか。目が覚めたら、自分の部屋で眠っているのではないか。花柄のベッドカバーのかかったベッドで朝を迎えるのだ。壁には、高校の制服がきちんと掛けられていて、美優が手を通すのを待っている。

そうだ。そうに違いない。

美優はそっと微笑《ほほえ》んだ。そしてようやく目を開く。

真っ白い天井が見えた。素っ気ない石膏《せっこう》ボードをしばらく見詰めて、息を吐く。

やっぱり眠ったままでいたらよかった。夢の中でたゆたっていたかった。ゆっくりと周囲を見渡してみた。ベッドの上にはいるが、もちろん自分の部屋ではない。ベッドの周りはカーテンが巡らされているから、部屋の様子はよくわからない。だが、病院のベッドに寝かされていることは理解した。

廊下を行き来する人々の密《ひそ》やかな気配がする。

死ねなかった――。

はっとしてお腹に手を当てた。かすかだが、胎動を感じる。安堵《あんど》の息をついた。ついさっきまで、この子を殺そうとしていたのに。

安心したら、また眠くなってきた。この数日間、ろくに眠っていないのだ。

美優は目を閉じ、夢の中に逃避した。

准也の夢を見た。高校の同級生で、一年生の夏休み明けに告白された。そうやって付き合い始めた。

高校があるのは、杉並区阿佐谷北《あさがやきた》だったから、学校帰りに地元の商店街を並んで歩いた。丸ノ内線《まるのうち》南阿佐ケ谷《みなみあさがや》駅の近くのすずらん通《どお》り商店街とかパールセンター商店街とかを。ただそれだけのことが嬉しかった。そうした何気ない毎日が、卒業するまで続くと思っていた。

いったい何がいけなかったのだろう。准也とセックスしたこと？　でもそんなこと、誰だってやってる。彼が望むことを自分も望んだだけだ。とても自然なことだった。避妊だってちゃんとしていたのに。

体に変調が現れたのは、二年生に進級する少し前だった。ほんのちょっとしたことだ。匂いが鼻につくとか、熱っぽいとか、そのくらい。もともと生理不順だったし、大柄だった美優は、妊娠などには思いが至らなかった。きちんと避妊していると過信していたのだ。毎年の花粉症で起こる不快な症状に紛れて、そのちょっとした変調を見落とした。

嫌な予感に導かれ、学校帰りに妊娠検査薬を買ったのは、ゴールデンウイークの直前だった。夜、両親が寝静まった家で、美優はテストスティックの判定窓に目を凝らした。陽性を示す赤紫の線がくっきりと現れていた。深夜のトイレの中で、まじまじとその線を見詰めた後、部屋に戻った。動悸《どうき》が激しく、眠れなかった。悶々《もんもん》としたまま、連休をやり過ごした。学校が始まるまで、誰にも相談できなかった。ただ怖かった。自分の体に異変が起こっているということが、信じられなかった。

准也はその事実を知ると、逃げ腰になった。あれほど親密にしていたのに、明らかに美優を避けるようになった。その変わりようにショックを受けた。

悩んだ末に打ち明けた親の反応はもっとひどかった。父親は怒り狂い、母は美優を引きずるようにして産婦人科に連れていった。そこで妊娠二十三週だと告げられ、もう人工中絶ができる期間を過ぎていると言い渡された。頭の中が真っ白になった。何も考えられなかった。エコー検査をされた時の「ゴッ、ゴッ、ゴッ」という胎児の心音、それから「ザーッ」という血流の音だけが頭の中で響いていた。

「予定日は九月の下旬だね」

医者の言葉が何を意味するのかさえもわからなかった。妊娠の事実を受け入れられなかった。お腹が出ているという感じはしなかったし、胎動を感じることもなかった。普段と変わりなく生活を送っていたのだ。

美優の隣で母、貴子《たかこ》も言葉を失っていた。

堕胎できないと知った父はさらに激怒して、美優を詰《なじ》った。あの晩投げつけられた言葉の一つ一つが、美優を切り刻んだのだった。両親にとっての愛すべき一人娘、都立高校に通う平凡な女子高生が消えてなくなった晩だった。

嫌な夢だった。

目が覚めるとびっしょりと汗をかいていた。ベッドの横に誰かが座っている。一瞬、母かと思った。だがすぐにそんなはずはないと思い直す。自分は家を追い出されたのだ。味方になってくれると思った母は、結局父に同調して、娘を責め立てたのだった。

「どう？　体の具合は」

声がする方向に頭を向けた。ビルの屋上へ女の子を追いかけて駆け上がってきた女性だ。ワンレングスの髪の毛と、ふっくらした頬。目がいくぶん離れていて、そこがどことなく愛嬌《あいきょう》のある印象だ。童顔だけど、やっぱり年は三十代後半から四十歳そこそこというところだろう。

「あなた、気を失ったのよ。だから救急車を呼んだの」にっこりと笑いかけてくる。「でも大丈夫。軽い貧血を起こしただけだって」

お礼を言うべきか。自殺を止めてくれてありがとうございましたと。

「妊婦さんには、時々現れる症状なんだって」

大きな二重《ふたえ》の瞳で真っすぐに見詰められた。何もかも見透かされている気がした。それでも、女性はただ柔らかに笑っているだけだった。

「私、野中千沙《のなかちさ》っていうの」

バッグを開けて、名刺を取り出した。それを差し出されて、反射的に受け取った。

美優も名前を名乗った。手当を受けたこの病院にも告げなければならないとのことだ。

「柳田《やなぎだ》美優ちゃんね」

千沙は手帳を取り出して、名前を書き留めた。千沙が看護師と話している間に、美優は名刺に目を通した。『ODORIBA』という文字が目に飛び込んできた。その下に、代表として野中千沙の名前がある。

「これ……」

「あ、これね、私が仲間と運営している団体なの。NPOの」

戻って来た千沙から、続けてペーパーを一枚渡された。この前、新宿で配っていたチラシのようだ。「あなたは一人じゃないよ」とある。引き込まれた。知らず知らずのうちに、目が文字を追う。

「そんなに急ぐことないよ。疲れたらちょっと休んでみたらどう？　黙って座っているだけでも、話をしても、どっちでもいい。たいしたことはできないけど、私たちはそれぐらいの場所は差し出してあげられる。人生という長い階段の途中の、ここは『踊り場』です」

東京の歓楽街をさまよう未成年の少女たちに向けてのメッセージだった。家出したり、家庭の事情で居場所や生活費を得る手立てを失った子らを支援している団体だとあった。それを読んで、屋上の女の子二人に対して取った行動の意味がわかった。

「あの、あのビルの屋上の女の子たちは？」

「麻奈美ちゃんとサクラちゃんね」

千沙は目を細めた。

「あなたがあそこで倒れた時ね、麻奈美ちゃんはすぐに動いたの。私が救急車を呼んでいる間に、階段室からバスタオルを持ってきてあなたの頭の下に当てたり、自分の上着をかけてくれたりね。『この人、お腹が大きいよ』って気がついたのも麻奈美ちゃん。あの子、ほんとはよく気がついて優しい子なんだ」

救急隊員が到着した時、サクラが美優の脱ぎ飛ばしたサンダルを持ってきてくれたそうだ。それを麻奈美が、救急車のストレッチャーの足下にそっと置いてくれたという。

「麻奈美ちゃんはあなたをかいがいしく看病して、何かを感じ取ったんだと思う。誰かの役に立てるってことを実感したのか、素直な心を取り戻して突っ張ることをやめたのか。とにかくあの後、すんなり児童相談所に行くことを了承したから」

どんなに説得しても逃げ回ってきた麻奈美の心を変えたのは、あなただよ、と千沙は続けた。

「だから、美優ちゃんには感謝してるんだ」

それは逆だ。サクラという子が声をかけてこなかったら、美優はあそこから飛び下りていたことだろう。中学生の女の子が、美優のお腹の子を気遣ってくれたということも、胸に突き刺さった。何か運命的なものを感じた。

「どうしてあの二人はあんなところに？」

千沙は少しだけ迷った挙句、口を開いた。

「麻奈美ちゃん姉妹はね、両親からちゃんと養育してもらえないの。育児放棄ね。だから児童相談所が関わってきたんだけど――」

麻奈美は児童相談所に保護されてどこかへ連れていかれるのを嫌っていて、親のいないアパートの一室で二人で暮らしていた。親は気まぐれに戻って来てはいたようだ。そのうち家賃滞納で追い出され、姉妹は姿をくらましてしまったらしい。

「それで二人であのビルの階段室に住みついていたみたいなのよ」

非常階段を上っていって、鍵のかかっていない階段室へ入り込んだ。空き室も多い古びたビルの階段の最上部に子どもが二人住みついているなんて、誰も考えなかった。

「で、麻奈美ちゃんが夜の街に出て、生活費を稼いでいたのよね」

あの時の会話を聞くと、どんなことをしていたのかは容易に窺《うかが》い知れた。それを千沙が見つけて追いかけてきたというわけか。

「麻奈美ちゃんは、大人を信用していなかった。大人は皆自分たちを傷つけると思い込んでいて頑《かたく》ななの」

千沙は目を伏せた。しかしすぐにぱっと顔を上げた。瞬時にくるくると表情を変える千沙に見入ってしまう。

「すぐに別のボランティア団体を呼んで、あの二人を保護してもらったの。児童相談所にも連絡を取ってもらった。明日には落ち着き先が決まると思う。あそこであなたや私に力を貸してくれたでしょう？　だから二人ともおとなしく言うことを聞いてくれたんだと思う」

ほっとしたように千沙は言った。それからまた美優に「ありがとうね」と告げた。

何と答えていいのかわからなかった。自分が役に立ったとも思えない。この十日ほどで美優が見聞きしたことは、今までのように高校生活を送っていたのでは、到底知り得ないことだった。

「あなたの荷物、回収しておいたわ」

千沙の明るい声に我に返る。

もういらないと非常階段の下に捨て置いたキャリーバッグ。死ななかった今は、またあれが必要になったということか。

――ねえ、何か食べるもの持ってない？

幼い子がかけてきた言葉が蘇《よみがえ》る。これほど多くの人がいる都会の中で、あの姉妹はどこからも救いの手を差し伸べられず、必死で生きようとしてきたのだ。中学生の姉は妹を食べさせるために、自分の体を商売道具にしていた。肉親を養うってどういうことだろう。

——いいよ。じゃあ、私が一人で産んで育てる。

あれは単に意地から出た言葉だった。自分には、麻奈美のような覚悟も力もない。その上お金もない。病院の支払いをすると、さらに乏しくなった。

「おうちに帰る？」千沙に問われて、首を振った。

「そう」

この人は私があの時、飛び下り自殺をしようとしていたと気づいている。背負った複雑な事情もだいたいは予想がついているのではないか。美優は確信を持ってそう思った。しかし千沙は、それ以上は踏み込んでこなかった。

「いいわ。じゃあ今日はうちに泊まってよね」とさらりと言う。

「え？」

「もう遅いでしょ？　これからのことはまた明日考えましょう」

千沙はそのつもりで、美優のキャリーバッグを自分の家に運んであるのだと言った。チラシにあった文言を思い出した。

——人生という長い階段の途中の、ここは『踊り場』です。

NPOはよくわからないが、この人の団体は、麻奈美のように深夜徘徊《はいかい》や売春などの問題行動を起こす若い子らを保護しているのだろうとは推測できた。その中に、自分も入れられてしまったということか。いや、充分にその資格はあるだろう。実際、美優には帰るところがないのだから。

戸惑っている美優を尻目に、千沙は病院での手続きを済ませた。こういうことにも慣れているといったふうだ。

「『ODORIBA』は渋谷《しぶや》にあるの。うちもそこの近くだから」

スマホを出して時計を確かめると、もうすぐ午前一時だった。こんな時間まで付き合ってくれるとは。ビルの屋上で倒れた美優のために救急車を呼び、それから麻奈美姉妹をボランティア団体に託し、キャリーバッグを回収した後、またこの病院に駆けつけてくれたのだろうか。

とんでもない仕事量だ。その上に、どこの誰とも知れない今日知り合ったばかりの子を自宅に泊めようとしている。

「さあ、行きましょう」

千沙に促され、美優はベッドから下りた。ふらつく美優を千沙が支えてくれた。

まだよくこの人のことがわからない。『ODORIBA』の正体もいまいち理解できない。

しかしあれこれ考えるのが億劫《おっくう》なほど、美優は疲れ果てていた。だから、病院前でタクシーに乗った千沙の隣に体を滑り込ませた。

渋谷のどこなのか、見当がつかなかった。タクシーの窓の外を見る気にもなれなかった。ものの十五分ほどで、千沙の住まいだというマンションに着いた。案外静かな住宅街の中だった。茶色のタイルが壁全体に貼られたマンションで、都会の真ん中にあるにしては小ぢんまりした印象だった。エレベーターの階数表示では、八階建てのようだ。

千沙は五階で降りた。外廊下を、足音を忍ばせて歩く。一番端の五〇一号室が、彼女の部屋らしかった。千沙は、ドアを片手で押し開いた。鍵はかかっていなかった。

「ただいまあ」

廊下で美優は硬直した。てっきり千沙は一人暮らしだと思っていたのだ。

「お帰り」

出てきたのは、千沙と同年齢くらいの男性だった。美優はぎょっとして立ち止まった。まさか男性がいるとは思わなかった。狼狽《ろうばい》し、このまま逃げてしまおうかと考えた。だが、美優の持ち物全部が入ったキャリーバッグが廊下の先に置いてあるのが見えた。あれがないと、生活に困る。

「どうしたの？　入って入って」

がっちりした体格の男性を指して「うちの旦那、陽平《ようへい》」と千沙は言った。

「こんばんは」

すっかり面食らった美優に、陽平はぺこりと頭を下げた。

「あのう、いいんですか？」

「いいよ。上がってよ。うち、こういうこと、しょっちゅうだからさ。気にしなくていいよ」

気のよさそうな陽平がスリッパを出して揃えてくれた。逡巡《しゅんじゅん》したのはわずかな時間だった。この夜更けに、また街にさまよい出る気力はなかった。

「この部屋にお泊まりの一式が揃ってるから」

リビングダイニングに面した引き戸を引いて、千沙が美優のキャリーバッグを渡してくれた。たまにこうして女の子を泊めてやっているのだろうか。

「お腹空《す》いてる？　何か作ろうか？　たいしたもんはできないけど」

陽平がキッチンから声をかけてくる。

「いえ」

「何か作ってもらいなさいよ。陽平、コックなの」

「うん。だから僕もちょっと前に帰って来たとこなんだ」

「じゃあ、夜食三人前」

ぽんぽんと言い合う二人に押されて、小さなダイニングテーブルに座った。陽平は手早く中華粥《ちゅうかがゆ》を作ってくれた。それを三人で食べた。インスタントだという貝柱スープが胃に沁《し》み渡った。鶏のささ身とチンゲン菜の具だけのシンプルなものだったが、美味《おい》しかった。

誰かとものを食べるということが、こんなに食欲をそそられるものなのか。今まで当たり前と思っていたのに、孤独を味わった後ではそれがよくわかった。

「じゃあ、お風呂に入ってよ。布団は押入れ。勝手に出してね」

もう困惑とか遠慮とかをすることが無意味だと思えてきた。おかしな感覚だった。湯船に浸《つ》かると、お腹が前に突き出しているのがわかった。これからは、妊娠していることを隠せない。諦めの気持ちでそう思った。

もう覚悟を決めなければならない。母親になるという覚悟を。さっきは発作的に死のうとしたけど、冷静に考えたら一時的な感情に突き動かされた愚かな行為だったとわかる。もうあんなことはしない。ちゃんと産んで、ちゃんと育てよう。そうすることが、自分を追い出した両親や、さっさと背を向けた准也を見返すことになるのだ。シングルマザーで子育てをしている人はたくさんいる。きっと自分にもできるはずだ。ここで千沙と出会ったのは、そういう道筋の一端をつかんだということだ。そうに違いない。

部屋に入って布団を敷いて一休みした後、歯ブラシを持って洗面所に行った。洗面所は風呂場の前にある。脱衣所の引き戸が半開きになっていた。脱衣所には風呂から上がったばかりの千沙がいて、バスローブを羽織っていた。

「いいよ。歯磨きして」出ていこうとした美優にそう言った。「美優ちゃん、洗濯物一緒に放り込んどきなさいよ。今から洗濯機回すから。寝てる間に乾燥までできるよ」

この数日間で汚れ物が溜《た》まっていた。慌てて部屋に戻ってそれを取ってきた。ドラム式の洗濯機に千沙が入れてくれた。かがんだ千沙のバスローブの襟首から、背中が見えた。はっと息を呑む。千沙の背中には、刺青《いれずみ》があった。よくは見えないが、かなり大きなもののようだ。いったいこの人はどういう人なのだろう。まっとうな人じゃないのだろうか、安易に心を許してはいけない人なのか。洗剤を入れてスイッチを押す千沙に背を向けて、歯を磨いた。

千沙は鼻歌を歌いながら、洗面所を出ていった。

寝床に入った美優は、夢も見ないで朝まで熟睡した。

翌朝、千沙と一緒に『ODORIBA』まで歩いて行った。陽平はまだ寝ているらしい。

「うちはいつもこんなふうなの。お互い、やりたいようにやってる」

ふふふ、と千沙は笑った。

明るくなると、周囲の様子がわかった。『ODORIBA』は、よく遊びに行っていたセンター街《がい》やパルコとは離れた駅の東、金王八幡宮《こんのうはちまんぐう》の近くの雑居ビルの三階だった。ドアの上の小さなガラス窓に『ODORIBA』と目立たないプレートがかかっていた。その部屋に招じ入れられた。無機質なビルの様相とは違って、中は観葉植物や布小物を多く使ったインテリアになっていた。

形の揃わないソファや椅子が丸いテーブルを囲んで置いてあった。テーブルは木製で、可愛《かわい》らしいランチョンマットが載っている。椅子の一つに、美優はおずおずと腰を下ろした。

千沙が淹《い》れてくれたココアを飲みながら、部屋の中を観察した。

部屋の大きさは十畳ほど。真ん中にでんと丸いテーブルがある。壁にくっつけて畳が三枚敷いてあった。壁にはパステルカラーの風景画がかかっていた。観葉植物で仕切った向こうに、小さなシンクがあるようだ。奥にドアがあるから、もう一部屋あるのだろう。ここは集いの場とでもいう風情だ。

窓の下に低い書棚が設《しつら》えてあって、小説やアニメの本がたくさん入っていた。腰の高さの書棚の上には、ぬいぐるみや花瓶、陶器や木彫りのオブジェなどが飾ってあった。千沙と交わす言葉も思いつかず、美優はその一つ一つを見ていった。ある木彫りに目が留まった。人の首から上の彫像《ちょうぞう》に見えた。おかっぱ頭の女の子か。だが、顔の真ん中に鼻らしき隆起があるきりで、目も口もない。ノミで削ってヤスリをかけただけのような粗い造りのものだ。目も口もないのになめらかな凹凸があるので、優しい印象だ。

これは未完成な作品なのだろうかと美優は思った。

「その子、どんな表情に見える？」

千沙に尋ねられ、もう一回見直した。しばらく考えた挙句、「遠くの方を見て、何かを探している顔、かな」と答えた。

「そう」

「ここ、何をするところなんですか？」

つい尋ねてしまう。NPO団体の事務所だと思って来たら、想像とは違っていた。

「ここ？　ここはね、まあ、誰でも気が向いたら来てしゃべって、お茶をして、昼寝して、ぼんやりしたり本を読んだり、ゲームをしたり。そして元気が出たら帰っていくとこ」

腑《ふ》に落ちない顔をしていたのだろう。美優の方を向いて、千沙はにっと笑った。

「それじゃ、訳わかんないよね。私とスタッフとは、毎晩交代で夜の街を歩き回って、女の子に声をかけてるの。主に渋谷と新宿のね。初めはそれだけだったけど、居場所を作りたいと思って、ここを開設したわけ」

「つまり、あなたは補導をしているんですか？」

「いや、そんなんじゃないの。ただのお節介おばさん」また千沙は笑った。「具体的に言うと、行き場がなくて深夜徘徊をしている子の話を聞いて、一緒に問題を解決できないか考えるの。でも私たちはたいしたことはできない。学校の先生でも警察でも福祉司《ふくしし》とかでもないし」

千沙は手の中の空のカップをぐるぐると回した。

「その子が抱えている問題がわかれば、それを解決してくれるところにつなぐことはできるから。都や区の福祉関係部署とか、民間の団体とか、弁護士さんとかね。そういうところに落ち着くまでのちょっとした腰かけなの、ここは」

「だから踊り場？」

「そういうこと」

ようやく『ODORIBA』のことも千沙のことも理解できた。美優を泊めてくれた時点で、もう千沙の人柄はわかっていた気がする。

美優は自分が抱えた問題を話した。都内の高校に通っていたこと。同級生の男子と付き合った挙句に彼の子を妊娠したこと。それを知った親、特に一人娘に対する父親の怒りは凄《すさ》まじかったこと。そこまで話すと、口に含んだココアがざらりと嫌な味になった。

さんざん怒り、嘆いた後、両親は頭を切り替え、急いで善後策を考えだした。そして導き出した結論は、美優をこっそり出産させ、産んだ子をどこかにやることだった。

母は自分の姉に頼み込んで、出産まで預かってもらうよう段取りを整えた。伯母《おば》夫婦は静岡に住んでいて、息子二人は県外の大学へ通っていた。そうやって遠くへやるのは、高校生の美優が妊娠したことを周囲から隠すためだ。

「学校には休学届を出しておくからね。一年遅れてでも学校に戻りなさい」

「赤ん坊は乳児院とか養護施設に引き取ってもらえ。養子に出すとか、いろいろ手はあるだろう」

「いい？　子どもを産んだなんて誰にも言ってはだめよ。伯母さんが向こうでうまくやってくれるから」

「相手の男とももう絶対に付き合うんじゃないぞ。本当なら責任を取らせるところだが、そんなことをしたら、お前の恥が周りに知れてしまうからな」

「あなたが恥ずかしい思いをするだけじゃないのよ。お父さんの仕事にも差支えがあるだろうし、お母さんだって……」

恥？　これは恥ずかしいことなのだろうか。私が子どもを産むことは？

その時だった。お腹の中で赤ん坊が動いた。初めて胎動というものを感じた。自分の存在そのものが恥だと言われたことに反応したのか。この子を産もう。産んでちゃんと育てよう。初めてそう思った。父や母の都合で物事が決められていくことに、抗《あらが》う気持ちもあった。去っていった准也への当てつけもあったかもしれない。

とにかく美優は、両親に向かって叫んだのだ。

「そんなの嫌だ。この子は私が一人で産んで育てる」

烈火のごとく怒り狂った父親に出ていけと言われて、家を飛び出した。

「でも私には、行く当てはどこにもなかったの」

美優の話には、千沙はそう驚かなかった。

「彼とは別れてしまって、家にも戻れない、と」

念を押されて、いたたまれない気持ちになった。ついうつむいてしまう。お腹が目立つようになった。家から持ってきたスカートのウエストがきつくなっていて、慌てた。妊娠すると、着られる洋服も変わるのだということに、今まで気づきもしなかった。

家を出たのは、十日前だ。それからどうしてたのと訊《き》かれて、ネットカフェで寝泊まりしていたのだと告白した。何もかもここで吐き出してしまいたかった。こんな状況に陥って、初めて真剣に話を聞いてくれる人に巡り合った。

池袋《いけぶくろ》のネットカフェだった。実際問題として、手持ちのお金は乏しかった。一畳ほどのスペースで、寝起きするのは辛《つら》かった。それでもお腹の子は元気に動いている。自分の身の内で息づいているものに、愛着は感じられなかった。自分で産んで育てるなんて両親にも准也にも言い放ったけれど、それはこの子が愛《いと》しいからではなかった。そのことは自分が一番わかっていた。

ただ、親の言いなりになって子どもを取り上げられるのは嫌だった。冷たくなった准也にも、自分はきちんと子どもを産んだと知らしめたかった。その先のことまでは考えられなかった。ぐにゅりぐにゅりと動く子を手で押さえた。自分とはまったく別個の生き物がここにいる。自分の体の中に、自分では制御できないものを抱えている。恐ろしい感覚だった。

元の体に戻りたい。それは痛切に思った。子どもを産んで育てると宣言して家を出てきたのに、心は揺れ動いている。狭い空間で横になり、変な夢ばかりを見た。夜中に目が覚めると、涙で頬が濡《ぬ》れていることがあった。そのまま、声を殺して泣いた。

そんな時、知り合った女の子がいた。ドリンクバーで何度も顔を合わすうちに、向こうの方から話しかけてきた。ネットカフェに慣れずにおどおどしている美優に、何かと教えてくれるようになった。

曜子《ようこ》と名乗ったが、本当の名前かどうかはわからない。美優もでたらめの名前を教えておいた。年齢は美優とそう変わらないようだ。どこか退廃的な匂いのする子だった。普通なら決して口をきいたりしない類《たぐい》の子だったが、心細さに打ち負かされそうになっていた美優は、同年代の子が話しかけてきてくれたという事実が、純粋に嬉しかった。

親しくなったのは、曜子も家出をしてきたと言ったからだ。もう三か月ほど経つという。初めは友人宅に転がり込んだが、向こうがうっとうしがるようになって出てきた。

「それからはネカフェや漫喫《まんきつ》で寝泊まりしてんの」

こんなことをしていたらお金が続かないから、どうしようかなと思ってるんだと、軽い調子で言った。曜子は何度も家出を繰り返しているようで、こうした生活の成り立たせ方には通じているようだった。先輩顔で、美優にいろいろとレクチャーしてくれる。

街をうろついていると、十八歳未満の子は警察に職質されて補導される。そして家に強制送還されるのだと言う。「だから夜の繁華街をうろついてたらダメ」と言う曜子はやっぱり十八歳にはなっていないのだろう。曜子は、スパンコールに覆われた小さなポシェットからスマホを取り出した。

「今はね、お金稼ぐの、ほんとに難しいんだから。とにかく取締りが厳しいんだよ。出会い系サイトもアプリもサイバーポリスが見張ってんの」

曜子が言う「お金を稼ぐ」という方法がなんとなくわかった。この子は切羽詰まったら体を売っているのだろうか。曜子は不安げな顔をした美優をちらりと横目で見やった。

「一番いいのはさ、『神待《かみま》ち』すること。めんどくさくないし、いい人に当たったら、何日でも置いてくれるから」

「神待ち？」

曜子は、スマホから顔を上げた。その顔に「あんた、何も知らないんだね」と書いてあった。忙しくスマホを操作する。

「そう。ご飯食べさせてくれたり、家に泊めてくれたりする男を探すの」

あるサイトを表示したスマホを「ほら」と見せてくれる。それを受け取って、まじまじと眺めた。神待ち掲示板と呼ばれる、やっぱり出会い系サイトらしい。そこには多くの女性が「渋谷なう。誰かデートしてくれませんか」とか「自宅やホテルなど、お泊まりさせてくれる人いませんか？」「マジお腹空いたー！　ご飯食べさせてくれるヒト、ぼしゅうー!!」などという書き込みがあった。

「これなら、サイバーポリスにも引っ掛からないでしょ？　援交だとか、ウリだとか、そんなこと書いてないんだもん。こういうの、ただの神待ち案件って言うの」

曜子の言う意味がよく理解できなかった。

詳しい説明を聞いてぞっとした。「神」と呼ばれる男も、何の見返りも求めず宿や食事を提供するのではない。若い女性を求める男性と、手っ取り早くお金を稼いだり、どこかに転がり込みたい女性がマッチングするためのアプリなのだ。肉体の交渉は介在するということだ。お互いそれを了解した上で、こんなやり取りをする。形を変えた売春行為だ。

補導の対象になる十八歳未満の少女も、この中に紛れて相手を探すのだという。

「ね？　簡単だよ。ハルカちゃんもやってみなよ。ネカフェにいつまでもいらんないでしょ」

でたらめに教えた名前で、曜子は誘ってくる。黙っていると、代わりに書き込みしてあげようかと言う。急いで断った。そういう安易な方法に乗って、ふらふら生きている子じゃないとわからせたくなった。

「私、妊娠してるの。子どもを産んでちゃんと育てないと。だから、そういうんじゃなくて、きちんと仕事を見つけたいんだ」

気分を害するかと思った曜子は、感激したように美優のお腹を見た。

「そうなんだ。ハルカちゃん、えらーい。そんなら神待ちなんかしてる場合じゃないね」

　案外単純で気のいい子なのかもしれない。家出してから、ずっと誰とも口をきいていなかった。薄っぺらい会話でも、できることが嬉しかった。それからは、ドリンクバーで会うたびにしゃべった。曜子がコンビニでおにぎりやパンを買ってきてくれて、二人で食べることもあった。ある晩、曜子がファミレスに誘ってくれた。すっかり心を許した美優は、喜んでついていった。

「ねえ、ハルカちゃん、仕事を探してるんでしょ？　いい仕事、あるよ」

「ほんと？」

　ファミレスまでの道々、曜子が誘いかけた。

「うん。あたしの知り合いが紹介してくれたの。夜の仕事だけど、実入りは悪くないよ。話だけでも聞いてみない？　嫌なら断ればいいよ」

　ファミレスで待っていたのは、細身のスーツを着た若い男だった。彼の顔を見つけた途端、曜子はぱっと顔を輝かせた。

「公典《きみのり》君。こっちはハルカちゃん」

　両耳に銀のピアスが光っている。公典という堅い名前が、およそふさわしくない男だ。それでも人懐っこい笑顔に、なんとなくほっとする。せっかく仕事の話を探してきてくれた曜子にも悪いという気がした。曜子は無邪気にメニューを見ている。

「ハルカちゃん、いくつ？」

だけだった。

咄嗟《とっさ》に「二十歳《はたち》です」と答えた。まともに信じたのかどうか、公典は軽く頷《うなず》いただけだった。

「妊娠してるんだって?」

「はい」

「じゃあ、お金、いるでしょ?」

単刀直入にそう問われてコクンと首を縦に振った。

公典は、何もかも心得ているとでもいうようにまた頷く。曜子が頼んだのと同じハンバーグセットを注文する。公典の前にはコーヒーだけが置いてあった。

「夜の仕事だけど、手っ取り早く稼げるから、出産費用くらいすぐに貯《た》まるよ」

出産費用ってどれくらいいるんだろう。初めてそんなことを考えた。行き当たりばったりで家出してきたと思われたくなくて「そうなんです。だから、少しでもお金を貯めておきたくて」と答えた。二十歳の落ち着いた口調に見られるといいけど、と思った。その実、心の中では恐れていた。夜の仕事って何なのだろう。

「怖がることはないよ。夜は夜だけど、接客業だから。お酒の相手をしたらいいんだよ」

「え? そうなの? ちょーラッキーじゃん。あたしも雇ってもらおうかな」

隣で曜子が調子よく言った。そのくせ、公典が話す仕事の内容はよく聞いていない。運ばれてきたハンバーグセットに勢いよく取りかかった。公典は、曜子にはかまわず、熱心に美優に語りかける。

彼は、新宿にある店のスカウトをしているらしい。

「そんなとこで働けるんですか？　私、妊娠してるのに」

「全然大丈夫。君、まだそんなにお腹目立ってないよ。それにね――」

彼が言う店は、妊娠中の女性も働いているらしい。のみならず、出産後も子育てしながら働けるとのことだった。

「寮も完備。その上、契約している託児所もある。行けば同じようなお母さんがいるから、楽しく働けると思う。皆頑張ってるよ」

気持ちが動いた。もうネットカフェにいるのはうんざりだった。ちゃんとしたところで眠りたかった。それだけではなくて、きちんと生活を営みたかった。すごすごと家に帰りたくはなかった。あの家には、もう自分の居場所はないのだ。さっさとハンバーグセットをたいらげた曜子が、ナプキンで口を拭きながら、「行くだけ行ってみたら？　見て決めればいいじゃん」と言ったのに、気持ちを押されて、公典について行くことにした。食事代は、彼が払ってくれた。一旦ネットカフェは引き払うことにした。

「じゃあね、ハルカちゃん、頑張って。また帰って来てもいいよ」

曜子はそう言って見送ってくれた。彼女はまだ「神待ち」をするつもりなのか。働いたりせず、そんなふうに男に頼って生活するなんてごめんだった。自立して子どもを育てたかった。

公典が拾ったタクシーに同乗して、新宿まで行った。どこをどう走ったのかわからないまま、歓楽街で降りた。公典が美優のキャリーバッグを引いてくれ、その後をついて歩いた。歌舞伎町《かぶきちょう》の中にある店のようだ。こんな夜に新宿に来たことはなかった。歌舞伎町なんてなおさらだ。曜子はあんなことを言ったけど、結構若い女の子も歩いていたり、立ち止まって話していたりする。

シャッターの下りたビルの前で地面に直《じか》に座り込んでいる子もいる。一様に肌を露出した恰好《かっこう》で化粧をし、足下はミュール。丁寧にマニキュアを施した爪が、ネオンを照り返してキラキラ光っている。うつむいてスマホを操作したり、数人で笑い合ったり。高校生に見えなくもないその子らは、やはり行き場を失っているのだろうか。よく見たら、伏せた瞼《まぶた》には二重の付けまつげに、黒いアイライナーが引いてあるのだった。

その時に、チラシを配っている千沙を見かけたのだ。

「あ、アコちゃん、しばらく見なかったね。どうしてたの？」

千沙は、美優のそばを通ってキャミソールの女の子の方へ寄っていった。

若い子の中で異質な感じがしたので、美優は千沙に一瞬目を留めた。女の子たちは嫌がる素振りも見せず、話に応じていた気がする。公典が足を緩めず先に行くので、仕方なく美優は追いかけた。

彼が案内したのは、『お秘《ひ》めさまサロン』という名の店だった。けばけばしいネオンに彩られた看板を見て怖気《おじけ》づいた。公典がドアを開けて、中にいる誰かと話している。タクシーの中で聞いたところでは、彼はこの店の専属というわけではなく、いろんな店に女の子を紹介しているようだった。ちらりと覗《のぞ》いた店の中は薄暗く、大音量の音楽が流れていて、どんな様子なのか皆目わからなかった。

「裏口から入って。そこに事務所があるから」

公典は、裏口までは案内してくれたが、「話は通っているから」と言って帰ってしまった。回れ右をして逃げ出したい衝動に駆られた。だが、どちらに向いて逃げたらいいのかさえもわからない。立ち止まった美優のそばを、大きな声でしゃべりながら外国人の集団が通り過ぎた。暗い路上に立っているのも怖くて、ドアを開けた。

控室のような部屋を抜けた先が、狭い事務所になっていた。化粧室だか休憩室だかとの間は、パーティションで仕切られただけだ。誰もいない。ふらついた美優は、立っていられなくなってパイプ椅子に腰を下ろした。緊張のあまり、さっき食べたハンバーグを吐いてしまいそうだった。お腹に手を当てて、自分を落ち着かせた。赤ん坊の足が、ぐぐっと腹の内側から押してくる。休憩室には、女性が時々入ってきては出ていく気配がした。

そのパーティションの向こうから男が現れ、店長の三原《みはら》だと名乗った。

「じゃあ、簡単に面接をさせてもらうよ」

殺風景な小部屋で向かい合った男性を、不躾《ぶしつけ》なほどまじまじと見た。手入れのいき届いた顎ひげだけは特徴的だが、後は特に変わったところのない四十男だ。名前も年齢もでたらめを告げた。三原はそれを何かに書きつけるでもなく聞いている。

「妊娠してるんだって？ 何か月？」

返事をしようにも、舌がうまく動かない。

「六か月です」ようやくひねり出した声は小さかった。

「やっぱり無理ですよね。妊娠中じゃあ」

「いいよ。働けるよ。お腹が目立つようになってもね。中には妊婦がいいって指名してくるマニアックな客もいるぐらいだから」

平気な振りをしたが、震えがきた。膝の上で両手を握りしめる。そんな美優を、三原は値踏みするように眺めている。何もかも見透かされている気がした。妊娠して行き場がなくてこんな店にたどり着いたということが。だが、この街では珍しいことではないのかもしれない。

「寮には入れますか？」

「うん。それは心配ない。子どもが生まれた後も、契約した二十四時間対応の託児所があるから大丈夫だ。君みたいにここで働きながら出産、育児をしているママもいるからね」

さもないことのように、三原はさらりと言った。

「どんなことをすればいいんですか？」

「お客さんの相手をするだけだ。簡単なことだ」

握りしめた手にさらに力が入る。

「初めはヘルプで先輩についていればいいから。複数の女の子が相手してくれるのがいいって客もいるからさ。アルコールも飲むのは客だけだから」

美優が未成年だと暗に見抜いているような口ぶりだった。そういうケースには、目をつぶるということか。逡巡している様子を見せる美優に、三原は畳みかける。

「明日からでも働ける。現金はすぐに手元に入るから」

「あの……」

「お金、いるんでしょ？」

黙ってうつむいた。

「一人で子どもを産んで育てるって大変だよな。まだ身軽なうちに稼いどかないと」

いくぶん優しげな声になる。

「ヘルプでも頑張れば一日万単位で稼げる。週に数日、気が向いた時にほんの数時間働くだけでいいんだ。ベテランだと月五十万、六十万いく子もいる。完全全額日払いだし。昼間の仕事じゃこうはいかないだろ？」

体験でちょっとだけ働いてみればいいと言われ、心が動いた。合わなければやめればいい。稼ぎはともかくも、住むところがあるのは魅力的だ。とにかくどこかに落ち着きたかった。

その時、バタバタと隣の休憩室に女性が入って来る音がした。パーティションの上から顔を出して、店長を呼ぶ。三原はうんざりしたように首を回して女性を見た。

「もう頭きた！　あのじいさん、しつこすぎ！　手コキでもフェラでもイカないんだもん。もう勘弁してよって言ってもさ、三回分抜いてもらう金払ってるんだから、もっとやらせろってうるさくて。もう三日続けてあたしばっか指名してくんだよ。店長、話つけて誰かと代わってもらってよ。もう口ん中、ひりひり！」

美優はさっと立ち上がった。ショルダーとキャリーバッグを引っつかむと、ダッと控室を横切った。何かの荷物につまずいて転びそうになったが、なんとか体勢を立て直した。大声で文句を言っていた女性が、ぽかんとして走り去る少女を見ていた。裏口の近くに招き入れられていたのは幸いだった。ドアを勢いよく押し開けた。

「何だよ！　うちはピンサロなんだよ。お前だって似たようなことして孕《はら》んだんだろ！」

三原の声が背中にぶつかってきて、そのまま夜の街に飛び出した。

スカウトマンにうまいこと誘われて風俗店までのこのこ出かけていった自分が情けなく、笑いたい気持ちだった。笑いたいのに涙が出た。曜子は何もかも知っていて、公典に引き合わせたのかもしれない。もう何も考えられなかった。

誰も追いかけて来なかった。長くは走れなかった。キャリーバッグも重いし、お腹も重い。立ち止まって暗がりでしばらく泣いた。もう限界だった。スマホを取り出して、よく考えることなく准也にかけた。コールは十回以上鳴っていた。それでも美優は、力を込めて耳に押し当てて待った。スマホだけが准也につながる小さなツールだった。この恐ろしい場所から逃れるツール。

「もしもし……」

准也が出た。それだけでまた涙が溢《あふ》れてきた。

「准也、私――」

親と言い争いになって家を飛び出してきたのだと、早口で説明した。

「何でそんなこと――」准也は絶句した。

「もう行くところがないの。准也、迎えに来て」

新宿にいるのだと告げる言葉が震えて仕方がなかった。

「歌舞伎町？　何だってそんなとこにいるんだよ」

准也の声には、怒りと苛立《いらだ》ちがこもっている。張りつめていた気持ちが急速に萎《しぼ》んでいった。「マズイよ。家に帰れよ」

「無理だよ。お父さんはもう家に入れてくれない。だから准也に――」

「俺だって困るんだよ。だいたい、美優がそんなふうになったこと、うちの親は知らないんだから。うちに連れてくるわけにはいかない。な？　帰れって」

そんなふうになったこと？　准也に何を期待していたんだろう。美優は自分に問いかけた。彼が急に気持ちを翻《ひるがえ》して、迎えに来てくれるとでも思ったのか。いや、そんな都合のいいことは望んでいなかった。でももう少し困惑したり一緒に悩んだりしてくれると思っていた。ここまできっぱり拒絶されるとは。

「ねえ、何してるの？」

唐突に声をかけられ、ぎょっとした。若い男が二人、にやにやしながら近寄ってきた。

「ねえ、一人？　遊びに行こうよ。カラオケとかどう？」

てらてら光る黒いシャツを着た男と白いジャージの上下を着た男。美優はスマホを握りしめたまま後退《あとずさ》り、壁に背中を押し付けた。

「大事な電話？　もう切っちゃえば？」

黒いシャツの首元に金のチェーンが見え隠れしている。嫌悪感で全身の産毛が逆立つ。スマホの向こうは沈黙している。こっちの会話に耳を澄ませているみたいに。

「誰と話してんの？　彼氏？」

「この子、今から俺らと遊びに行きまーす」

ジャージ男がスマホに口を寄せてきて、わざと大きな声を出した。ねっとりとした息が顔にかかり、美優は悪寒に震えた。スマホを握った手に力を込める。准也の名前を呼ぼうとした途端、一方的に通話が切られた。准也は美優を見捨てたのだ。家出をして、夜中の新宿を彷徨《ほうこう》し、おかしな男らに絡まれている美優を。信じられない思いで、切れたスマホを耳から離し、まじまじと見詰めてしまった。

「あれ？」近寄ってきていたジャージ男が、ひょいと身を退《ひ》いた。

「この子、腹ボテじゃん」いかにもおかしそうに二人は笑い合った。「ああ、それで彼氏に電話してたんだ。深刻な話に水を差しちゃったかな」

美優は急いで腹部をバッグで隠した。まさか妊娠していることを指摘されるとは思っていなかった。通りがかりの男の目から見ても、膨らんだお腹は目立つのだ。

「俺らが相談に乗ろうか？」

ジャージ男が美優の手首をつかんだ。思わず「ヒッ」と声が漏れた。だが、それ以上は恐怖で体が動かない。黒シャツ男はにやついたまま、相棒を眺めていた。

「あんたら、いい加減にしなさいよ」

すぐ近くから女の声がした。男は驚いて振り返る。美優も思わず首を回した。

美優が背中を押し付けた壁の少し向こうが窪《くぼ》んでいて、ドアがあった。ドアの前に女性が一人立っていた。そこでタバコをふかしているのだった。暗かったので、それまで気がつかなかった。

「はいはい。こんな腹ボテ女、相手にしませんよ」

男たちは気が抜けたように答えて去っていった。

美優はそのままの恰好でじっとしていた。すぐには動けなかった。心臓が早鐘のように打っていた。頭は熱く、壁に接した背中は冷たい。

女が暗がりから出てきた。通りの向こうの看板のネオンが、女を照らし出した。右手の指でタバコを挟み、その肘を左手で支えている。どこかの店の裏口から出てきて一服しているというふうだった。薄着なので体の線がよくわかった。ひどく痩せて貧相な女だった。顔色も悪いし肌も荒れている。そのせいかどうか、若いだろうに老けて見えた。女は美優のお腹をじっと見詰めた。

「あんた、妊娠してんの？」

声が出なかったので、首を小さく縦に振った。

「そっか」タバコの煙をふっと吐く。「あの店で働いてたの？」

女がタバコを挟んだ指で、通りのずっと向こうを指差した。美優が飛び出してきた風俗店の裏口が小さく見えた。この女はさっきからここに立って、美優が泡を食って逃げ出してくるのを見ていたのだ。

「あそこで客の子どもを妊娠したとか？」

美優は激しく首を振った。まだ声は出ない。女はふっと微笑んだ。唇の両端が持ち上がると、小さな顔全体がくしゃっと皺《しわ》だらけになる。目は笑っていなかった。おかしな顔つきが、女をさらに年齢不詳に、不気味に見せる。美優は大きく息を吸って吐いた。少しは気持ちが落ち着いてきた。あんな男たちに絡まれるよりはましだ。女は短くなったタバコをくわえて一口吸った。

「ちゃんと産んでやりなさいよ」

美優は大きく目を見開いて女を見返した。

「あたしはさあ、ここでずっとフーゾクやってきてさ。そんでもうフ、フロに堕ちちゃったからね」

意味がわからず、聞いた言葉を反復した。女は小刻みに煙を吐き出しながら笑った。

「風呂に落ちた？」

「ソープで体張ってるってこと」

女はタバコを足下に捨てて、サンダルで踏みつぶした。サンダルは薄汚れていて、ペディキュアは剝げかけていた。

「キャバクラから入って、セクキャバ、ピンサロ、イメクラ、デリヘルって何でもやって、結局行きつくところがソープなんだ」

女は一歩美優に近づいた。

「でさ、その間に誰の子かわからない赤ん坊を妊娠しちゃってさ。その都度堕《お》ろしたの。何回だろ？　たぶん四回か五回だね。だからさ――」

また女は笑った。近くで見ると、女の前歯は二本ほど抜けたままになっていた。それがこの老けたソープ嬢に、ますます荒《すさ》んだ印象を与えていた。

「あたしの周りには水子の霊がまとわりついているのさ。産んでやれなかったから、あたしを恨んでんのかね。それともこんなあたしでも母親だって慕ってんのかね」

それだけ言って、女はすっと暗がりに退いた。ドアが開け閉めされる音はしなかった。だけど、気を取り直した美優が窪みを覗いてみても、無粋な鉄のドアがあるだけだった。

美優はふらりと歩きだした。あれは、あの女の人は、ほんとうにあそこにいたのだろうか。あの人自身も地縛霊かなんかじゃなかったのか。それとも不安と恐怖に縮み上がった自分が紡ぎ出した幻だったのか。

疲れ切っていた。あの女の人なんかどうでもいい。准也から浴びせられた言葉が、完膚なきまで美優を叩《たた》きのめしていた。

——マズいよ。家に帰れよ。

——俺だって困るんだよ。

連絡するつもりじゃなかった。でも切羽詰まっていたのだ。最後の細い糸にすがりついたのに、彼はいとも簡単に恋人が伸ばした手を払いのけたのだ。あの電話を取っている准也は、自分の部屋でぬくぬくと過ごしているのに違いない。幻覚を見るほど追い詰められて歓楽街をさまよっているわけではない。お腹の中の子が、何か食べろ、静かなところで休めとせっついてくるわけでもない。

歌舞伎町は迷路のように入り組んでいて、どこで曲がっても抜けられない。もう二度と、この恐ろしい場所からは逃げられないのだ。またおかしな幻が現れて自分を脅すかもしれない。現実も非現実も怖かった。

ふと顔を上げた先に、非常階段の上り口が見えた。そして美優は、死ぬという確かな決心もないまま、あのビルの屋上まで上がったのだった。

千沙には風俗店で働こうとしたことは、どうしても言えなかった。ふらふら徘徊する女の子に釣られて、池袋と新宿の街で過ごしたのだと言った。

それだけでも千沙は暗い表情を浮かべた。

「あんなとこを徘徊していると、どんどん夜の街に取り込まれてしまう。性犯罪の被害者になるかもしれないし、性産業にはまり込んで抜け出せなくなっちゃうよ」

ますます顔が上げられない。千沙の声はだんだん厳しくなってくる。

「いっぱいいるよ、歓楽街にはね。自分の性を切り売りして生きていくって女の子が。体を売り物にして稼げるから、ラッキーだって言った子もいる。でもね――」

顔を上げると、千沙が真っすぐに見詰めてきた。射すくめるような視線に動けなくなる。

「それって売ってるんじゃない。お金をもらえたって売ってるのとは違う。魂を奪われているのよ。薄汚い大人の社会にね」

千沙の目の中に、ぽっと憤怒の火が見えた。だが、露《あら》わになりかけた感情を千沙はすっと畳み込んだ。

「ほんとはね、強がり言ってもわかってるのよ、ああいう子たちは。話を聞くと、誰もが同じことを口にする。長生きしたくないって。三十歳まで生きられたらいいんだって。それって未来がないってことよね。未来を描けない。現実が辛すぎるから」

夜の新宿で見た少女たちを思い出した。笑っているのに無表情に見えた女の子たち。声をかけてくる男を待っているのか。それとも出会い系サイトで知り合った「神」のところに転がり込むのか。あの子たちはどんな背景を負っているのだろう。家もなく養ってくれる家族もないのか。

「自分とは違うと思った？」また優しい声に戻って千沙が問いかける。

「でもね、ああなるのはすぐなのよ。売春したり風俗で働いたりしているうちに、どんどん深みにはまってしまう。体は傷つき、魂は死んでいく。生きることに疲れ果てて死にたいって思うようになる。うつ病になったり、自傷行為を繰り返したり、さらなる問題を抱え込む。家族もいない。頼りになる友人やパートナーもいない」

違いはしない。同じだ。まさにその心理に自分は陥ってしまっていたのだ。

老けたソープ嬢の姿を思い出した。現実だろうと幻だろうと、あの人はあそこから動けないでいる。自分の身の上を嘆きながらもあの夜の街から出て、どこかで新しい生活を営もうとは思わないのだ。あそこに馴染《なじ》み、薄い影のように貼りついているしかない。ビルの屋上で麻奈美姉妹や千沙に会わなかったら、美優もきっと似たような道を進んでいただろう。

バタンとドアが開いて飛び上がりそうになった。

「おはようございます！」元気のいい声が響いた。

「おはよう。那奈子《ななこ》ちゃん」

「あれ？　あなた初めて？　見たことないね」

「そうなの。柳田美優ちゃん」

千沙が那奈子を、ここで働いているスタッフだと紹介してくれた。『ODORIBA』には、メールや電話で相談が持ち込まれることも多い。その対応も交代でしているそうだ。この活動はどういういきさつで始まったものなのだろう。街をさまよう子を助けても、なんの益にもならないだろうに、こうしてスタッフが集まってきて運営されている。背景も資金繰りもよくわからない。

だが千沙と会話したことで、家出して以来、張っていた気持ちが緩み、いくぶん楽になった。ここへふらりとやって来る子の気持ちがわかる気がした。

那奈子は、奥のドアを開けて消えていった。

「それじゃあ――」那奈子の後ろ姿を見送って、千沙が続けた。「あなたのこれからを考えよう」

背筋が伸びた。

「お父さんやお母さんともう一回話してみたらどうかな？」

美優はうつむいた。母は父の言いなりだ。あの父の怒りようを見たら、事態が好転しているとは思えなかった。思い悩んでいる美優の背中を押すように、千沙が言った。

「あなたは子どもを産んでお母さんになるの。一人の人間をこの世に生みだすのよ。そのことを忘れないで。自分のことを考えるのは、もちろん大事だけど、あなたが生みだした子にも人生があるってことを、これからは考慮に入れなくちゃいけない。妊娠する理由はいろいろだけど、でも子どもを産むってそういうこと」

自分は親になるのか。自分で産んで自分で育てると言い放った裏には、責任とか自覚があったはずなのに、そこがきれいに抜け落ちていた。

「強くなりなさいね、美優ちゃん」

美優の心を覗き込んだみたいに、千沙が言った。その口調に、千沙の背中に彫り込まれた刺青が重なる。強くなるってどういうことだろう。ふとさまよわせた視線の先に、木彫りの顔があった。顔の造作がよくわからない女の子が、今は不安げな表情を浮かべているように見えた。きっと自分も同じ顔をしているだろう。

考え込んでしまった美優を一人にして、千沙は事務室へ入っていった。

『ODORIBA』には、入れ代わり立ち代わり、女性がやって来た。三人で連れ立って来た高校生らしい子がやかましくおしゃべりをしていたり、暗い顔で入って来て、スタッフとぼそぼそ話していく人もいた。入って来るなり、ごろんと畳の上に寝転がってしまう女性もいた。ひどく顔色が悪かった。

その女性を見て、高校生たちがひそひそと囁《ささや》き合っている。

「あの人、ＯＤなんだよ」

一人が言った言葉に、あとの二人が「ははーん」というような表情を浮かべた。一人は小声で「ヤバいね」と続ける。

美優は、テーブルの下でスマホを操作した。ＯＤとは、オーバードーズの略で、意味は薬物過剰摂取とあった。精神的に弱った人や心の病を抱えている人が、市販薬や医師から処方された薬を過剰に摂取してしまうことだそうだ。そうやって辛い現実から逃避する自傷行為の一つとあった。

千沙が奥の部屋から出てきて、寝転がった女性に話しかけている。女性は千沙の方を見はするが、うまく答えられない様子だ。喉がつっかえるのか、ひっきりなしに咳払《せきばら》いをする。

「こないだは大きな声で喚《わめ》いてたのにね、あの人」

さっきの高校生が、隣の子の肩を突いた。千沙は根気強く話しかけ、手を握りしめた。

しばらくすると、奥の部屋からタオルケットを持ち出して彼女に掛けてやった。女性は安心したように目を閉じて眠り始めた。高校生たちも興味を失ったみたいに、千沙に挨拶して出ていった。こんな時間から登校するという少女たちの後ろ姿を、美優は見送った。

本当にいろんな人が『ODORIBA』へやって来るんだなと思った。ODの女性も、薬以外の心の拠《よ》りどころを見つけたのかもしれない。千沙たちの活動の一端を見た気がした。

千沙が美優の方を振り向き、「ちょっと早いけど、お昼食べに行こうよ」と誘った。

「少し歩いた先に美味《おい》しいラーメン屋さんがあるの。陽平が見つけてきたんだから間違いないよ」

途端にお腹が鳴った。一人の時は全然空腹を感じなかったのに、誰かと一緒にいると規則正しくお腹が空くのが不思議だった。

ラーメン屋は、『ODORIBA』のビルから歩いて十数分のところにあった。十人ほどが行列を作っていたが、しばらく待つと店内へ案内された。

すぐに二人の前に、ラーメンの鉢が置かれた。千沙は割り箸をパキンと割った。さっさとラーメンを啜《すす》り始める。美優もラーメンに口をつけた。麺を啜ると魚介系のあっさりしたスープが美味しく、箸が止まらなくなった。ほんの数分で二人はラーメンをたいらげた。

「たくさんの人が『ODORIBA』には来るんですね」

美優が思ったことを口にすると、千沙は水を一口含んで目で笑った。

「誰もが苦しんでもがいてる。そういう時には他人に頼っていいんだよ。自分ではどうにもできない時はね」千沙は「美優ちゃんも」と続けた。

「ご両親に頼るのが嫌なら、行政に相談して身の振り方を決めるという手もある。うちはそこまではちゃんとつなぐから」

「行政？」

「そう。とにかくお腹が大きくて行くところがないじゃあ、どうにもならないでしょう？」

千沙はゆっくりとした口調で、都の女性相談支援センターに相談すれば、何らかの解決策を提示してくれるはずだと語った。しかし、美優は未成年なので、どうしても保護者に連絡は取るだろうということだった。

「私の経験上、それから先のこともだいたい想像はつく」

美優のような身の上の子と、過去に何度も関わったことがあるのだろう。美優は千沙と一緒にラーメン屋を出て、歩きながら千沙の話に耳を傾けた。

家庭に戻って出産に向かうのが一番だけれど、それができない場合は、都の措置施設か民間のシェルターのようなところに入ることができる。妊娠三十六週になれば、マタニティハウスに移ってお産に備える。そこでは出産にかかる費用は都が負担してくれ、生活費もかからない。出産後二、三か月は面倒をみてくれるらしい。

美優は顔を上げて千沙を真っすぐに見た。見返す千沙の顔が歪んで見えた。涙ぐんでしまったことを悟られないよう、美優は一度空を見上げた。空はどんよりと曇っている。千沙は次の言葉を辛抱強く待ってくれている。美優は自分の中の勇気とプライドと負けん気を掻《か》き集めた。総動員してもたいした力にはならなかったが、声を絞り出した。

「お産は一人ではできないから、マタニティハウスにお願いするしかない。でも、その後はやっぱり一人で子どもを育てないといけないでしょ？　だったら、今のうちに少しでもお金を貯めておきたいと思うんです」

悲愴《ひそう》な顔をしていたと思う。そんなことできるはずがないと、千沙に説教されると思った。十七歳の世間知らずの女の子の甘い考えなど一蹴されると。しかし、千沙は考え込む仕草をした。美優の突拍子もない言い分をまともに受け止めてくれたのか。

「都の女性相談支援センターでは、社会的就労を支えることもしてくれるけど、お産が間近なあなたには、今はそういう支援はしないと思う」

やっぱりな、と思った。所詮無理な話だ。こんな体で家を飛び出したところから無理は生じている。だが、両親の言いなりになるのは嫌だった。娘の気持ちを無視して子どもを取り上げて、それで何もかも帳消しにして学校へ戻るなんて計画には乗れなかった。

「じゃあ、ちょっと考えさせて」

千沙はそれきり黙ってしまった。

通りの向こうを、高校生のカップルが通っていく。あそこから、どれだけ遠くへ来てしまったか。しかし、もう元には戻れない。先に進むしかない。通りかかった公園の植え込みでエニシダの無数の黄色い花が咲き誇っている。その脇を二人が通ると、ほろほろと花が散った。ただそれだけのことに心が揺れて、また涙が滲《にじ》んできた。

美優を取り囲む世界は、すっかり様相を変えてしまった。

赤ん坊は羊水《ようすい》の中で自在に体勢を変えている。この子は強い子だと思った。こんなひどい目に遭っても、ぐんぐん元気になっていく。そして生きるために闘っている。まだ自分の子だという強い自覚は生まれなかったが、一緒にこの境遇を闘い抜く同志のような気がしてきた。泣いてばかりの自分を戒めた。

「ほんとに働きながらお産をして、子育てをするつもり？」

『ODORIBA』に戻って念を押され、美優は強く頷いた。

「わかった。もう誰にも頼りたくはないんだ」

千沙は美優の心をきちんと読んでいる。予期せぬ妊娠に揺れ動く子を、たくさん見てきたに違いない。

「はい。自分でなんとかしたいの。力を貸してくれませんか？　お願いします」

頭を下げる美優を、千沙は黙って見返した。

「ねえ、美優ちゃん」沈黙の後、千沙は口を開いた。「この顔、今はどんなふうに見える？」

窓際の書棚の上に置いた木彫りの像を指差した。表情の彫り込まれていない女の子の像だ。美優はゆっくりと頭《こうべ》を回《めぐ》らせてそれを見た。おかっぱの髪の下は、緩やかな起伏があるきりだ。

「ええと——、何か笑っている感じ。誰かを見つけて笑いかけているのかな？」

「そう」

また千沙は考え込んだ。顎にげんこつを当ててコンコンと軽く叩く。それからおもむろに口を開いた。

「この像を作った人のところへ行ってみる？」

「え？」面食らって千沙を見た。

「その人は、ゲストハウスを経営しているの。そうしながら、里親になって子どもも育てているのよ」

「里親？」

ぽかんとしてしまった美優を尻目に、「ちょっと待ってて」と千沙は事務所に消えた。

女の子の像を彫った人と交渉してくれているのだろう。里親って何だろう。自分の知らないことが、世の中にはたくさんあるのだ。どれほど自分が無知で世間知らずだったか。しかしそれに気づくことは、もうそれほど不快ではなかった。

「引き受けてくださるそうよ」ドアを開けて出てきた千沙が言った。よく事情が呑み込めない。

「あなた、働いてお金を貯めたいんでしょ？　これからのために」

「はい」

「だったらそのゲストハウスで働きなさい。井川《いかわ》さんは、住み込みで働かせてくれると言ってくださっているから」

「わかりました」

反射的にそう答えていた。見る人の気持ちに合わせて表情を浮かべる女の子。この像を彫った人なら、きっといい人だとなぜか思えた。

井川が経営するゲストハウスは、青梅《おうめ》市にあるという。多摩川《たまがわ》をずっと遡っていった奥《おく》多摩《たま》と呼ばれる場所らしい。ひどく辺鄙《へんぴ》なところだということだけはわかった。しかしここまで来たら、もういろいろと考えあぐねても無意味だ。千沙の言う通りにしようと腹を決めた。

千沙に促されて母にその旨《むね》を報告した。『ODORIBA』まで来てくれた貴子は、憔悴《しょうすい》しきっていた。もう娘を罵《ののし》る気力もないようだった。ただ千沙には、「お願いします」と頭を下げた。貴子は急いで買ってきたというマタニティウェアを何枚かと、当座の生活費にと二十万円が入った封筒を渡して帰っていった。

美優は複雑な気持ちで、母の背中を見送った。いつも身ぎれいにしていた母をやつれさせたのは、自分なのだと思った。だけど一人でこの子を産んで育てる道を、自分は選んだのだ。もう振り向くわけにはいかない。

千沙も努めて明るい声を出した。

「井川明良《あきら》さんはね、四十代の方で、妹さんと一緒にゲストハウスを経営しているの。二人ともとてもいい人よ。私たちの活動を支えてくれるスポンサーの一人でもあるの」

里親制度にも賛同して、兄妹《きょうだい》で家庭環境に恵まれない子どもを引き取って育てていると説明した。

一人で乗ったJR中央《ちゅうおう》線快速は混んでいた。立っていると、目の前の高校生が席を譲ってくれた。自分と同じ年齢の子に席を譲られるのは、奇妙な感覚だった。貴子が買ってきてくれたマタニティウェアに着替えていた。どこから見ても、自分は妊婦にしか見えないのだろうなと腹を見下ろした。この中ですくすくと赤ん坊が育っているのだ。この世に生まれ出て、大きな産声を上げるのを待っている。その事実だけが、今の美優にとって確かなものだった。

メモ用紙を取り出してみる。千沙の字で、井川のゲストハウスの住所と名前が書いてある。母にもそれは伝えてある。

ゲストハウスの名前は、「グリーンゲイブルズ」とあった。『赤毛《あかげ》のアン』の物語の中で、アンが引き取られた先の家の名前がグリーンゲイブルズだった。そこから取った名前なのだろう。

「グリーンゲイブルズ」声に出して言ってみた。

家を出て初めて、先に希望が見えたような気がした。


JR中央線快速を立川《たちかわ》で青梅線に乗り換えた。乗客はぐっと減った。青梅線に沿って、多摩川と青梅街道が続いている。乗り換えた頃から、細い雨が降り始めていた。奥多摩に向かうにつれ、降り方は激しさを増してきた。そういえば、もう梅雨に入ったのだった。家を出てから目まぐるしい変化に翻弄され、季節の移り変わりにも鈍感になっていた。

中央線と同じオレンジ色のラインが入った車両は、山懐《やまふところ》に向かって進んでいく。天気が悪いので、鮮やかな緑に覆われているはずの山は、黒い塊りにしか見えない。乗客は、どんどん下車していく。自分で決めて来たはずなのに、心細さに襲われる。

沢井《さわい》駅で降りたのは、三人きり。それで一両目は空っぽになってしまった。小さくて古い駅だ。跨線橋《こせんきょう》の階段を、苦労してキャリーバッグを持って上った。駅舎を出ると、濃い山の匂いに包まれた。山の匂いなんて知りもしないのに、なぜか懐かしい気持ちになる。そしてこの感覚は、青梅線に乗ってすぐに感じたものだと気づいた。心細いのに、山の匂いと単調な揺れについうとうとしてしまった。人の細胞の奥底にまで働きかける原始の力だ。羊水の中で赤ん坊がくるりと身を翻した。嬉しくて宙返りをしたみたいに。美優の五感から入ってくるものが、子どもにも伝わっていく。

灰色の景色の中に真っ赤な傘をさした中年男性が立っていた。初めて会うのに、ひと目見てこの人が井川だとわかった。ひっつめにした長めの髪、何度も水をくぐったようなシャツにジーンズ。千沙から四十過ぎのおじさんと聞いていたが、若く見える。彫刻家だからか。『ODORIBA』にあった不思議な像を始め、彼の手による木彫《もくちょう》の像は高い評価を得ていて、欲しがる人は多いと、これも千沙から聞いた。

「やあ」向こうも屈託のない笑みを浮かべる。「柳田さん？」

「はい、柳田美優です。よろしくお願いします」

ぺこりと頭を下げた。その髪の毛にも雨が降りかかる。すっと手が伸びてきて、キャリーバッグを受け取ってくれた。

「遠かっただろ？」

赤い傘をさしかけられ、そのままツートンカラーの軽自動車に二人で歩み寄る。井川が後部座席に荷物を積んでいる間に、助手席に滑り込んだ。手にしていたハンドタオルで雨に濡れた髪の毛を拭いた。シートベルトを締めようとして、思った以上にお腹が出っ張っているのに気がついた。じっと自分のお腹を見詰めている美優の隣に、井川が座った。すぐに車は動きだした。ワイパーの向こうの山の緑が、雨に煙っている。車は多摩川に沿って走る。

「ゲストハウス、遠いんですか？」

「まあゲストハウスと銘打ってはいるけどね」井川は豪快に笑った。後頭部で一つに括《くく》った髪の束が背中にくっつくほど体をのけ反らしている。

「千沙がそう言ったの？」

「はい。違うんですか？」

「しゃれすぎてるよなあ。ちょっとうちにはそぐわないな」

「でも、名前がグリーンゲイブルズだから」

「うん、あれも似合わないネーミングだよな。僕は乗り気じゃなかったんだけど、妹が付けたんだ。『赤毛のアン』から取って。その後、子どもたちを引き取って育てようと決めた時、妹はこの名前にしてよかったと悦に入っていたよ。ほら、アンを引き取るのが、マシューとマリラという兄妹じゃないか。だから、自分たちと似ているって」

この人たちは、里親をしていると言っていた。千沙から話を聞いた後、里親制度について調べてみた。親の世話が得られない子どもの社会的養護において、養護施設ではなく、家庭という落ち着いた環境で養育しようという児童福祉の観点から生まれた施策のようだ。

子どもは実の親とは離れても、親子関係は継続する。里親は子どもを育てるだけだ。やがて子どもは成長して独立していったり、実の親に引き取られたりする。生活費や里親手当は支給してもらえるようだが、それでも自分の子でもない他人の子を引き取って育てるというのは、虚《むな》しいことのように思われた。だが、そんなことをここで口にするわけにはいかない。

「すみません。野中さんに無理を言ったんです、私。そしたら井川さんのところで働かせてもらうようにしてくれて」

「気にしなくていいよ、千沙はいつでもあの調子なんだから」

呼び捨てにするくらい、千沙と井川は親しいのだろうか。そこも突っ込んで訊くことはできなかった。

「それにうちも助かる。夏は宿泊客が多いから」

ハンドルを操作しながら、井川は自分の家族やグリーンゲイブルズのことを説明した。

今、家にいる子どもは三人。中学二年生の久登《ひさと》、小学二年生の未来《みく》、そして四歳の太一《たいち》。

「久登と太一は里子だけど、未来は養子なんだ。生まれて八か月の時に妹と養子縁組をした。他の二人と違って親が誰かわからないから、妹と相談して、うちの子にしようって決めたんだ」

運転席の井川をまじまじと見てしまった。三人の子どもは、なんとも複雑な関係なのだ。そもそも夫婦でもない井川と妹が、よその子どもを里子にしたり養子にしたりする心境が不可解だった。しかし、やはり深く追究することは憚《はばか》られた。深刻な事情を抱えているのは、自分も同じではないか。こんなふうに児童福祉に深い思い入れがあるからこそ、自分のような訳ありの少女を雇ってくれるのだ。普通の経営者なら、お腹の大きな十代の女の子など、敬遠するに違いない。夜の歓楽街を徘徊する女の子に声をかけて、話を聞いてくれる千沙とも、井川はそういうところでつながっているのかもしれない。

「あ、それから高齢の母も一緒に住んでる。足が弱っているし、少し認知症が出ている。ちょっと癖があるけど、まあ悪い人じゃない。君には、ゲストハウスの仕事だけじゃなくて、家族の世話もお願いすることになると思うよ」

グリーンゲイブルズは、青梅線の沢井駅と御嶽《みたけ》駅の間にあるという。運転をしながら、あそこが清酒の醸造所、あそこが豆腐店と教えてくれる。水がいいので、清酒や豆腐を作るのに適しているそうだ。それからカヌーやラフティングなどのアクティビティを楽しむ施設もある。御岳渓谷《みたけけいこく》での夏のレジャーだ。多くの観光客がやって来るという。

グリーンゲイブルズは、彼らのための宿泊施設というわけだ。春の新緑の中を散策したり、秋には紅葉《もみじ》狩《が》りを目的に来る人もいる。ケーブルカーを利用して、霊山である御岳山に登ってトレッキングを楽しむこともできる。ここは一都三県にまたがる秩父多摩甲斐《ちちぶたまかい》国立公園の一部なのだ。

「知りませんでした。こんなところがあるの」

「いいとこだよ」

多摩川が緩く湾曲したほとりに、グリーンゲイブルズは立っていた。しゃれた名前とは裏腹に、どっしりした和風の古民家だった。背後に迫る山から夕闇が下ってきて、屋敷を包み込んでいる。玄関や窓々にぽっとオレンジ色の明かりが灯《とも》っていた。

「もとは家族経営の旅館だったんだって。それを母が買って別荘として使ってた。で、また僕らがゲストハウスにしたってわけ」

井川は、車を玄関ぎりぎりまで寄せて停《と》めた。旅館をしていた時の名残《なごり》の深い庇《ひさし》が、雨避《あまよ》けになってくれた。玄関の前には、「グリーンゲイブルズ」と彫った立て看板が置いてある。

「いらっしゃい」

引き戸が開いて、中からエプロン姿の女性が現れた。この人が井川の妹なのだろう。どこか面持ちが似ている。井川より少しだけ年下というところか。ちゃきちゃき動くこの人も、年齢よりも若く見える。さっと兄の手から美優の荷物を奪い取った。

「さあさあ、入って」

玄関土間も広いし、ロビーも広い。ロビーには年代物のソファが置いてあって、その向こうにカウンターがあった。ロビーの床は寄木《よせぎ》のような複雑な板の組み方になっている。年を経てはいるが、かなり凝った造りだ。旅館として建てられた当初は、立派なものだったのだろう。

「今日からお世話になります。柳田美優です」

差し出されたスリッパに足を入れて、お辞儀をした。

「うん。千沙ちゃんから聞いてる。私は西村華南子《にしむらかなこ》。よろしくね」

西村？　井川と名字が違っているのは、結婚しているってことか。井川はまた車に戻っていって玄関前から移動させた。

「まずは部屋に落ち着いてもらうわね。少し休むといいわ」

華南子はキャリーバッグを転がして、先に立って廊下を歩いていく。身重《みおも》の美優を気遣ってか、ゆっくりした足取りだ。

「客室は六部屋だけど、梅雨に入ったから、お客さんは少ないの。今日も明日も予約は入ってない。だからうちのことを憶えてもらうのには、ちょうどよかった」

奥に進むにつれ、子どもの声が響いてきた。姿は見えないが、笑い声やしゃべり声がする。

美優が案内されたのは、畳敷きの部屋だった。押入れと小さなロッカーがついていた。

「ごめんね。ここ、あんまり景色がよくないの」

繁忙時に雇うアルバイトさんの居室にしてあるのだそうだ。窓の外には、すぐ山が迫ってきていた。

「あの……」華南子が置いてくれたキャリーバッグのそばに突っ立ったまま、美優は小さな声を出した。「ほんとに私なんかを雇ってくれるんですか？」

「どうして？」

押入れの中の布団を下ろしてくれながら、華南子はきょとんとした顔をした。

「だって、私、まともに働いたことないし、妊娠してるし」

小さな声がさらに尻すぼみになる。

「いいよ。美優ちゃんが――」そこまで言って「美優ちゃんって呼んでいい？」と尋ねられた。頷くと、先を続けた。

「美優ちゃんができることをしてくれたら。妊娠してることも承知の上で来てもらったのよ。だから体に障ることはさせない。でもできることはたくさんあるからね」

料理や掃除の手伝いや、それから家のこと、うち、子どもが多いからね、と朗らかに言った。その時、開けっ放しになっている引き戸の向こうで、トトトトッと足音がして、廊下を女の子が走っていった。

「未来！」

華南子の声に、行き過ぎた女の子が、引き戸からひょっこりと顔を覗かせた。華南子の手招きに応えて部屋に入って来る。

「この子が未来。ほら、未来、アルバイトのお姉さんよ。美優ちゃん」

未来はアハハと口を開けて笑った。

「ミユちゃん？　ミクと似てる！」

「ほんとだね」

華南子も大きな口を開けて笑った。美優は何と答えていいのかわからず、未来をただ見下ろして立っていた。つくづく自分は同年代の子としか付き合ってこなかったのだと思い知った。

「うちは、たいていアルバイトは女の子を雇うの。力仕事より、細々したことを手伝ってもらいたいから。だから気にしなくていいからね」

「ミユちゃん、どうしてそんなにお腹が大きいの？」

どきりとした。華南子は慌てることなく、未来の頭を撫《な》でた。

「美優ちゃんのお腹には、赤ちゃんが入ってるのよ。だから未来、飛びついたりしたらダメだからね」

「赤ちゃん!?」たちまち未来の顔が輝いた。「赤ちゃんがここに入ってるの？」

「そうよ。未来もほんとのお母さんのお腹でこうして育ててもらったのよ。そして生まれてきたの」、

「へぇえ！」未来は感心したように目を丸くした。「未来を産んでくれたお母さんも未来をお腹に入れてくれてたんだね」

「そうよ。お母さん、頑張って未来を産んでくれたんだからね。わかったら、向こうに行ってね。美優ちゃんは、少し休まないと」

未来は「うん」と答えて廊下に飛び出していった。華南子は畳の上に布団を敷いてくれ、少し横におなりなさいと言う。

「あの、未来ちゃんは華南子さんの本当の子じゃないって知ってるんですか？」

急いで、そういうことを井川さんから聞いたのだと付け加えた。華南子は、畳の上に正座して、美優にも座るように言った。布団を避けて、畳の上に座る。

「ええ、知ってるわ。幼い時から少しずつ教えていったから。兄が簡単に説明したと思うけど、あの子は私と養子縁組をしたの。だから、他の子は里子だけど、未来は私の子どもということになってる。結婚してない私でも、養子縁組して子どもの親になれるの」

華南子は独身なのか。なら、どうして兄の井川と姓が違うのだろう。

「ずっと私たちは里親として、何人かの子どもを育ててきたのよ。いつか実の親と暮らせるように願ってね。少しの間だけ、預かるっていうつもりで。でもね、未来は、実の親がわからないの。大きくなっても戻っていくところがなかったの」

こういう時にどんな言葉を発したらいいのかわからない。親や学校の教師以外の大人と話す機会はほとんどなかった。口ごもってしまった美優に、華南子は柔らかに微笑んだ。

「未来には、産んでくれたお母さんは、今はどこかで幸せに暮らしているよって言ってあるの。でも本当は実のお母さんのことは誰も知らない。あの子は、デパートの授乳室のベビーベッドに置き去りにされていたらしいの。まだへその緒がついたまま」

「えっ？」

「児童相談所から話がきて、赤ん坊のあの子を預かったの。新生児里親ね。あんなに小さな子を預かったのは初めてだった。私、子どもを産んだことがなかったから、必死で育てたの。グリーンゲイブルズを切り盛りしながらだったから、大変だった。兄や母、ケースワーカーさんや上の子たちも手伝ってくれて、それでなんとか――」

華南子は穏やかな表情を崩さない。

「八か月まで育てた後、母や兄と相談して、私の子どもにしたの。でもね、どこにいるかわからないけど、あの子には産んでくれた本当のお母さんがいる。そのことは、小さい時から教えてきたのよ」

「そんな――。あんなに小さいのに？」

「真実告知は幼少の頃から少しずつした方がいいのよ。子どもの理解度に応じて段階的にね。その方が自然に自分の出自を受け入れられるでしょう？」

華南子は布団をポンポンと叩いた。

「まあ、そういうことは少しずつ話しましょう。うちの事情もあなたには知っておいてもらわないといけないから。でも、今は少しお休みなさい」

「はい」

華南子は部屋を出ていき、美優は素直に布団の中に入った。天井を見上げながら考えた。華南子が、未来の出生の事情をわざわざ語ったのはなぜだろう。十代の妊婦である美優を力づけるためか。それとも似たような愚かなことをしないために？　それほど危うくおどして見えたということか。ビルの屋上に立った時のことが蘇ってきて、美優は布団の中で身震いした。眠れないと思ったのに、頭の芯がぼんやりと霞がかかったようになってくる。たくさんのことがありすぎた。

遠くで聞こえる子どもたちの声と雨の音が子守歌のようだった。やがてぐっすりと眠ってしまった。


未来が起こしに来てくれた。

家族の生活圏は、屋敷の裏側にあるようだった。キッチンとダイニングルームが続いている。キッチンはリフォームをしたのか、使い勝手のよい近代的な設備に変わっていた。大きなテーブルに大皿に盛った料理が並んでいた。美優は戸口で立ちすくんだ。何をどうしたらいいのかわからない。大鍋を掻き混ぜていた華南子が指示を出す。

「そこ、食器棚があるでしょ？　お椀《わん》を七個出して」

急いで食器棚を開けた。七個ものお椀を出したはいいが、持ちきれないでもたもたする。そこへ華南子がさっと盆を差し出してくれた。食器の一つは、プラスチック製の子ども用のものを出すよう言われる。

「あの、西村さん――」盆の上に椀を並べながら問うた。

「華南子でいいよ」

「じゃあ、華南子さん、この上にお客さんの食事も一人で作るんですか？」

「いや、うちは朝食は出すけど、お昼と夜はよそで食べてもらうの。近くにイタリアンレストランもあるし、小料理屋も居酒屋もあるから。居酒屋は醸造所の直営だから、お酒が美味しいのよ。どうしてもって言う人には、ここで一緒に食べてもらうの」

アハハと豪快に笑う。

「な？　だからうちは民宿に近いんだ」

ダイニングルームに入って来た井川が、そう口添えした。

「あら、ゲストハウスもそういう意味よ。安価な簡易宿泊施設」

華南子が兄に言い返した。

井川は、幼い男の子の手を引いていた。まだ学齢に達していないくらいの子。たぶん、この子が太一だろう。右の脚をやや引きずるような特徴的な歩き方をしている。彼は美優の顔を見ると、井川の後ろに隠れた。

「あの子、人見知りするから、しばらくはあんな調子よ」

華南子が身を寄せてきて囁いた。小さく頷く。汁を注いだ椀を載せて、テーブルまで運んだ。華南子が並べる小皿の横に、一つずつ汁椀を置いていった。傾いた椀から少しだけ中身がこぼれた。家では調理も配膳もすべて母親まかせだった。こんな簡単な手伝いさえできない自分を恥じた。

「ばあちゃん、連れてきたよー」

未来の声がした。引き戸が開いて、車椅子に座った老女が入ってきた。押しているのは、中学生の男の子だ。一番上の子だろう。そして気難しそうな顔をして車椅子に座っているのが、井川たち兄妹の母親だ。八十歳前後の年齢だろう。

「あら」老女は美優の顔を見ると、片眉をくいっと上げた。「新しいアルバイトを雇ったの?」

「この人、ミユちゃんだよ」

未来がそう言い、老女を指して「うちのばあちゃん」と紹介した。

「よろしくお願いします」空になった盆を胸に抱えて、急いで頭を下げた。

老女は「ふん」と鼻を鳴らした。「あんた、いくつなの?」

詰問するような口調に震え上がる。

「じゅ、十七歳です」

「まあ、随分若いのね」

「まあ、いいじゃないか。この人が母の西村類子《るいこ》。そしてこっちが久登だ」

久登はぺこりとお辞儀をした。

総勢七人の食卓は賑《にぎ》やかだった。主に未来がしゃべって、久登や華南子が口を挟む。井川はにこにこしながら聞き役に回っているようだ。

「未来、食事の時にそんなに大きな口を開けてはダメよ」類子がピシリと言った。「それに箸をそんなに振り立てるもんじゃないわよ。洗練された女性は、食事のマナーもきれいなのよ」

未来は、ぷっと頬を膨らませた。

「世界中、どこへ行っても――」

「食事を共にすると、その人の格がわかる、だよね」

久登が先んじて言い、類子は彼の方に向かって満足そうに頷いた。

「久登、あんたはよくわかってるじゃない」

「だって、昨日もばあちゃん、同じことを言ったよね」

未来が、小さな声で華南子に向かって囁いた。華南子は目だけで笑ってみせた。認知症初期の老女を、家族中で労《いたわ》っている気配が伝わってきた。同時に美優は、身が縮みあがる思いがした。食事の時の所作など、今まで気にしたことがなかった。

その後も類子は、パリで一流のファッションモデルが、ひどい食べ方をしてげんなりしたという話をした。誰もが耳を傾けている振りをして、聞き流しているようだ。何度も同じ話をするのかもしれない。パリだのファッションモデルだのがこんな高齢の女性の口から出てくるのは、いかにもそぐわない。これは類子の妄想なのだろうか。

美優は、箸使いや口に入れた食物を嚙む動作に細心の注意を払いながら、華南子が作った料理を食べた。どれも美味しかった。こんなまともな食事を取るのは、久しぶりだった。ふと目を上げると、向かいに座った太一は、食べ物をこねくり回すだけでろくに食べないのに気がついた。四歳だという太一は、おとなしい。この年頃の子は、もっと活発でおしゃべりなものではないのか。そのうちにぐずりだし、持っていた箸を投げ出してしまった。

類子が叱るかと思ったが、知らん顔をしている。彼の皿の周りには、形の崩れた料理が散乱していた。華南子は皿をさっさと片付けてしまった。

全員が食べ終わると、華南子の手伝いをして、美優もテーブルとキッチンを行き来した。もたつく美優を尻目に、井川も久登も片付けに手を貸した。未来は、まだぐずっている太一の機嫌を取っている。誰もが自分の役目を心得ている感じだ。

車椅子に座ってじっとしていた類子が、美優のお腹に目を留めた。

「あら、あんた、お腹が大きいの？」

　冷や汗が浮かんだ。十七歳と答えたばかりだったからきっと非難されるに違いない。でもここで嘘をつくこともできない。

「はい」小声で答えた。

「美優ちゃんは、九月に赤ちゃんが生まれるんですよ」

　華南子が言葉を足してくれた。類子の顔がぱっと輝いた。

「まあ、赤ちゃんが？　それはめでたいわね！」

　驚いた。まさかそんな言葉が返ってくるとは思わなかった。妊娠がわかってから、「めでたい」などと言われたことがなかった。そうか。赤ん坊が生まれることは、めでたいことなのだ。改めてそう思った。

　類子は自分で車椅子を漕《こ》いで、美優の前まで来た。そしてさっと手を伸ばして美優の腹に手のひらを当てた。さらにびっくりしたが、不快ではなかった。されるまま、その場に突っ立っていた。

「あったかいわね。赤ん坊がいると体温が上がるのよね。ああ、動いたわ。元気な子ね」

　未来が「どこ、どこ？」とやって来て、祖母に倣ってお腹に手を当て、はしゃいだ声を上げた。

「あんた、腹帯《はらおび》をしてないわね」

類子に言われ、「は？」と戸惑う。

「腹帯よ。五か月目の戌《いぬ》の日に締めるの。そうやって赤ちゃんを守るのよ。あんた、このお腹じゃ、もう五か月を過ぎてるでしょ？」

「はい」

もう六か月だという診断だったことを正直に告げた。類子は呆《あき》れたように首を振った。

「だめじゃない。今の若いお母さんはそういうとこ、いい加減なのよね。華南子！」

食洗機に食器を詰めていた華南子がキッチンで「はい」と答えた。

「この子に腹帯を買ってきてやりなさい。そしてね、戌の日を調べて御嶽《みたけ》さんの産安社《うぶやすしや》でご祈禱《きとう》をしてもらっておいで」

「はい」

「あの……」

「大丈夫。あそこはおいぬ様をお祀《まつ》りしてあるんだから、安産間違いなしだよ」

類子はしたり顔で頷く。

「え？　あそこのおいぬ様は、オオカミだって、学校で習ったぞ」

「オオカミだっておんなじだよ。犬はお産が軽いから、そのおかげをもらうんだよ」

久登を、一言で黙らせる。

「いいね！　ちゃんと帯を巻くんだよ」

類子はくるりと車椅子を回した。未来がすぐにハンドルに手をかけ、押して出ていった。

「ばあちゃんの言う通りにしないとな。またうるさいから」

井川が愉快そうに言った。彼の足下で太一が「うわーん」と泣いて手足をバタバタさせた。


華南子は本当に妊婦帯を買ってきてくれた。

戌の日を調べてちゃんとお祓《はら》いにも行ってくれた。「本当は美優ちゃんも一緒に行ったらよかったんだけど」とさっさと済ませてきてくれた。山道を歩くから、体に障るといけないという理由も聞かされた。

「私、子どもたちを引き取って育ててるくせに子どもを産んだことがないから、そういうこと、気がつかなかった。さすがはお母さんね」

「おばあちゃんは、井川さんと華南子さんを産んだんですもんね」

「いいえ。母が産んだのは、私だけよ」

「え？」

「つまり、母親は別なのよ」

さらりと華南子が説明した。異母兄妹ということか。だから名字が違うのだ。ようやく納得した。

「すみません。つまんないこと言って」

「いいって」

「腹帯代とご祈禱料は、私のお給料から引いておいてください」

また華南子は朗らかに笑った。

「いいの。そういうこと、気にしなくて。私も楽しいわ。美優ちゃんの赤ちゃんが大きくなっていくところを見られて。お産の疑似体験をさせてもらうわ」

経験がなくてわからないから、店の販売員に訊いて、伝統的な岩田帯《いわたおび》じゃなくて脱ぎ着のしやすいものにしたと、ベルト式とガードル式の腹帯を一本ずつ買ってくれていた。それをお腹に巻いてくれた。

「これでよし。こうすれば赤ちゃんが安定するんだって。腰に負担がかからないから、お母さんの体にもいいのよ」

そう言って「ワクワクするわね」と付け加える。産安社でもらってきた安産のお守りもバッグにぶら下げてくれた。本来はこんなふうに祝われたり、労られたりしながらお産を待つものなのだ。そんなふうに自分の妊娠をとらえなかったし、誰にも祝福されなかった。それから、華南子はどうして結婚もせず、子どもも産まなかったのだろうと考えた。よその子を預かったり、養子にしたりするほど子ども好きなのに。

そう思ったが、やはり口にすることはできなかった。

腹帯を巻くと、日常の動作がスムーズにできるようになった。胎児も守られていることを感じるのか、どことなく動きが安定してきた気がする。不思議なもので、腹帯を巻くと、よく眠れるようになった。グリーンゲイブルズにも、ここの家族にも少しずつ慣れていったのに、よその家で眠るということにどうしても馴染めなかった。環境の激変に精神がとがっているようだ。疲れて床に入っても、輾転反側《てんてんはんそく》して眠れない。細切れの眠りを貪るということが当分続いた。

それが腹帯を巻いた途端、どうしたことか気持ちが安定したのだ。胎児とともに、母体ごと守られているようだ。二人して揺りかごにすっぽり入ったような気がして、すっと眠りに落ちていけるようになった。赤ん坊との一体感を初めて覚えた。

立川児童相談所からケースワーカーがやって来た。千沙がつないでくれたのだ。まず美優の住民票のある杉並児童相談所が措置元となって動いてくれた。美優の保護者の同意を取り、美優本人の意思も確認した上で、青梅市のグリーンゲイブルズが新しい住所地となった。二つの児相間で協議が整って、美優の担当が立川児童相談所ということになった。既に里親としての実績のある井川と華南子の許《もと》が、安定した一時保護先だと認められたのだ。

ケースワーカーは江藤《えとう》という名前の中年の女性だった。

江藤に付き添われて、市内の産婦人科へ健診に行った。設備も最新だし、女性の医者だったので安心した。赤ん坊の3Dエコー画像を見せてもらった。初めてまともに我が子の画像を見た。顔の表情までよくわかる。不機嫌に下唇を突き出していた。母親が陥った境遇がわかっているのだろうか。

「女の子ですね」

さりげなく告げられたその言葉を、危うく聞き逃すところだった。

女の子だったんだ――。今まで自分のお腹に突然に現れた生命体としか思えなかった赤ん坊が、急にくっきりした輪郭を持ったものに思えてきた。性別を知るだけで、こんなに違うのか。どんな子に育つのだろう。初めてそこまで思いが至った。

そこで妊娠届出書を書いてもらい、市役所で母子（健康）手帳をもらった。

グリーンゲイブルズに帰ってそのことを報告すると、皆が喜んでくれた。特に未来は、妹が生まれるとでもいうようなはしゃぎようだった。

「赤ちゃんが生まれるのって嬉しいね。未来のお母さんも未来が生まれる時、嬉しかったかなあ」

「そうよ。どんな子かなあって毎日考えてたわね」

華南子がそう言うと、未来は「うふふ」と幸せそうに笑った。

母子手帳には、パステルカラーで可愛らしいイラストが描かれていた。保護者名のところに、美優は丁寧な字で自分の名前を書き、エコー画像のプリントを挟んだ。それだけで気持ちが落ち着いた。出産に向けて、滞りなくことが進んでいるという気がした。

何組か宿泊客があって、ゲストハウスの仕事も少しずつ教えられた。

客間は二階にある。客間は外観とは打って変わって洋間の設えだった。ここもゲストハウスにする時にリフォームしたのかと思ったが、華南子に訊くと、類子が別荘にした時に手を入れたのだと教えてくれた。そういえば、客室はいい意味で古さが馴染んで落ち着きのある風情だ。贅《ぜい》を尽くしているというのではないが、お金をかけて品のいい部屋にしているという感じだ。凝っていて、一部屋一部屋の趣も違った内装だ。

「この家は、母が夏場の避暑地として買ったの。その時に自分好みに造り替えたのよね。交際範囲の広い人だったから、友人や知人を招くことも多くて、二階に寝室をいくつも造ったの。文字通りゲストハウスとしても使われてたわけ」

部屋にはそれぞれシャワー室が付いていて、それも類子が別荘として使っていた時に付けたものだという。湯に浸かりたければ、近くに温泉もあるので、それで不自由はないとのことだった。

美優は、華南子に言いつけられたことも満足にできず、客あしらいもうまくできなかった。掃除や洗濯などという家事に、今まで一切手を付けてこなかったし、大人と会話することもなかった。客に話しかけられてもまともに答えられないし、部屋の掃除をしても合格点はもらえなかった。井川か華南子がやり直すのを見て、自己嫌悪に陥った。

せめて類子の世話はきちんとしたいと気を引き締めたのだが、これがまた難題だった。

美優がここに来て数日で、西村類子の正体がわかった。かつては名のあるファッションデザイナーだったのだ。それは一階にある彼女の居室に出入りして知った。壁には、類子が開いたファッションショーや、有名人との写真が飾られていた。棚には、数々受けた賞の額やトロフィーが並んでいる。

食事の時にしていたパリやモデルの話は、本当のことだったのだ。日本人の女性デザイナーとしては早い時期からパリコレにも参加したとあった。ルイコ・ニシムラの斬新なデザインは、パリでも大きな反響を呼んでもてはやされたようだ。パリのみならず、ニューヨークやミラノ、ロンドンにも彼女のデザインしたドレスを置くブティックがあったという。

美優が、着替えや車椅子での迎えで部屋を訪ねていくと、類子は彼女を座らせて昔話を一通りした。古いデザイン帳も大事に取ってあって、それを取り出して説明してくれる。ネットで検索して得た情報では、彼女が活躍したのは昭和五十年代から平成中頃にかけて。それ以降は体調もすぐれずにファッション界からは退いたようだ。

美優が幼い頃にはもう引退していたので、当時はもてはやされたであろう西村類子の名前も手がけたデザインも知らなかった。ネット検索ですぐに出てくるほどだから、ファッション界では成功した女性の部類に入るのだろう。意匠《いしょう》を凝らした元旅館をまるまる買い取って別荘に造り替えるほどの財も成したということだ。

「私はお針子《はりこ》から始めたのよ」デザイン帳を繰りながら、類子は重々しい口調で言う。

「今と違って、女が世の中に出て働くことがどれほど大変な時代だったか」

かなり苦労もしたのだろう。その詳細を類子は語る。そうした時は、しっかりした口調で記憶もはっきりしているのだ。それなのに、今朝何を食べたかを忘れる。老眼鏡や財布がないと大騒ぎをする。その日、着るものを選ぶのにも時間がかかる。クローゼットにある洋服の中から、柄やデザインを指定して美優に探させるのだが、見つからない。見つけられない美優に怒りをぶつけてくる。後で華南子に訊いたら、若い時分に着ていたお気に入りの服で、とうに処分してしまったものだと知れる。類子にとって華々しい過去の出来事は、失ってはならない大事な記憶なのだろう。

客がぽつりぽつりしか来なかったので、美優は類子の世話のため、陽当《ひあ》たりのいい南向きの一等いい場所にある彼女の部屋にいることが多かった。それは身重の美優に対する井川や華南子の配慮だったのかもしれない。

「美優ちゃんは、ばあちゃんの一番の相手役ね」

家族全員、何度も繰り返し、同じ話を聞かされただろうから、華南子は「助かるわ」と喜んだ。そう言われて嬉しいどころか、重い気持ちになった。

華南子や井川が美優に対してしてくれる配慮を、類子には期待できない。彼女は、半人前にも満たない美優に対して容赦がなかった。年が若いだの、妊娠しているだのという事情は、この厳格な老女には何の理由にもならなかった。

失敗をするたび、「あんたはほんとに役立たずだね」とか「ものを知らないねえ。呆れてものが言えないね」と罵られた。それでも類子は、文句を言いっ放しで放り出すことはなかった。洋服の畳み方、ベッドメイキングのやり方、洗濯物の干し方、目上の人との口のきき方、老人の介助の仕方などを丁寧に何度でも教えてくれた。仕込まれているという感覚だった。

初めは気持ちが折れていた美優だったが、類子の教えに従って少しずつものを憶えていくことに快感を覚えるようになった。

「ほら、ごらん。ちゃんとやればできるじゃないか」

類子は苦虫を嚙み潰したような顔で言う。そう言われた時の喜びは、学校生活では感じることのない感情だった。

ファッションデザイナーとして名を成した類子は、未婚で華南子を産んだとネットに出ていた。類子の年の女性としては、珍しいことに違いない。こういうところも、時代の先端をいっていたのかもしれない。当時、何かと非難されたり差別的な扱いを受けたことは容易に想像がつく。しかし、きっと彼女はそういうつまらない噂話《うわさばなし》や憶測など、はなも引っかけず、却《かえ》ってそういう輩《やから》を見下して生きていたのではないか。

今もプライドが高く、毅然《きぜん》としたたたずまいの老女を見ていると、そう思えた。家父長制度が幅をきかせていた時代のことだ。女一人で身を立てるということは並大抵のことではない。それが彼女の言葉の端々にも表れていた。

と、いうことは――、と美優は考えた。

井川の父親と類子は親密な関係を持ったということだ。もしかしたら妻帯者だったのかもしれない。そこにはもう井川という息子がいて、相手の男性と結ばれることはかなわなかったということか。つまり、類子は愛人だった？　そんな日陰の存在に甘んじるとは、ちょっとそぐわない気もする。類子の昔話には、その辺のことは出てこなかった。この老女にとって、それはもう切り捨ててしまった過去の些末《さまつ》な出来事なのか。

しかし結局、井川と同居するようになったということだ。愛人だった男性が、別の女性との間にもうけた子と。兄妹で里親になって他人の子を引き取って育てることと相まって、不思議な家族だと思った。

ただグリーンゲイブルズは居心地のよい場所だった。

朝が早く、宿泊客がある時はその準備に追われるということさえ我慢すれば、あとは同じことの繰り返しだ。しだいに仕事の内容も憶えてきたし、まずまずの合格点はもらえるようになった。久登や未来ともいい関係だ。西村家の一員になったような穏やかな日々だった。ここへ紹介してくれた千沙に美優は感謝した。

ようやく落ち着いてこれからのことも考えられるようになった。母親になるという覚悟もしだいに生まれてきた。類子の話し相手になる折に、少しずつ自分のことも彼女に話した。井川や華南子にも話していない詳細を、認知症初期の老女にはなぜか話してしまう。

「ふん」また類子は鼻で笑う。

「男なんてね、あんた、当てにしてはいけませんよ。あんなのはね——」

ぴんと人差し指を立てる。この人の指はとてもきれいだ、と美優は思うのだった。顔や体同様皺が刻まれ、節くれだっていて年相応の指ではある。だが、丁寧に何かを生み出してきた指だ。お針子から修業して、彼女を時代の寵児《ちょうじ》にまで押し上げた歴史の詰まった美しい指だと思う。

「あんなのは、己の欲望に抗えない愚かな生き物よ」

ぽかんと類子を見上げてしまう。

「肉欲に溺れるのみで、そういう行為の果てに子種を放出していることすら、自覚していない。そう。放出なのよ。それ。あれはただの器官よ」類子は車椅子からぐっと身を乗り出す。「そう思っていた方が間違いないわよ。あんた、相手の男に何を期待したの？　責任取ってくれるとでも思ったの？　そういう行為の末に相手を孕ませたら、それですんなり父親になるとでも思った？」

類子は、今度は体を起こして天井を仰いだ。まるで巧みな演技をする女優を見ている気がした。この人の表現力には引き込まれてしまう。

「そんなのは幻想よ」吐き捨てるように言う。

「お腹で十月十日《とつきとおか》、子を育てる女とは根本的に違ってるの。そう思えば腹も立たないでしょ？」類子は、車椅子の背に身をもたせかけたまま、顎を引いて美優を見下ろした。

「男を父親の位置にきちんと据えようと思ったらね、女が上手に育てあげなくちゃいけないのよ。私はごめんだわね。そんな労力を使う時間が惜しかったの」

類子はぴしっと言い切った。

ついぷっと噴き出してしまった。類子の言葉は、すとんと胸に落ちてきた。こんな困難な状況に陥って初めて、美優の気持ちに一番寄り添った言葉だった。そして類子の生き方も如実に表している。

つまり、類子は愛人などに頼らず、華南子を自分の腕一本で育ててきたということだ。そしておそらく男とそういう関係になった時から、彼には何も期待せず、そうする覚悟ができていたのだ。時に癇癪《かんしゃく》を起こし、家族を手こずらせる老女が生きてきた軌跡を見た気がした。背筋をぴんと伸ばし、決して後ろを振り向くことなく生きてきた。他人に頼らず、泣き言も恨み言も口にせず、己の裁量で身を立て、仕事にまい進した。

母親になったのは、自分が望んだことか、それとも予期せぬことだったかはわからないが、すぐに気持ちを切り替えてそういう境遇を受け入れたに違いない。そして最終的には、愛人のもう一人の息子まで受け入れて一緒に暮らしている。度量が大きく、潔く、しなやかな生き方だと思う。そこまでのことは今の美優にはできそうもないが、でも何か光のようなものを感じた。

類子は華南子のことは呼び捨てにするが、井川のことは、「明良さん」と呼ぶ。呼び方には、親しみよりも冷たさがこもっている気がする。あんたには、必要以上には近づきませんよ、と暗に知らしめているような声なき声を感じるのだ。

今の家族が出来上がるまでに、きっと複雑ないきさつがあったのだろう。そこはもう類子も語ることはないだろう。井川の父親との関係も含めて、類子が忘れてしまったことは、彼女が「いらない」と判断したことなのだ。

この人のように強くなりたいと思った。母親として我が子を守り通してきた人のように。産後もここで子育てをしながら働かせてくれないものか。そう思うそばから、そんな甘ったれたことでは、子どもなんか育てられない。自立しなければと自分を戒めた。

こんな居心地のいいところにいたら、いつまでもここの人たちに頼ってしまう。たぶん自分を受け入れてくれたのは、行き場のない十代の妊婦に同情してくれたからだろう。たいして労力にならない妊婦よりも、身軽で力のある大学生とかをアルバイトに雇った方が戦力になるのだから。

未来は、華南子のことを「お母さん」と呼ぶ。井川のことは、「おじちゃん」だ。久登は、井川と華南子を「おじさん」「おばさん」と呼ぶ。その呼び方一つ取っても、それぞれの家族の立ち位置がわかる。井川も華南子も、どう呼ばれても同じように返事をしているけれど。兄妹だけど、この家では揺るぎない父と母であるということを示している。

太一はグリーンゲイブルズに来て、まだ半年ちょっとだということを聞いた。だから、まだ環境に慣れず、行動にむらがあるのだ。久登は中学校に、未来は小学校に通っている。太一も保育園に行ってはいるが、気が進まないのは容易に見て取れた。送って行こうと乗せた車から隙《すき》を見て逃げ出し、不自由な脚を引きずって家の中に入ってしまう。すると、華南子は無理強いはせず、保育園を休ませた。

井川はそんな太一を自分の作業所に連れていって、好き勝手に遊ばせている。

井川の作業所は、屋敷の裏側に立っている。元は納屋だった場所を改装して、彫刻をする場に造り替えたのだそうだ。そこで太一は自由に遊んでいる。三畳ほどの上《あ》がり框《がまち》があるので、そこで昼寝をしたりもする。口数の少ない井川とここにいるのが、太一は一番気に入っているようだ。

なんとなくその気持ちはわかる気がした。まず木の匂いがいっぱいに立ち込めているのがいい。青梅線沢井駅で降りた時に感じた懐かしい山の匂いが、さらに凝縮されたようだ。森や木が発散する匂いは、人間の奥深くにあるごくごくシンプルな感覚を刺激するのかもしれない。「初めにいた場所」とでも言おうか。

それを美優に語ったのは、この前に来た宿泊客の一人だ。梅雨の晴れ間にふと思いついてやって来たのだと言っていた。ただ森林浴をするために。雨上がりの樹木は、凄《すご》くたくさんのフィトンチッドを発散すると、三十代の彼は言っていた。森の中を当てもなく歩くだけで、何もかもを忘れ、自分をリセットできると。

彼はケーブルカーを使って御岳山に登って武蔵御嶽《むさしみたけ》神社に参拝し、「ロックガーデン」と呼ばれる渓流沿いを歩いたり、滝を見て下山してくる。それから御岳渓谷周辺を散策したりもする。そうやって「初めにいた場所」に戻ってまた都会に帰っていくのだと言っていた。毎年人の少ない時を見計らってやって来るグリーンゲイブルズの常連さんだという。

美優も井川の作業所を覗くのが好きだ。『ODORIBA』に飾ってあった目鼻立ちのはっきりしない女の子の顔と同じような、ただ形を柔らかに表した造形の木彫が置いてある。うずくまった小動物、羽づくろいをしている鳥、手のひらでくるんでしまえる果物、丸い傘のキノコ。人の顔もあるが、やはりどれも表情は曖昧だ。

削られた木肌そのままで、彩色もされず置かれているそれらを見ると、未完成のものかと思う人もいるだろう。不思議な造形だ。

「どうしてちゃんとした形にしないんですか？」

失礼だとは思ったが、そんなふうに尋ねてみた。井川だからできる質問だ。気難しそうな芸術家だったら、こんなことは訊けない。

「形か。この中に形があるんだよ」

またしとしとと雨が降り込める日、珍しくおとなしく太一は保育園に行っていた。

「この中に？」

美優は井川の手元を見詰めた。ノミで粗く削っている木は、まだ何の形にもなっていない。井川は、特に木の質にもこだわらず、近隣の製材所で出た木片をもらってきて彫っている。彼はまだ木皮の残ったそれを持ち上げて見せた。

「僕が作り上げるんじゃない。初めからここにあるんだ。僕はそれを見た気がする。でも彫っていくと、確かに見たと思ったものは、僕の手からするりと逃げていってしまうんだ。見ているつもりで、見えていないものはたくさんある」

よく意味がわからなかった。

「知らない間に人は大切なものを忘れてしまう。忘れたことにすら気づかないこともある」

井川はまた木片を作業台の上に置いて、ノミを振るい始めた。白っぽい木屑《きくず》が飛ぶたびに、生々しくすがすがしい木の匂いが立ち昇る。美優はその匂いを胸いっぱいに吸い込んだ。

「だから僕はもう形を追うのはやめたんだ。わからないものはわからないままにしておくことにした」

「へえ」理解し難かったが、そんな返事をした。

「この曖昧さが人々の心に響くのか、欲しいという人が現れてね。分けてあげていたら評判になって個展まで開いて――」井川はうつむいたまま、クスリと笑った。「売れるようになった。僕が彫った造形の中に、人それぞれの形を見るんだ。その人がずっと長い間忘れていたものかもしれないな。ぼんやりした木彫に向かう時、自分の心の中を覗くのさ。そして見つける」

「ああ」

それは何となく理解できた。あの『ODORIBA』にあった女の子は、見る時の感情によっていろんな表情を浮かべた。千沙はそれをよくわかっているから、何度も「どんな顔に見える?」と尋ねてきたのか。あそこにやって来る夜を漂い続ける少女たちに、ああやって尋ねる。するとあのおかっぱの女の子は、その子の気持ちを投影してみせるのだ。それこそ、鮮やかな造形となって。

「だから、欲しいという人に有難く買ってもらうことにしたんだ。グリーンゲイブルズはあまり儲《もう》からないから、助かってる」

井川は愉快そうに笑った。この笑い顔は、特に華南子と似ている。何ものにも囚《とら》われることのない、自由で静逸《せいいつ》な精神の持ち主だという気がした。類子も加えた三人家族が、平穏と宥和《ゆうわ》を得るまでの道のりは、険しいものだったのではないか。何の根拠もなくそんなことを思った。

「千沙さんとは前からのお知り合いなんですか？」美優は話の方向を変えてみた。

「ああ、千沙？　うん、そうなんだ」

手元の作品に目をやったまま、井川は答えた。

「今はああやって『ODORIBA』を起《た》ち上げて、君みたいな女の子に声をかけて手を差し伸べているけど、あいつも同じような身の上だったんだ。僕とは夜の繁華街で出会った」

井川のノミは、時折止まったり、また振るわれたりを繰り返している。木片の中にある彼なりの形を探しているみたいに。

初耳だった。強くてたくましい千沙は、自分のことは何も語らなかった。福祉に思い入れの強い女性なんだろうと漠然と思っていた。井川は手を止めて、削りかけた跡を指でなぞった後、視線を美優に移した。こんなふうにまともに、井川に真正面から向き合うのは、初めてだった。彼の目の虹彩《こうさい》はやや薄くて、灰色がかっていた。黄色味もある。そういえば彼の風貌は、ちょっと日本人離れしていると思い当たった。どことはうまく言えないが、手脚がすんなり伸びた体つきや、颯爽《さっそう》とした歩き方が。

「千沙さんは出会った時、私に忠告してくれたんです」

千沙は、深夜徘徊をする美優に、あんなところにいてはいけないと言った。性犯罪の被害者になったり、性産業にはまり込んで抜け出せなくなると。そのことを井川に告げた。続けて、自分が追い詰められた挙句、ピンクサロンの面接にまで赴《おもむ》いたことも語った。千沙にも言えなかったことだ。男性である井川にこんな告白をする自分に驚いた。木の匂いと、井川が作るまろやかな造形に触発されたのだろうか。

千沙が、己の性を切り売りすることは、自分の魂を奪われているのと同じだと言ったことを告げると、井川は彫りかけた作品から顔を上げた。

彼の顔の上に現れた複雑な感情をどうとらえたらいいだろう。苦痛か悲傷か、後悔か怒りか。いたたまれない気持ちになって、急いで美優は言葉を継いだ。

「スカウトマンに連れていかれたんです。私、バカだから。何にも知らなくて。寮もあるし、保育所もあるって言われて。もし、そこで働いてたら、千沙さんにも会えなかった。グリーンゲイブルズにも来られなかった。ううん、それだけじゃない。そのことを思うと怖くて——」

言葉を重ねるほど、言いたいことは逃げていってしまう。自分がどれほど無知で愚かだったか、そのことを伝えたかった。あの千沙の忠告は、自身の体験を元にしたものだったのか。それなら、千沙の言葉の深い意味をまだ自分はわかっていないということだ。

美優の心を読んだみたいに、井川はゆっくりと口を開いた。

「千沙は幼い頃、児童ポルノのモデルにされていたんだ。ものごころがつく前から」

「えっ？」

息を呑んだ。聞き間違えたのかと思った。

「あいつの母親には、軽い知的障がいがあった。父親は誰かわからない。生まれた千沙を抱えたまま、母親は生きる術《すべ》をなくしていた。そこにある男が現れた。クソみたいな男が」

物静かな井川が発した激しい言葉に戦慄《せんりつ》した。

井川はすっと目を逸《そ》らすと、また元の作業に戻った。

「そいつは千沙の体を金に換えようとしたのさ」

コン、コン、コンとノミの尻を叩くゲンノウの音が、静かに作業所に響く。

「母親の肉体も精神も支配下に置いて、千沙の裸を撮影し、児童ポルノとして売っていた」

「そんな……」

思いもかけない井川の話に絶句した。

「あいつの体は、あいつのものじゃなくなった。ただの商品にされた。写真画像に付加価値を付けて高く売ろうとして、男は千沙の背中に刺青まで入れた」

千沙の家に泊まった時、ちらりと盗み見た彼女の背中の刺青を思い出した。

口に持っていきかけた手が震えている。コン、コン、コンという単調な音は続いている。井川が平静な気持ちでこの壮絶な話を語れるのは、千沙のことを深く理解しているからか。過去の千沙も、今の千沙も。

「中学生の時に、千沙はやっと男の呪縛から逃れて家を飛び出した。きっともっとひどいことをあいつにされていたはずなんだ。母親だけじゃなく、千沙にも男は手を出そうとしたんだろう。それでとうとう我慢できなくなったんだな」

「その時に」ぐっと唾を呑み込んだ。「井川さんと千沙さんは知り合ったんですか?」

「うん」井川は木片を目の高さまで持ち上げて、いろんな方向から眺めた。「その頃、僕もグレてたから」

さらりとそんなふうに言ってのける井川の横顔は、穏やかなものに変わっている。

「でも今は、千沙さんは同じような境遇の子を助けてる」囁くような小さな声を出した。

「そうなんだ。あいつは放っておけないのさ。どこにも行き場のない女の子たちを。そんな子らを作ってしまう社会を」

知らぬ間に止めていた息をほうっと吐いた。明るい陽光の差し込む作業所が、さっきまでとは違って見えた。いや、もっとたくさんのものが変わっているのかもしれない。ものを知るということは、見える景色を変えてしまうことだ。

「だから、私を助けてくれたんだ……」

「そうせずにいられないんだ。あれが千沙の生き方なんだ。迷っていたあいつにも、手を差し伸べてくれた人がいたから。彼女は今は幸せなんだろう」

陽平というよきパートナーとも出会った。

「よかったです。千沙さんが幸せで」

言葉にすると、いかにもありきたりな感想だ。だが井川には、伝わったようだ。美優に向かってにっこりと笑うと、また木片に向き合った。

「君も千沙に会えてよかったね。人と人との出会いは偶然だけど、大きく人生を変えることがあるよ」

井川が彫っているものは、まだ粗く削られた円筒形にしか見えなかった。両側に耳のような突起が二つ付いている。人の頭か動物か。それとも鍋のような調理道具か。

高窓から差してくる光に、白い木肌が輝いていた。誰かがこれを見て、忘れていた何かを思い出すのだ。


六月も末になると、梅雨明けが待てないお客がグリーンゲイブルズに次々とやってきた。若いカップルや友人どうし、あるいは家族連れ。定年退職後の夫婦もいた。都会から近く、だが都会の喧騒《けんそう》を忘れられるここは、恰好の避難場所、あるいは憩いの場だった。

多くの客はリピーターで、井川や華南子と親しく口をきいていた。中には類子のことを知っていて、会いたがる人もいた。類子はまんざらでもないらしく、ロビーまで車椅子で出てきて、昔の自慢話をしていた。

お腹の目立ってきた美優が、部屋の掃除や朝食の配膳などをしていると、逆に客に気を遣われたりした。のったりとしか動けない自分が歯がゆかった。これでアルバイト代をもらっているのは申し訳ない。ちゃんとした人を雇いたかったに違いないと、くるくると動き回る華南子を見ていると感じた。

夏に向かうゲストハウスの忙しさは、子どもたちも心得ているようで、久登も未来もよく手伝いをしている。自然に類子と太一の世話は、美優の役目になった。類子は相変わらずしっかりしているかと思えば記憶がちぐはぐで、ないものを探させたり、変なものを買いに行くよう命じられたりした。しかし、要領がわかってくると、彼女の機嫌の取り方もうまくなった。

今の問題は太一だ。世話を焼いていると、たまに手をがぶりと噛まれた。つい「いたっ！」と声を荒らげてしまう。華南子は手を噛まれても、鷹揚《おうよう》に笑っているだけだ。そんな反応は、とても美優にはできなかった。よく見たら、華南子の手には、小さな歯型がいくつもついていた。

それからこれは前から目にしていたことだが、食事の時、遊び食べをして散らかしてしまう。それは太一の不安な感情の裏返しなのだそうだ。そうやって大人の顔色を見ているのだ。決定的に相手を怒らせてみるという方法しか、太一には自分の立ち位置を測る方法がない。

彼の口癖は「嫌だ」と「おうちに帰りたい」だった。

華南子はそんな時、叱らずにただぎゅっと抱き締めてやる。初めは体をよじって嫌がっていた太一が、落ち着いてくるから不思議だ。ただし、美優がこのやり方をしても効果はない。賢い幼児は、ちゃんと相手を見て反応を変えているのだ。

華南子が忙しいので、朝、沢井駅の近くの保育園まで送り届けるのも美優の役目になった。不機嫌な太一をなだめすかして歩かせる。脚が不自由な太一は、なかなか進まない。保育園に行くのが嫌なのだ。送っていって、しばらく園での様子を見ていると、太一は遊びの中に入っていかない。遊びたい気持ちはあるが、遠慮しているようだ。

友だちからも敬遠されているみたいだ。脚を引きずることをからかわれることもある。華南子に、太一は園でいじめられているんじゃないかと相談してみた。

「そうね。そうかもしれない。先生にもその点は気をつけてもらっているのよ」と華南子にしては素っ気なかった。納得がいかない顔をしていたのだろう。美優のそばに寄ってきて、手を取った。しばし仕事の手を休めて、美優とダイニングの椅子に座る。

「あのね、太一はあの脚で生きていかないといけないの。不自由だけど仕方がない。それがあの子の人生だから。今は手を貸してやれるけど、いつかは自分でやっていかないとね。もっともっと厳しいことがこれからはあるかもしれないでしょ？」

美優の両手を握ったまま、華南子は続けた。

「私たちにできることは、あの子に安心して過ごせる場を提供してやること。そして自信を取り戻させてやること。自分は、愛されて当然なんだということをわからせてやること」

複雑な事情を背負った子を、グリーンゲイブルズは迎え入れているということだ。

「華南子さんと井川さんは――」とうとうその疑問を口にした。「どうして里親をしているんですか？」

二人とも結婚もせず、よその子を養子にしたり里子にしたりするのはなぜなんだろう。それぞれの家庭を築けば、自分の子を得ることもできただろうに。でもそこまでは踏み込めなかった。華南子は握った手にぎゅっと力を入れた。

「おかしいでしょうね。でもこれが私たちが選んだ生き方なの。太一が不自由な脚を克服して強く生きていかねばならないのと同じように、私たちもこの生き方を受け入れたの」

見据えられてコクンと頷いた。理詰めでは説明し難いものが、そこにはある。だが、感覚的にそれがわかった気がした。また一つ新たに知った感覚だった。

「さあ、それじゃあ――」華南子はさっと立ち上がった。「お夕飯の支度を手伝ってちょうだい。今日は特別なお客があるのよ」

「誰ですか？」

「三年前まで預かっていた子なの。ここから巣立ちしていった後も時々帰って来てくれるのよ」

その人は、夕方にやって来た。二十一歳になった今は、大工として働いている櫛田《くしだ》徹《とおる》という男性だった。

「ひゃああ、徹君、真っ黒に日焼けしてるね」華南子が嬉しそうに声を上げた。

「そりゃあ、そうっすよ。毎日真面目に野外で仕事してるんだから」

時々グリーンゲイブルズに帰って来るというのは本当のようで、久登と未来は、喜んで徹のそばに寄っていった。太一は初対面なのだろう。また井川の後ろに隠れた。

徹はお土産をそれぞれに渡した。

「気を遣うなよ。家に帰って来るのに」そう言いながら、井川もニコニコしている。

「はい、ばあちゃん」

羊羹《ようかん》の包みを渡された類子は、「徹が人に物を買って来るとはね。たいした出世だ」と目を丸くしている。「ここにいる時は、悪いことばっかりしてたのに」

「ばあちゃん、それを言うなよ」

皆がどっと笑った。

「あれ？　この子誰？」美優に初めて気がついたように徹が言った。

「アルバイトで来てもらってるのよ。柳田美優ちゃん」

美優は「よろしくお願いします」と頭を下げた。

「あ、おめでたなんだ」

徹も美優の腹を見て微笑んだ。やっぱりめでたいと言ってもらえるんだ。そう思うと、美優も自然に頬が緩んだ。

四日間だけ親方に休みをもらって来たのだという徹は、久登の部屋に荷物を置くと、ゲストハウスの仕事をさっさと手伝い始めた。いつも大工仕事が暇な梅雨時期に休みをもらうらしい。高校を卒業するまではグリーンゲイブルズで過ごしたという徹は、要領を心得ている。やって来る宿泊客を部屋に案内し、近辺の見どころや飲食店の場所などを快活に説明している。軽い足音や賑やかな声がグリーンゲイブルズの中に響き渡る。徹にまとわりつく未来の笑い声も、甲高《かんだか》い。

「徹君が来ると、活気づくよね」

華南子と井川が微笑み交わしている。

「手のかかる子ほど可愛いっていうけど、ほんとだな」

「あなた、ほんとに苦労したものね」

華南子が物置からリネンを取り出しながら、井川に目配せした。何枚も重ねたリネンを、井川がさりげなく受け取った。

「どの部屋？」

「メイフラワーの部屋」

グリーンゲイブルズの客室六室には、それぞれ花の名前がついている。『赤毛のアン』に出てくる花だという。

井川はリネンを持って、トントンと階段を上がっていった。華南子はそのままキッチンに戻っていく。その後ろ姿を、美優は黙って見ていた。

華南子は、他の人には井川のことを「兄」と言うが、二人で話す時には「あなた」と言う。井川は「華南子」と呼んでいる。そんなふうに呼び交わす兄妹もいるだろう。だけどこの二人の間には、特別な空気感が存在する気がする。母親も名字も違い、そしておそらくは育ちも別々だったろう二人が出会い、華南子の母親を入れて三人で暮らし始めたのには、どういういきさつがあるのだろう。

そして兄と妹で里親になって、何人もの子の養育に携わるようになったのはなぜなのだろう。里子になったり、養子に迎えたりする子は、複雑な事情を抱えていることが多いが、この二人にも何か密《ひそ》かな事情がありそうな気がする。どちらもそういうことは語らないが、井川に対して微妙な感情を見せる類子や、井川と千沙との関係を考えあわせると、彼らにもこういう生活を選ぶだけの理由があったように思うのだ。

久登も徹が来て、嬉しそうだ。お客が途切れる午後の時間、雨も上がったので、表で二人でキャッチボールをしている。久登は徹のことを「兄ちゃん」と呼ぶ。未来は普段、久登のことを「ひさ兄」と呼んでいるが、徹には「とおる兄」と呼びかけている。たぶん、徹が一緒に住んでいた時は、こうやって区別していたのだろう。未来にとっての二人の兄だ。ここに血のつながらない疑似兄妹が出来上がっている。

暇になったので美優も外に出て、木陰のベンチに座ってキャッチボールを眺めていた。前庭では、未来が種を蒔《ま》いたひまわりが、すっくと背を伸ばしている。そのそばに涼やかな緑の葉を繁《しげ》らせた二メートルほどの木が立っている。枝にトゲがあるその木はメイフラワーだ。華南子に教えてもらった。里親になる時に植えた記念の木なのだそうだ。

「ついこの間まで可愛らしい花をつけてたのよ」

きっとそれを選んで植えたのは、華南子だろう。

スパン、スパンとボールを受ける気持ちのいい音が続く。川面《かわも》を渡ってきた風が吹いてきて、久登の前髪や、徹のTシャツの裾をなびかせる。ここは、コンクリートに囲まれた都内に比べるとずっと涼しい。雨が降ると寒いくらいだ。類子が避暑地として選んだのも頷ける。

それでも美優は、少し動くと汗だくになった。妊娠していると暑さをより感じるようだ。

日に何度も着替えをした。ゆったりしたワンピースを何枚か買った。母がデパートで買ってくれたマタニティウェアは、働くのには適さない。安物でも、動きやすいものがいいのだ。

「お、なかなかいい球を投げるようになったな、久登」

そう徹に言われると、久登は素直に笑みを浮かべた。徹は、いつまで経っても兄妹の中では兄貴分なのだろう。独立した後もこうやってこの家に戻って来ることは、ここへの思い入れの深さを示している。

今、ここに揃った疑似兄妹四人は、血のつながりはない。徹という兄を慕っている久登も、未来という妹の世話をし、手を焼く太一の面倒を辛抱強くみている。彼には小さな弟の気持ちがよくわかっているようだ。泣き喚く太一のそばにじっと座っているだけの時もある。なだめたり、あやしたりすることなく、ただ黙ってそばにいるだけだ。そうしていると、しだいに太一は昂《たかぶ》った感情を収めていくのだった。

「久登には、太一の痛いところがわかってるのよ。そして太一も久登がそれをわかってくれてるってことを本能的に感じるんだよね」

離れたところから寄り添う二人を見ながら、華南子は言ったのだった。

やがて気持ちよく疲れた徹と久登は、キャッチボールをやめた。久登は、宿題があるからと言って、家に戻っていった。今晩は、徹は久登の部屋で寝ることになっているらしい。

それも楽しみなようだ。

白いバンが入ってきて、玄関前で停まった。たまに来る食品加工場の車だ。漬物や味噌《みそ》、干しシイタケ、ジャムなどを製造している業者だ。納入のついでに農家からもらった形の悪い野菜をおすそ分けしてくれるので、食料の足しになると華南子は喜んでいる。久登は、荷物を下ろす業者を手伝ってから、家に入った。

徹が頭に巻いたタオルを取って汗を拭きながら、木陰のベンチに寄ってきた。美優の隣にドスンと腰を下ろす。

「いつまでバイトすんの？」

「え？　たぶん、八月の終わりくらいかな。お産が近づくまで」

どぎまぎしながらそう答えた。

「そっか」

徹は短く言った。年季の入ったグローブに、右手でボールを叩きつけている。

「徹さんは、いつからここにいたんですか？」

話の継ぎ穂が見つからず、そんなことを問うてみた。

「俺？　俺は中学三年からここにお世話になったんだ。ちょうど久登の年くらいの時に」

「大きくなってからなんだ」

「まあね。親が離婚して親父と一緒に暮らしてたんだけど、親父の再婚相手とうまくいかなくてさ。そんで夜とかほっつき歩いて遊んでたら補導されて。親父が俺を引き取るのを拒否したもんだから、結局児童養護施設に入れられた。そこでも問題児だったんで、里親家庭で育てた方がいいだろうってことになって、こっちに引き取られたんだ」

ベンチの上に涼しい影を落としている木はモッコクで、小さな白い花を付け始めていた。

「まあ、ここでも生活態度は改まらずってやつでさ」

徹は真上に向かってボールを投げた。それはモッコクの幹に当たり、咲いたばかりの花びらがパラパラと散った。落ちてきたボールをキャッチした徹は続けた。

「しょっちゅう問題を起こしたよ。学校はサボるし、ヤバい連中とつるんで警察のお世話になるし。夜もここに帰らず街に出て遊んだ。こんな田舎に連れてこられたのが気に入らなくて、つまんなくて」グローブの中でボールを回しながら、徹は下を向いて笑った。

「そしたらおじさんがさ、新宿だろうと渋谷だろうと捜しに来るんだ。参ったよ。一晩中歩き回って捜すんだから」

「井川さんが?」

「うん。あんまりしつこいから、なんでそんなに俺にかまうんだって訊いた。そしたら、おじさんも同じようなこと、やってたって。その時に、やっぱりしつこく連れ戻しに来てくれた人がいて、その人のおかげでまっとうになったんだって言ってた」

作業所で話した時、井川が「僕もグレてたから」と話したことを思い出した。

「そんなことが何度もあって、面倒くさくなって、遊びに行くのをやめたんだ。遊び仲間もおじさんのこと、うざったいとか言うし。おじさんを連れ戻してくれた人が、おじさんに木工を教えてくれたんだって。それでおじさんは、木彫りに興味を持って始めた。俺もやることとなくて暇だったから、おじさんの作業所でノミの使い方を教わって、木片をいじるようになったんだ」

それが高じて、今は大工をやってるんだと徹は笑った。小麦色の肌に、ちらりと見える歯が白い。木工が人と人とをつないだということか。そういえば、井川は自分が使うノミとは別に、古い道具箱に納まったノミを持っている。それは決して使わず、大事に棚に置いてある。井川は時々開けて見ている。横からそっと覗くと、使い込まれたノミが入っていた。きちんと溝に納まるように作ってあるので、一本足りないのがわかった。七本入りの道具箱にノミが六本。それは井川が恩人から受け継いだものなのだろうか。

「井川さんは、なんで里親を始めたのかな？　妹の華南子さんと一緒に。夫婦で里親をしてる人が多いと思うのに、どうして二人とも結婚もせずによその子の面倒をみてるんだろう」

ついそんなことを口走ってしまった。

隠さずに何でもしゃべる徹に親近感を抱いたこともあるし、ある程度大きくなってから里子になった徹なら、事情を知っているかもしれないと思ったのだ。

「そうだなあ、俺もよくは知らないんだけど——」徹は言葉を選ぶように考え込んだ。「ばあちゃんがまだしっかりしていた時に、ぽろっとしゃべったところによると、おじさんとおばさんは、大きくなってから偶然知り合ったみたいだ。それまで自分に兄妹がいるなんて全然知らなくて。で、話してると、父親がおんなじだってわかって、それでばあちゃんも一緒に三人で暮らすようになったって」

「そうなんですか」

「でもさ、ばあちゃんは、その成り行きが気に入らないみたいだったな。おばさんには、ちゃんと結婚して自分の子を持ってもらいたかったんだよ。ばあちゃん、結構有名なデザイナーだったんだ。知ってる？」

うん、うんと頷いた。

「だからさ、娘が結婚する時は、すっごく豪華なウェディングドレスを作ってやるのが夢だったんだって」

それはそうだろうなと思った。パリコレに出品するくらいのファッションデザイナーの一人娘なのだ。類子は華南子に着させるものにもこだわっていただろう。なのに、今は毎日エプロン姿で駆け回っているのだ。

「でもおばさんは、結婚もしないで子どもも産まなかった。それはおじさんのせいだって、ばあちゃんは恨んでるみたいだな。これ、俺の推測だから、誰にも言うなよ」

それにも頷く。そこはたぶん類子も華南子も井川も、触れて欲しくない部分なのだ。

「でも、まあ、俺はグリーンゲイブルズがあって助かったんだけどな。おじさんとおばさんが里親をやってなかったら、今頃犯罪者になってたかもな」

ぎょっとして徹を見やると、彼はアハハハと体をのけ反らせて陽気に笑った。その顔の上にもモッコクの花が落ちてきた。

徹は四日間、グリーンゲイブルズに滞在して仕事に戻っていった。

ケースワーカーの江藤から連絡が来て、臨月になったら受け入れてくれるマタニティハウスが見つかったということだった。安心してお産に臨むことができるとわかって、安堵した。

美優は、今度は一人で青梅まで電車で行って、産婦人科の健診を受けた。エコーで見ると、お腹の子は、さらに大きくなっていた。体重はもう八百グラムはあるという。瞼ができて、目を閉じたり開いたりができるようになっているとのことだった。だから、表情も豊かになったように感じられた。美優は、今まで以上に興味深くエコーの画像に見入った。

「もう大脳が発達しているのよ。だからいろんなことを考えたりしているわよ。夢も見たりしているかも」

医師は、そんなことを言った。母子手帳の保護者名欄は二段になっている。そこには本来なら両親の名前を連ねて書くのだろう。でも美優が差し出す母子手帳には、父親の名前はない。医師はそのことには一切触れなかった。他の妊婦さんと何も変わることなく扱われることに、ほっとした。もうすぐこの子に会えるのだと思うと、幸せな気持ちになった。ちゃんと生まれてきてくれるだろうか。きちんと育てられるのだろうか。今までとは少し違った悩みが湧き上がってきた。しかし、以前のように不安でどうしようもなくなるということはなかった。

きっと可愛い女の子が生まれるに違いない。たった一人の私は、自分の力で家族を生み出すのだ。そう思うと、誇らしく、体の奥底から力が湧いてきた。産婦人科医院の扉を押し開けて外に出た。

夏めいた明るい光の中に、一歩を踏み出す。空に虹がかかっていた。世界が自分を祝福してくれている気がした。もうすぐママになる十七歳の女の子を。

第二章　夜叉《やしゃ》を背負って

祭壇に飾られた祖母の遺影はいつのものだろう。

明良が親しんできた祖母とはかけ離れて見えた。きっと十年以上は前のものだろう。大勢で撮った集合写真から切り取られてきたのか、輪郭がおかしな具合にトリミングされていて、その上にピントが合っていない。

柱にもたれて煙草《たばこ》をふかしている叔父《おじ》の則夫《のりお》は、じっと狭い庭ばかり見ている。明良の方を見もしない。

明良は、祖母の葬式で久しぶりに会った母の梢《こずえ》のことを考えていた。梢と会ったのは一年半ぶりだ。母は再婚していて、再婚相手と一緒に参列していた。千葉県の船橋《ふなばし》市で、夫婦でカフェを経営しているのだ。

「明良、元気そうね」

梢にそう声をかけられて、「うん」とだけ答えた。隣で夫が顔をしかめた。「相変わらず愛想のない奴《やつ》だ」と顔に書いてあった。

彼には連れ子が二人いる。高校生と中学生の姉妹だ。細い目と高い頬骨が父親と似ていて、お世辞にも可愛《かわい》いとは言えない。ずっと前に一度母に呼ばれて船橋の家に泊まりがけで行ったが、姉妹はあからさまに義理の弟を嫌った。陰湿にじくじくといじめられた。母は、それを見て見ぬふりをした。

あれは三年以上前のことだ。それ以来、明良は母のところには行っていない。母は実母である祖母、あき江《え》のところに息子を預けたまま再婚したので、明良は祖母に育てられたのも同然だった。その祖母が死んでしまった。

七十を過ぎても元気で近所の大衆食堂で働いていたのに、八日前、「今日は頭痛がひどいから、先に寝るよ」と言って横になったきり、朝になったら冷たくなっていた。脳出血を起こしていたのだ。

「まあしょうがないよな」病院に駆けつけた叔父が言った。「中学一年生の明良じゃあ、祖母《ばあ》ちゃんの具合が悪いなんて気がつかないだろうな」

暗に責められているような気がした。実際、明良が病院に行くように言っていたら、あるいは母か叔父に祖母の異変を伝えていたら、あき江は助かっていたかもしれない。頭痛を訴えていたのは、その数日前からだったから。

でももう何もかも遅い。祖母はもう戻って来ない。彼女との穏やかな生活は失われた。小さな借家だが、居心地のいい場所からも離れなければならない。

「うちでは引き取れない」梢はきっぱりと言った。「うちの人が嫌がるもの。もう二人子どもがいるし、これ以上は育てられない」

その時も、叔父はただ煙草をくゆらせていた。叔父は独り者だが、長距離トラックの運転手をしているので、明良を養育するのは不可能だった。

「困ったな」

叔父はコーヒーの缶の中に、煙草の吸殻を落とした。じゅっという音を、明良は情けない気持ちで聞いたのだった。

梢が出した結論は、元の夫に明良を押し付けることだった。明良にとっては実の父親に当たる男に。叔父は、向こうが「うん」と言うわけがないと言ったが、連絡を取った父は、明良を引き取ることに同意した。

「ほらね。あの人はいつもそう。何でも安請け合いをするのよ」

母はそんなふうに言った。しかし、明良を引き取らずにすんで、ほっとしているようだった。

それで今、明良は叔父と一緒に、父が迎えに来るのを待っている。梢はさっさと千葉へ帰ってしまった。叔父が煙草をくわえたまま、壁の時計をちらりと見やった。

「遅いな」

明良は下を向いた。そばには、彼の荷物がきちんとまとめられている。祖母との思い出の借家は、解約手続きが済んでいた。明良が出ていけば、叔父が適当に片付けて大家に返す段取りになっていた。

　ここを出ていきたくなかった。学校も移って、友だちとも別れなければならない。第一、父は母よりもさらに遠い存在だった。彼の記憶はおぼろだ。両親は、明良が三歳の時に離婚していた。しばらくは、この家で梢とあき江と三人で暮らしていたが、母は明良を置いて再婚した。以来、祖母との二人暮らしだった。

　ガラガラと玄関の引き戸が開いた。ゴンと音がする。

「いてっ」

　玄関を入ろうとして頭をぶつけたのだ。聞き慣れない男の声に、明良は身を硬くした。叔父が煙草を灰皿で押しつぶし、のっそりと立っていった。

「やあ！」陽気な声がした。「君はえっと……」

「則夫。梢の弟だ」

「ああ、そうだったね。明良はどこだい？」

　叔父が明良を呼んだ。仕方なく玄関まで出ていった。

「明良！　大きくなったじゃないか」

　大柄な男が近寄ってきて、明良をぎゅっと抱き締めた。明良は身をよじって太い両腕から逃れた。父の肩越しに、叔父が不快な顔をするのが見えた。

父、井川裕一郎《ゆういちろう》は、母親がアメリカ人で、ハーフだった。しばらくはアメリカで暮らしてもいた。だから動作がおおげさで、感情表現も直接的だった。そういうところが、地味で朴訥《ぼくとつ》な叔父とは合わないのだ。何となく感覚でそういうことがわかった。

両親が離婚してからは、明良は父にほとんど会ったことがなかったから、不安が先に立った。裕一郎は奥の部屋まで入ってきて、あき江の遺影と位牌《いはい》に手を合わせた。それからポケットから香典を出して祭壇に供えた。香典には、くしゃっと皺《しわ》が寄っていた。

そういう仕草を、叔父は突っ立ったまま冷たく見下ろしていた。

「則夫君、今まで明良を育ててくれてありがとう」

裕一郎は叔父に向かって頭を下げた。

「いや、明良の面倒をみたのは、お袋だけどね」

いくぶん柔らかな声で叔父は答えた。

「うん、あき江さんには感謝してるよ。まさかこんな亡くなり方をするとは思わなかった」

祖母が死ななかったら、父は自分を迎えに来ることもなかったのだ。息子のことなど考えることなく過ごしていたはずだ。そういうことを明良はぼんやりと考えた。

「まあ、姉貴は再婚してるし、俺は不規則な働き方をしてるしな。明良をこれ以上は面倒みられないんだ」

「ああ、いいんだ。これからは俺がこいつと暮らすから」

自分の意思に関係なく生活環境が決められることに、腹立たしい思いがしたが、明良は黙っていた。梢のところへ行くのは嫌だったし、叔父とも暮らせない。だったら、陽気な父に頼る方がいいかもしれない。無理やり自分に言い聞かせた。

とりあえず身の回りのものを詰めたボストンバッグ二つを、父は提げた。明良は中学の通学カバンを背負った。あとのものは、自室として使っていた四畳半に段ボール箱に入れて置いてある。叔父が父の住所に送ってくれる手はずになっていた。

「じゃあ、行こう」

家の前にポンコツのミニクーパーが停《と》めてあった。長身の父は、そんな小さな車に乗るのに苦労していた。それを黙って見詰めている明良に、これは他人に借りたものだと裕一郎が言った。叔父は見送りに出てくることはなかった。

車に乗り込む前、振り返ってみた明良の目に、庭に群れ咲いている水仙が映った。特に手入れもしない雑草だらけの庭に、冬になるとすっと茎を伸ばして律儀に白い花をつけた。

「ああ、忘れてたよ。あそこにまた水仙が咲いてる」

そう言ってあき江は庭に下りて、花の周りの草を引き抜くのだった。

毎年、そこに咲くのがわかっているくせに、必ず「忘れてた」と言うのだ。幼い明良がそのことを指摘すると、彼女はにっこり笑って「忘れてた方が、見つけた時に嬉《うれ》しいだろ？」と答えた。

数年間繰り返されたやり取りだった。そのことを、明良は思い出した。

その後、裕一郎に促されてミニクーパーの助手席に座った。二度と戻って来ることはな
い水仙の咲く庭を、本当に明良は忘れた。

裕一郎は、見栄えのいい男だった。彫りの深い顔立ちだし、スタイルもよかった。

父の容貌を、明良はあまり受け継いでいなかった。背は高かったが、顔の作りは母である梢に似ていた。だが瞳だけは裕一郎から遺伝していると感じた。虹彩《こうさい》は黒よりも、灰色に近い色をしていた。中心は黄土色に近い薄茶色だった。裕一郎の両親は、既に亡くなっていると聞いた。この瞳は、会ったことのないアメリカ人の祖母から来たものだろうと思った。思っただけで、父に伝えることはなかったが。

「明良の目は、裕一郎にそっくりだね」

そう言ったのは、裕一郎と暮らしていた女だ。韓国人で、ユナという名前だった。

「それ、ハシバミ色って言うんだよ」

別の女が教えてくれた。女子学生だったたと思う。

裕一郎はユナと暮らしながら、その女の子とも付き合っていた。要するに女性関係にル

ーズな男だったのだ。日本人離れした風貌で英語を操り、身に着けるものもセンスがいい。そんなだから、女から好かれないわけがない。そういう事情を、もっと後になってから知った。

ユナと暮らすマンションに連れていかれて、明良は面食らった。父と二人で住むのだとばかり思っていた。新大久保《しんおおくぼ》にあるマンションは細い道路に面していて、入口のドアガラスは割れてガムテープで補修してあった。

ユナは近くの韓国料理店でウェイトレスをしていた。裕一郎は、高田馬場《たかだのばば》にある語学専門学校で英語を教えていると言っていた。女子学生は、そこの生徒のようだった。

祖母と住んでいたのは狛江《こまえ》市だったから、新大久保のようなごちゃごちゃしたところには、まず馴染《なじ》めなかった。

「あの人は、お父さんの奥さん？」

ユナを紹介されて、明良は父に尋ねた。母と同様、父も再婚したのだと思った。

「いや、ユナはパパの恋人《ラバー》だ」

そういうことを照れもせずに口にした。ぴっちりとしたドレスを着たユナは、それを聞くと、嬉しそうに体をくねらせた。どうして僕を引き取ったんだろうと明良は考えた。マンションの部屋は、そう広くはない。壁紙はくすんで破れ、安っぽい家具が置いてある。余裕がある暮らしぶりには見えなかった。

夕方になると、ユナは仕事に出ていった。すぐに街のネオンサインが輝きだし、明良は落ち着かない気分になった。裕一郎が、フライパンを操ってチャーハンを作ってくれ、二人で向かい合って食べた。

結局明良はそこから中学校へ通った。その環境に慣れるしかなかったし、実際に慣れた。両親が離婚した時から、明良は梢の旧姓を名乗っていたが、今度は父の籍に入ったので、名字が井川になった。すぐに春休みが始まり、明良は同級生の顔も担任の顔も憶《おぼ》えられないまま、二年生になった。

進級しても、クラスには溶け込めなかった。多国籍な街、新大久保にふさわしく、外国人の子もいたりして、どうにもざわついた校風だった。友人もできなかったし、授業にも身が入らなかったから、明良はちょくちょく学校をサボった。裕一郎もユナも、何も言わなかった。だから学校へ行く振りをする必要もなく、好きなだけ家にいられた。

ユナは気のいい女で、暇があると新大久保の街をあちこち連れ歩いてくれた。歌舞伎町が隣にあるので、そこで働くホステスたちが多く住んでいるらしかった。家賃の安い新大久保に住むのは韓国人が多く、それで韓国の家庭料理を出す店が増えたのだとユナは言った。彼女の友人にもホステスがたくさんいた。

ユナは家事にはまったく向いていなかった。家の中は乱雑で、料理も一切しなかった。いつも店から韓国料理を持ち帰り、冷蔵庫に突っ込んでいた。それをそれぞれが好きな時に取り出して食べた。汚れた食器は明良が洗い、溜《た》まった洗濯物は、裕一郎がコインランドリーに持っていって洗濯した。だらしないユナに裕一郎が文句を言っても、ユナは平気な顔をしてへらへら笑っていた。

だからだろうか。裕一郎は、時々家に帰って来なかった。

「キミちゃんのとこに行ってるんでしょ」

さらりとユナは、そう言った。キミちゃんというのが、父のもう一人の恋人の名前だった。そういう調子だから、他にも関係している女性がいたのかもしれない。ユナはたいして気にしていなかった。モテる裕一郎が自分以外の女と関わることは当然のことだと思っていて、それでも自分と暮らしていることが嬉しいというふうだった。

地味な祖母に育てられた明良には、理解し難い生活環境だった。実父である裕一郎の生き方も、彼のパートナーであるユナの心情も、新大久保の混沌《こんとん》さも。

だが、そのことで心を悩ませ続ける必要はなかった。

裕一郎はしばらくしてユナと別れて、武蔵小山《むさしこやま》に引っ越した。明良もそれにつれてまた転校した。新大久保とは違って、自然豊かな土地だった。すぐ近くに、元は林業試験場だった「林試《りんし》の森《もり》公園」があった。多くの野鳥が見られるので、双眼鏡やカメラを持った人がよく歩いていた。明良はそこの池で、初めてカワセミを見た。立会川《たちあいがわ》緑道《りょくどう》沿いの桜並木といい、静かで美しい土地だった。

父がそこに移ったのは、武蔵小山駅の近くで本屋を営む女性と懇《ねんご》ろになったからだ。ユナよりもかなり年上の女性だった。双葉《ふたば》という名前の女と一緒に暮らすために、裕一郎はかキミちゃんと揉《も》めたようだった。小さな本屋の二階にある双葉の住居に、何度かキミちゃんが押しかけて来た。夜に酔っぱらって来て、シャッターの前で怒鳴るので、仕方なく裕一郎が下りていってなだめたりしていた。

まだその時は、語学学校の講師をしていたので、キミちゃんともきっぱり切れていなかったのかもしれない。

双葉は、寂しそうに笑っていた。何年か前に夫を亡くしたという彼女は、いつもそんな笑い方をした。双葉は、愛人が連れてきた息子のことを「明良さん」と呼んで大事にしてくれた。

その頃になって、ようやく明良にも裕一郎という人の生き様が呑《の》み込めた。

この人の生活は、その時々に付き合う女性によって左右されるのだ。家を構えて落ち着こうとか、身を固めようとか、そういうことは考えない。いつも女性の暮らしているところに転がり込むのだ。よくもまあ、それで息子を引き取ろうなどと考えたものだ。そう気づいた時にはもう遅かった。明良は、根無し草のようにふらふらと生き惑う父の生き様に巻き込まれていた。

まったく不可解な人物だった。彼は決して相手を邪険にはしなかった。それが優しさかどうかはわからない。彼の恋愛は、相手から求められるという一点に尽きた。裕一郎の気持ちはどうだったか。もしかしたら、彼は誰も愛したりはしなかったのかもしれない。

裕一郎は、左手の甲から前腕にかけて刺青《タトゥー》を入れていた。鍵に緩くリボンが巻き付いているデザインで、うねったリボンには「Eileen」と文字が書かれてあった。これはアイリーンという裕一郎の母親の名前だそうだ。彼女はアイルランド系のアメリカ人だったと父は言った。

双葉との暮らしは、新大久保での暮らしとは打って変わって平和だった。本屋の二階の気持ちのいい住居で、父はそういう話をした。

「お前のお祖母《ばあ》さんは、スマートでクールだったね」

つまり、賢くてかっこよかったということだ。裕一郎との会話から、そういう英単語の意味を明良は学んだ。父に裕一郎という日本的な名前を付けた祖父は学者で、アメリカの大学で教鞭《きょうべん》を執っていたらしい。戦前、アメリカの大学で学び、戦争が終わると、開かれた教育と研究環境を求めていちはやく再渡米した。進取の気性の持ち主だった彼は、その時にアイリーンという美しい娘と出会って結婚したのだと。二人の年齢は、二十歳以上離れていたので、お互いの親族から認められないという困難な幕開けだったようだ。祖父は、裕一郎が十歳の時に帰国することになった。しかし、アイリーンはついて来なかった。籍は入れたまま、東京とシカゴで離れて暮らすようになった。

「そんな中途半端な生活がしばらく続いたけど、父さんが死んでしまったので、僕はアメリカに渡ってママと暮らすことにしたんだ」

それは裕一郎が十八歳の時で、日本の大学に合格していたのに、それをふいにしてアメリカの母の許《もと》に身を寄せたということだった。向こうでも母に勧められて大学に入ってしばらく通ったが、やめてしまった。「つまらなかったから」という理由を裕一郎は口にした。アイリーンは、大きな会社の社長秘書をしていたから、生活には困窮していなかった。根気が続かず、生活が定まらないのは若い時からの癖だったようで、そういう裕一郎を母親は戒めた。「あなたのお父様は」というのが口癖だったようだ。アメリカの大学で教えていた祖父は、優秀な人間だったのだろう。離れて生活することを選んでも、アイリーンは夫を愛していたし、自慢だった。その血を引く息子が、自堕落な人生を送るのが我慢できなかったのだ。

梢と知り合ったのはアメリカだったと父は言った。母は明良には、父とのことをあまり話したがらなかったから、初めて知った。何年かはシカゴで暮らしていたようだ。梢が里帰り出産で明良を産んだ後、アメリカへ戻るのを拒んだので、仕方なく裕一郎は日本に戻った。父親になっても腰が落ちつかず、アメリカと日本を行ったり来たりしていたらしい。アイリーンも裕一郎を離したがらなかったので、梢とは険悪になった。それも離婚の原因かもしれない。アメリカにいる間、裕一郎は母に養ってもらい、彼女に強く言われてもう一度大学に入り直した。我が子が大学で学ばないことを、アイリーンは悔しく思っていた。大学教授だった夫の子としてふさわしくないと常々考えていたようだ。アメリカで二度も受験してその都度合格するのだから、実際裕一郎は頭のいい男だったのだろう。ただ勤勉ではなかった。

案の定、再び大学をドロップアウトした。裕一郎は、そのことで母を失望させたことを、ずっと後悔しているようだった。息子のことを心配しながら、アイリーンは死んでしまった。仕事帰りに交通事故に巻き込まれて突然亡くなったらしい。

「まだ四十九歳だった」

そのことを語る時だけ、裕一郎は悲痛な表情を浮かべた。おそらく彼の最愛の人はアイリーンなんだろう。鍵とリボンのデザインは、母との強固な絆《きずな》を表したものだ。その刺青を入れて母を喜ばせたことが、裕一郎がした唯一の親孝行だった。

母の死後、アメリカ生活に見切りをつけて日本に帰り、一時は梢とよりを戻そうとしたらしいが、それはうまくいかなかった。この男には安定した生活などはそぐわないのだ。以降の生活は、訊《き》かなくてもわかった。

女性に求められれば、拒むことをしない。誰も拒まない代わりに、誰も愛さない。もう彼の心の中にはアイリーンが居ついているから、他の女が入り込む隙間《すきま》がないのだ。アイルランド人の血脈を持つ、スマートでクールな女が。

そういうことを、中学生の明良は理解した。

女性を受け入れる鷹揚《おうよう》さで、独りぼっちになった息子も受け入れたというわけだ。

あまり裕一郎のことを語らなかった梢の気持ちも何となくわかった。彼女は、いい加減な元夫を憎み切れないのだ。父親という位置に納まりきらない男に愛想を尽かしたが、すっぱりと思い切ることはできなかった。裕一郎を夫や父という苦痛極まりない場所から解放してやることが、彼女にできた唯一の愛情表現だったのかもしれない。

「あなたのお父さんは、頼られたら断れないの。バカみたいだけど、人助けをしているんだって悦に入ってたわね」

ずっと昔、珍しく梢がそんなことを言ったことがあった。裕一郎の生き方を端的に表した言葉だ。人助けで女と暮らし、人助けで息子を引き取る。

梢にとって現在の夫や連れ子姉妹との暮らしは、安定はしているけれど、ときめくものではないだろう。裕一郎が言うところの「つまらない」人生を歩んでいるわけだ。そのことを、梢は重々承知しているから、裕一郎には会わずに帰っていったのだ。

相手にする女性すべてを、そういう気持ちにさせる何かを、裕一郎は持っていた。

数多く重ねた女性遍歴の中で、裕一郎は相手に憎まれたりはしなかったと思う。奔放で気まぐれで、純粋で魅力的。博学で洗練されていて、見栄えがよくて、でも空っぽの男。

そこが何とも女心をくすぐるのだ。

しかし、親としては最低だった。面倒をみてくれる女性のことは気遣うが、息子のこととなると、まったく興味を示さなかった。

武蔵小山で双葉と暮らしたのは、二年弱だ。その期間が一番落ち着いていい月日だった。双葉は口数が少なく、従順だが、しっかりした芯を持つ女性だった。夫を亡くした彼女が、自宅に年下の男とその連れ子を引っ張り込んで暮らしているという事実は、決して褒められたものではない。近所でも噂《うわさ》になったが、彼女はくだらない陰口や蔑視を意に介さなかった。

住環境も明良に合っていた。自然豊かな土地柄もそうだが、双葉が営む本屋の本を拝借して読むことができた。中学の図書館にはない世界の文豪の著作や難しい専門書が置いてあった。亡き夫が好んだ品揃《しなぞろ》えということだが、たいして売れなかった。どっしりとした文学全集はいつまでも書架に並んでいて、明良は片っ端から読むことができた。双葉は、そんな明良を嬉しそうに見ていた。

やがて裕一郎は、高田馬場の語学学校を辞めてしまった。学校の理事長と方針が合わなかったのだと父は言ったが、実際は、勤勉でない裕一郎が授業を放棄することが何度かあったというのが理由のようだった。つまりクビになったのだ。

無職になった裕一郎は、本屋の店番などをしていたが、やがてどこかへ働きに出るようになった。双葉は、そんな自分勝手な裕一郎を許していた。嫌な予感がした。

案の定、裕一郎は別に女をこしらえた。それを知っても、双葉はやっぱり寂しそうに微笑《ほほえ》んだきりだった。明良は武蔵小山を離れたくなかった。もうすぐ高校へ進学しなければならない。腰を据えた生活がしたかった。

「明良さん、体を大事にしてね。それからお勉強もちゃんとしてね」

裕一郎に連れられて、双葉の家を出る時、彼女にそう言葉をかけられた。熱いものが喉の奥から込み上げてきたが、ただ「うん」と答えるのが精一杯だった。よく考えることもなく受けた都立高校に合格した直後のことだった。明良も学校の成績はよかった。これは父方の祖父や祖母から受け継いだものかもしれない。ひどい環境にいるのに、たいして勉強をしなくても難なく授業についていけた。父は特段喜んではくれなかったが、子のない双葉は、自分のことのように喜んで褒めてくれた。

根無し草みたいにあちこち漂い続ける父を嫌悪した。女にとっては愛すべき存在かもしれないが、息子から見れば憎悪の対象だった。まったく父親らしくないのはまだいい。しかし双葉のような誠実な人間と気まぐれに関わり、やがて新しい女性に心を移す。不可解で不愉快だった。双葉は裕一郎と別れた後、再び孤独な生活を営むのだ。

たまに梢とも連絡を取り合ったが、母も頼りにはならなかったし、泣き言は言いたくなかった。

明良はだんだん頑《かたく》なでひねくれた性格になった。

双葉と別れた裕一郎は、糸の切れた凧《たこ》のように、さらに自由奔放になった。同時に何人もの女性と深い関係に陥ったりもした。明良は父に何かを期待することをやめた。

その後、葛飾《かつしか》区立石《たていし》、荒川《あらかわ》区日暮里《にっぽり》と女が替わるたびに住まいを替えた。一回、ユナとよりを戻して新大久保に戻ったりもしたが、長続きはしなかった。驚いたことに、世田谷《せたがや》区の等々力《とどろき》という高級住宅街に住んだこともあった。親からの遺産を受け継いだ世間知らずの中年女と暮らした時だ。

裕一郎は語学学校の講師を辞めてから、たいした職には就かなかった。立石では飲み屋で働いていたし、日暮里では古着屋で雇われていた。収入は少なかったが、彼には常に養ってくれる女性がついていたから、生活に苦労はしなかった。等々力の家に転がり込んだ時には、彼女のベンツを乗り回していた。

裕一郎は放縦な生活を送っていて、息子にも興味がなさそうなのに、明良を放り出すということをしなかった。高校の授業料はきちんと払ってくれたし、どう工面するのか知らなかったが、小遣いもくれた。反感と嫌悪感を抱きながらも明良が父に付き従っていたのは、肉親だという感覚がぎりぎり残っていたからだろう。同じハシバミ色の瞳を持つ者として。

会ったこともないアイリーンに導かれるように。

高校二年になった時、江東区《こうとう》森下《もりした》というところに落ち着いた。裕一郎と同居していたのは、倉庫を借りて額縁屋をやっている女だった。額縁は全部彼女の手作りで、自分はアーティストだと言っていた。森下は町工場と職人の街だったから、それもしっくりきていた。近所には、金網屋や活版印刷所、すだれ屋、染物屋、金属加工の工場などが軒を連ねていた。ものづくりの街は好きだったが、アーティスト気取りの女とはそりが合わなかった。

富美加《ふみか》という女で、自分では東京芸大《げいだい》中退だとうそぶいていた。額縁屋の奥に別棟で小さな家が立っていて、そこに住んでいた。倉庫の横の細い通路を通って玄関にたどり着くのだ。倉庫も家も昭和の匂いがする古びたものだった。

富美加はプライドの高い女だった。オーダーで額縁を作るのだが、客が持ってきた絵を一回はくさした。芸大に通っていたのは本当なのか、結構筋の通ったことを言っていたようだ。気を悪くして帰っていく客もいれば、黙って講釈を聞いている客もいた。そういうところを裕一郎は面白がった。

あまり笑わないせいで、陰気でくたびれて見える富美加は年齢不詳だった。裕一郎に惚《ほ》れてはいたのだろう。彼と共に住み始めてからは、額縁商売に身が入らないようだった。彫りの深い顔立ちで人目を引く裕一郎が自分のものになったのが得意なのか、嬉しいのか、いつも一緒にいたがった。男ぶりのいい愛人そのものを、額縁に入れて飾っておきたいとでもいうふうだった。そのせいで、連れ子である明良のことは疎ましがった。

「ねえ、あんた、なんでユウちゃんと一緒にいるのよ。子どもがいるなんて、彼には合わないわよ。もう高校生なんだから、どこかで一人暮らしすれば？」

露骨にそんなことを言い、明良の顔に煙草の煙を吹きかけた。

そんな手前勝手な富美加のもの言いにも、裕一郎は肩をすくめてにやりと笑うだけだ。この父親には失望させられ続ける。

「ねえ、ここはあたしの家なんだから、住む人はあたしが決めていいよね」

まるで子どもの言い草だ。しまいに明良もカチンとくる。

「うっせえな。俺だってこんなとこにいたくねえよ」

明良が通っていた都立高校には、素行の悪い生徒も多くいたから、そういうもの言いが身についていた。

「じゃあ、出ていきなさいよ」

「親父《おやじ》が俺を連れ回してんだよ」

「ユウちゃんにあんたがくっついてるんでしょ？」

「おいおい、それくらいにしとけ」

ようやく裕一郎が口を挟む。自分に固執する女には慣れているのだろう。横柄な口をきく愛人を咎《とが》めるということはしなかった。ほとほと嫌になった。こんなことまで言われて父といたくなかった。しかし明良には、他に行くところがないのだった。

しだいに富美加の家から足が遠ざかった。隅田川《すみだがわ》を渡って、秋葉原《あきはばら》や上野《うえの》周辺をうろついた。高校は向島《むこうじま》にあったから、学校で顔を合わせる連中とばったり会い、自然につるむようになった。生活指導の教師から目を付けられているような連中だ。初めは近隣のゲーセンで遊んだり、コンビニの前でしゃべったりする程度だったが、そのうちに池袋や新宿辺りまで行動範囲が広がった。学校の友人たちの知り合い、またその知り合いとつながっていき、いつの間にかワルと一括《ひとくく》りにされる仲間の一員になっていた。

そんな息子のあり様にも、裕一郎は無関心だった。高校の保護者面談にも一度も来ないような親だから、教師も匙《さじ》を投げていた。そういう家庭の子も一定数いるような高校だった。勉強はしたかったから学校には通っていたが、放課後になると家には戻らず、街を徘《はい》徊《かい》した。家では、裕一郎と富美加がよろしくやっていた。たまに早く帰ると、富美加が嫌みを言い、言い争いになった。それでまた家を飛び出すということの繰り返しだった。

早く高校を出て働きたかった。自分で稼ぐようになれば、こんな欠損家族と共にいることもないのだ。明良が付き合っていた仲間には、似たような境遇の者も多かった。深夜徘徊をするような輩《やから》は、それなりの事情を背負っているものだ。そういうことを苦にせず、笑い合い、だが一定の秩序の中に取り込もうとする大人社会には反発する。それが、明良が友人とも言えない仲間とつるむ理由かもしれなかった。

明良の世界がぐっと広がった。高校と家とを往復するだけでは知り得ない世界を知った。

親の離婚、貧困、ＤＶなどから変則的な生活を強いられた少年たちの、束の間《つかま》の社交場が、夜の街だった。アルコールやドラッグに浸りきってしまった親からの理不尽な暴力、母親の内縁の夫との不仲、精神的に不安定な母親からの四六時中浴びせられる罵詈雑言《ばりぞうごん》など、背筋が冷たくなるような事情が透けて見えた。中には両親ともに刑務所に入れられていると言った者もあった。二人ともが覚醒剤から抜け出せなかったのだとさもないことのように語った。

うわべだけは整えられ、円滑に機能しているように見える社会が吐き出した汚泥が、少年たちの上に重く降り積もっているのだった。

明良のように学校に通っている者もあれば、働いている者もいたし、無職の少年もいた。その中で、気が合って一緒にいることが多くなったのが亀井剛史《かめいつよし》という男だった。仲間からは「カメ」と呼ばれていた。

明良と同じ十七歳だったが、学校には行っていなかった。高校は十二日通っただけだと言っていた。両親は二人とも勤労意欲に欠けていて、体の不具合を騙《かた》っては入退院を繰り返す。それで生活保護費を受給しているらしい。かっとなるとすぐに手が出る父親で、一人息子のカメは小さい時から殴る蹴るの暴力を受けてきたようだ。高校を勝手に退学した時も父親は怒り狂った。近所の住人が警察を呼ぶほどの取っ組み合いをやらかして、それきり家を飛び出したという。

「家も家族もなくてもどうにか生きていける」

そううそぶくカメはたくましかった。要領のいいカメは、生活費も自分で稼いでいた。顔見知りが回してくれる半端仕事や、ティッシュ配りなどのバイトで食い扶持《くぶち》だけを稼ぐ。住むところは定まらない。知り合いの住居を渡り歩いているようだった。ちゃんとした職に就くのは「かったるい」と言っていた。

よっぽど食うに困ると仲間とオヤジ狩りをしたり、カツアゲをしたり、伝手《つて》で頼まれたドラッグの売人をしたりという副業もしていたが、そういう反社会的な方法はすぐに目を付けられる。卑劣《ひれつ》な大人に上前をはねられるし、下手《へた》をしたら警察に捕まる。最悪なのは、暴力団の事務所に連れていかれて叩《たた》きのめされた挙句、組に入るよう強要されることだ。うまいやり方ではないと、カメは明良にレクチャーした。実地に基づいた堅実なアドバイスだ。

カメの方も、毎晩のように繁華街に出てきて、手持ち無沙汰にしている明良を気に入ったようだ。犯罪はまずいが、犯罪すれすれはいいんだとカメは胸を張った。誰にも迷惑をかけないからと。小柄でひょうきんで調子のいい彼は、誰にでも取り入る。深夜徘徊をする少女たちとも顔見知りになっていた。

このところ、カメは新宿歌舞伎町に居ついていた。それで明良も歌舞伎町にいることが多くなった。新大久保に住んでいたので、その界隈《かいわい》には土地勘があった。ユナが住んでいた新大久保のマンションを探してみたが、あのドアガラスが割れたビルは見つからなかった。

歌舞伎町自体は、コマ劇場を中心とするほんの狭い範囲に過ぎない。丁字路だらけの迷路みたいな歓楽街に、クラブやバーなどの飲食店、風俗店、映画館、パチンコやマージャン店などの遊技場、カラオケ店などがひしめき合っている。暴力団事務所も多い。明良は影のようにそういう街路を歩き回った。

目についたのは、ギャル系と呼ばれる派手な恰好《かっこう》をしている子らだ。茶色や金色の髪の毛をヘアアイロンで巻いた上に、ばかでっかい花の髪飾りを付けていたりする。メイクも派手で、とても素顔など想像できない。ミニスカートやショートパンツに厚底靴やロングブーツなんかを履いて闊歩《かっぽ》している。おそらくは十代から二十歳《はたち》そこそこ。明良とそう年は変わらないだろう。

夜が更けると、渋谷で遊び足りない女子高生らがオールで遊ぶために、歌舞伎町まで繰り出して来たりもする。なにせ歌舞伎町は眠らない街なのだ。制服にルーズソックスの子らも、よく見たらカラーコンタクトや付けまつげできっちり化粧をしている。コギャルと呼ばれる高校生たちだ。

彼女たちは、新宿駅東口のアルタ前に一回溜まり、それから歌舞伎町へ流れ込んでくる。

こうした少女たちは、呼び込みをする男たちやキャバ嬢や風俗嬢、ホストという、歓楽街本来の住人らが行き来する中で、怖気《おじけ》づきもせずに自分たちの居場所を作っている。歌舞伎町一丁目は、コマ劇場や映画館に象徴される明るい歓楽街で、少女たちは笑いさんざめきながら、カラオケ店へ入っていく。そこで安室奈美恵《あむろなみえ》やＴＲＦやｇｌｏｂｅなんかを熱唱しているのだ。明良は、そのあっけらかんとした明るさや軽さに圧倒された。

「超イケてるじゃん！」

「うざいよ、あのオヤジ」

そんな言葉を繰り出しながら、疾風のように歓楽街を駆け抜けていく少女たち。

明良にはよくわからないが、同年代の彼女らが身に着けているのは、ルイ・ヴィトンやヴェルサーチ、プラダ、フェンディといったブランドものだ。日焼けサロンで焼いた肌を露出して、手に入れにくいパーティ券を買って悦に入る。そうしてあちこちのクラブに出入りし、ライブハウスで弾《はじ》けているらしい。

明良が学校や自宅というテリトリーから抜け出して、秋葉原や池袋に少しずつ行動範囲を広げている間に、少女たちは堂々と東京中の歓楽街で夜通し楽しんでいたのだった。まるで少年と少女とはまったく別の人種のようだ。

彼女らは、カラオケに入るのと同じノリで、ブルセラショップで下着を売り、デートクラブで客を待つ。大人の客に選ばれて、一時間デートをすれば、五千円になるのだという。親からもらう小遣いでは、到底彼女らの豪勢な生活を維持できない。

歌舞伎町に通じたカメと徘徊していると、もっと深いところまでわかってきた。

二丁目は、旅館やホテルが立ち並ぶ、欲望の空間だ。そこでもギャルや女子高生に会う。薄暗いホテル街の路上や大久保《おおくぼ》公園近辺にたむろしているのだ。近くを通ると、「ピーピーピー」というポケベルの呼び出し音が聞こえてくる。携帯電話を持っている子は携帯で、持っていない子は公衆電話でどこかへかけている。

「あれは伝言ダイヤルを聞いてるんだ」

カメがにやりと笑って教えてくれる。遊ぶ金に困った少女たちは、「援助交際」という名の売春に手を染める。

「知ってるか？　ここらでは、女子高生のウリは一回五万が相場なんだ」

驚いて見返すと、カメは道路に落ちていたプラスチックのカップを蹴り上げた。

「処女をウルならもっとだぜ。やりようによっては十万、十五万だ。中学生なんて、お前──」

「マジか」

「やってらんないだろ。俺らはちまちま稼いでるっていうのによ！」

前からやって来た中年男が、一人の子に寄っていった。カメが目配せしつつ、立ち止まる。

「暇だったら、遊びにいかない？」

「うーん、どうしようかな」

「遊ぶだけだよ。ご飯食べてカラオケ。それで二でどう？」

「ほんとにそれだけ？　ならいいよ」

商談が成立したのか、男と少女はどこかへ歩き去った。

カメが「チッ」と舌を鳴らす。「カラオケやりながら、あのオヤジ、ホテルへ誘うんだぜ」

「ヤバいな」

「そんなの、あの子も承知の上だ。焦《じ》らせて値段を吊《つ》り上げるのさ。気に入らなければバイバイだ」

二人はまた並んで歩きだす。バブルが弾けて数年経《た》つというのに、金を持っている奴はいるものだな、と思った。それとも十代の少女には、それほどの価値があるのか。そして、それを充分に知っている女の子は、自分の体を商品として売っているということか。

「ウリをやるなら、ここはうってつけだ。デートクラブで客を待ってもいいし、ああやって声をかけて直接交渉をしてくる奴もいる」

なんせ、そこがホテル街だもんな、とカメは目で示した。この辺りにたむろしていると いうだけで、女の子の方も援交に応じるという意思表示をしているわけか。伝言ダイヤルの伝言に釣られて来る相手もいる。やって来た男を遠くから見て、気に入らなければスルーする。選ぶ権利は女の子の方にあるようだ。高い金額を出してくれる男に、女の子はなびいていく。それでまたブランドものを買ったり、飲食に使ったり、パーティ券を買ったりするわけだ。中高生の体を大人がブランド化してしまったのだが、それを少女たちは逆手にとってしたたかに生きている。

「やってらんないよな」カメはまた言った。「あれで結構偏差値の高いお嬢様学校の生徒だったりするんだ」

「嘘《うそ》だろ?」目を剝《む》くと、カメはハハハと笑った。

「お前、ほんとに何も知らないんだな。女の子を買いに来る男だって、学校の教頭だったりするんだ。ここじゃあ、なんでもありだ」

カメから教えられることは多い。ぶつくさ文句を言いながら、カメもここで商売を成り立たせている。

彼は、身なりのよさそうなサラリーマンが女の子と消えたラブホの前で張り込んでいる。男が出てくると後をつけ、人気《ひとけ》のない場所で声をかける。未成年の少女といかがわしい行為に及んだことをネタに、「小遣いをくれねえかな」とせびるのだ。そうすると、たいていのサラリーマンはビビッて金を渡す。カメはその商売を、「隙間産業」と呼んでいた。

彼によると、こういうところで少女を買うのは、若い男でもコミュニケーション能力が劣っている輩なのだそうだ。女の子を口説《くど》いたり、長く付き合ったりすることが不得手なのだ。ここだと、金額交渉だけで済む。女の子の方も売春をする目的で立っているのだから。ほんの一言二言で交渉が成立し、若い女の子の肉体を手に入れることができるというわけだ。

ホテルで過ごす時間は、せいぜい三十分から一時間。すべてを心得ている女の子は、さっさと行為を済ませて出てくる。そこにはコミュニケーションも何もない。ただ殺伐とした行為があるだけ。

「客の男は手玉に取られているくせに、のぼせ上がっているからな」カメは言う。「だから、そこにちょっと上乗せするぐらい、どうってことない」

欲張ってはいけない、とコツを教えてくれる。せいぜい数千円をせびるだけ。でもそれが一晩でいい稼ぎになるようだ。女の子が懐《ふところ》に入れる金額とは比べものにならないが、なんせ「隙間産業」だ。体で稼いだ少女と違って「不労所得」なのだ。カメが明良を誘うのは、相手に威圧を与えるためだ。ただ黙って後ろに立ってくれてればいいからと言った。体格がよくて得体のしれない雰囲気を醸《かも》し出す明良は、そういう役回りにうってつけなのだそうだ。

カメが律儀に渡そうとする分け前を、明良は断った。金が欲しくて夜の街をさまよっているわけではない。裕一郎は、ふんだんとは言い難いが生活費めいたものを渡してくれていた。まるで外で遊んで来てくれといわんばかりに。新宿は、明良にとって恰好の居場所だった。猥雑《わいざつ》で熱を帯びていて、来る者を拒まず、無関心。毎日新しい発見に出くわす街。

客を恐喝するという行為は、女の子に恨まれないのだろうかとカメに問うた。これは明らかに少女たちの商売の妨害をしている。彼女らが交渉した金額以上のものを、客は脅されて払わされる羽目になるのだから。

「そりゃあ懲りた客はもう来なくなるだろ。だけど女の子を買いたいという奴は、いくらでも湧いてくるんだ」

ケロッとしてカメは答えた。

彼は女の子たちにも妙に人気があった。事が終わった後、金を払わなかったり、約束した金を値切ってきたりする客を脅して、ちゃんと支払いをするように促すということをカメはしていた。そういう時、少女たちからは手数料めいたものは一切取らなかった。

「女の子たちが、ちゃんと商売ができるようにしてやらないとな。ここにはここのルールがあるんだ。ヤッた後、金を払わないなんてとんでもない奴だ」

そういう場にも、明良は黙って立ち会った。両手をポケットに突っ込んで、無表情で立っているだけだが、カメが一人で交渉するよりもはかどるということだった。

「お前は『静《しず》かなるドン』だな」

それはヤクザ世界を描いたマンガのタイトルらしいが、それを明良は読んだことがなかった。『静かなるドン』が本来は有名なロシア文学であることを、カメは知りもしないだろう。ショーロホフの小説を、明良は双葉の営む本屋で読んだのだった。双葉のことを久しぶりに思い出した。彼女はまだあの場所で、細々と本屋をやっていることだろう。あの二階の住居にやって来た男とその連れ子が起こした波紋は収まり、彼女はまた平穏で退屈な日々を送っているに違いない。

カメは少女たちの境遇にも、体を張った商売にも通じていた。

「初めはさ――」歌舞伎町コマ劇場前の広場でカメは明良に話しかけた。「女の子はいいなと思ったんだよ」

「何で？」

カメはくちゃくちゃとガムを嚙《か》みながら、うつむいた。

「だってさ、あの子らには、売るもんがあるだろ？　体って商売道具がさ」

目の前を行き来する人々を見ていた明良は、思わずカメを見やった。カメは薄《う》っすらと笑った。

「とりあえずは、こういうところに来たら稼げるわけだ。何の能力も経験もなくても。俺みたいに家を飛び出してきた男は、苦労すんのにさ」

ぺっとガムをカメは吐き出した。ネズミみたいにちょっと前にせり出した前歯が、ネオンサインに染まっている。

「あんまりたくさんの子がそういうことしてるから、ウリなんてたいしたことじゃないんだろうって思ってた。高校を卒業したら、歌舞伎町やウリも卒業して、澄まして女子大生になったりＯＬになったりするもんな。でもなあ――」

目鼻立ちのはっきりした外国人の女たちが、大きな声で会話しながら通り過ぎた。キャバクラに出勤するコロンビア人だ。直情的で陽気だが、激しやすい人も多くて、時折仲間うちで取っ組み合いの喧嘩《けんか》をしていたりする。

「なんか違うんだよな、ほんとはよ。うまく言えねえけどよ」ガムを吐き捨てるのと同じように、カメは言葉を吐いた。「ある子が言ったんだ。ハゲたオヤジやネクラな若い男にベッドの上で好きなことヤラれながら、私って何やってんだろうって思うって」

チャラチャラと女の子としゃべっているようで、実はその一言一言が、カメに鋭く刺っていたのだ。

「でもよ、どうしてもここに来ずにいられないんだとよ。金がないと不安になるんだって。なんでだろうな。ほんとは流行《はや》りの洋服やブランドものがそれほど欲しいわけじゃないのに。ここに来て、同じことをしている子の中にいるとほっとするんだ」

金に置き換えられた自分の価値を確かめずにいられないということだろうか。そうした価値観が間違いじゃないと友人たちと共有したいのだろうか。援交仲間とカラオケに行ったり、プリクラを交換したりする時に見せる無邪気な笑顔は、まがいものなのだろうか。

「あんだけのことをしといて、親にだけは知られたくないとか言うんだ。親が知ったらかわいそうだからって。だからあいつら、補導されるのを極端に怖がってる」

カメは顔を上げて明良を見た。

「なあ、明良、家族って何なんだろうな」

崩壊した家族から逃げ出してきたカメの率直な疑問だ。そしてその答えを、明良も知らなかった。


その頃、明良の身の上にも変化があった。

富美加の倉庫がボヤを起こしたのだ。ある晩、倉庫の奥から出火した。火は倉庫の中にあった額縁やその材料である木材を焼いたという。いつものように明良は外出していて、実際の現場は見ていない。しかし、ごちゃごちゃと建て込んだ一角だから、大騒ぎになったようだ。幸いにも消防車が駆けつけて、すぐに鎮火した。中は黒焦げになったが、建物そのものはしっかりと立っていた。

真夜中に帰って来た時、猛烈な焦げ臭さが鼻を突いた。

翌朝に始まった現場検証で、その惨状を知った。事情を裕一郎から聞いて、たぶん富美加の煙草の火の不始末だろうと思った。彼女は、くわえ煙草で額縁を作る作業を行っていたから。それを「危ない」と注意する者はいなかった。裕一郎も同じ考えだったようだ。

しかし、いつも通りのんびりと構えていた。

「困ったな」とは言ったが、たいして困っているようには見えなかった。

一人カリカリしていたのは富美加だ。こともあろうに、火元の心当たりを訊かれて、明良が火をつけたのかもしれないと訴えた。

「あの子はあたしを恨んでたから」

そのおかげで明良は警察から事情聴取を受けた。ひどいとばっちりだ。

しかし、火が出た時間に明良は新宿の繁華街にいたことが証明され、疑惑は晴れた。倉庫の奥から、焦げた灰皿とライターが見つかり、富美加の煙草が原因だということに落ち着いた。この狭いコミュニティでは、火事を起こした家は肩身の狭い思いをする。富美加は地区の世話役からは苦情を言われ、夜中の火事で驚かされた近隣住民からは出ていってくれとはっきり言われた。

もともと近所付き合いもまともにしてこなかった彼女を庇《かば》ってくれる人はいなかった。自分の讒言《ざんげん》で窮地に立たせたくせに、明良に隣の家に謝りに行くよう命じた。倉庫の小さな窓から噴き出した炎で、隣の家の壁が少しだけ焦げたのだ。隣人からは何も言ってこなかったが、世話役は知らん顔を決め込んでいる富美加を責めた。

ぶっきらぼうに突き出された菓子折りを持って、明良は隣の家を訪ねた。自分にこんなことをする義理はないと思ったが、これまた人付き合いの悪い裕一郎から拝むように頼まれたのだ。高校生が行けば、向こうもきついことは言えないだろうと踏んでのことだった。

後でわかったのだが、もうこの頃には裕一郎と富美加の仲は破綻していた。気性の激しい富美加に嫌気がさした裕一郎は、すぐ近くにある社交ダンス教室の女性経営者といい仲になっていたのだ。富美加が腹を立てて、明良に放火の罪をなすりつけようとしたという構図だった。

とにかく、明良は隣へ謝りにいく羽目になった。

隣は指物師《さしものし》の住居兼作業場だった。指物師がどういうものかも知らず、そこを訪ねていった。これも古い一軒家で、低い軒に頭をぶつけそうになった。引き戸を引いて入ったところが、八畳ほどの作業場になっていた。足を踏み入れた途端に、濃い木の匂いに包まれた。一瞬足を止めてしまった。ここがそんな作業場だとは、その時まで知らなかった。前半分が土間で、奥半分が板敷になっていた。土間には木材が積み上げられ、板敷に男が一人いて作業をしていた。

「すみません」

明良の声に顔を上げたのは、頭の薄い五十代の年配の男だった。足袋《たび》を履いた足で木材を押さえつけ、何か細工をしているようだった。持ち上げたノミを、ゆっくりと男は下ろした。

「橋本《はしもと》さん」

富美加に教えられた名前を口にした。富美加も隣人の名前を今まで知らずにいて、世話役から知らされたのだった。明良は自分を鼓舞して土間を奥へ進んだ。

「隣の山中《やまなか》です」

これも富美加に言われた通りに、彼女の名字を告げた。こんな面倒を押し付けた彼女をまた憎んだ。

「このたびはうちの失火で迷惑をかけてすみませんでした」

頭の中で練習してきた言葉を伝えた。

「ああ」

橋本はまたうつむいて作業に戻った。裕一郎の話では、消火のための放水で、こっちの家もかなり水を被《かぶ》ったということだった。もしかしたら、製品や木材がだめになって、損害賠償を請求されるかもと。そんなことは知ったことじゃない、と明良は思った。いくらでも請求すればいい。あの女が払うかどうかは別として。富美加を苦しめてやりたかった。

橋本の次の言葉を明良は待った。だがそれきり、彼は口をつぐんでしまった。

ノミを振るうコンコンコンと小気味のよい音が作業場に響いた。きれいにカンナをかけた角材の端にノミで切り込みを入れている。ついその手元に目がいく。ノミが木を削る。白い木屑《きくず》が飛んで、清々《すがすが》しい木の匂いが鼻をくすぐった。

「林試の森」の中にいる気がした。木漏《こも》れ日《び》や鳥の声、足裏の土の感触を思い出す。

橋本は一度も顔を上げることなく、作業に没頭している。鋭く研《と》がれたノミは、彼の思いのままに正確に角材を削っていった。やがて凸の形に先端が削られた。橋本は、目の前にそれを持ち上げて削り具合をみては、手を入れる。ようやく気が済んだのか、別の角材と合わせる。そちらには穴が開いていて、さっきこしらえた出っ張りを挿すと、ぴったりと二本の角材がつながった。

つなげた部分に丁寧にカンナがけをすると、継ぎ目がわからないほど自然につながった。橋本がその角材を持ち上げた。二本はぴたりとくっついているのだった。

「へえ！」

思わず声が出た。

橋本は、そこに明良がまだ立っていたのに気づいたようだ。あまりに集中していたから、周囲のものが目に入らなかったのか。

「面白いか？」

かすれた声で尋ねられ、子どものようにコクンと首を縦に振った。

「おじさん、何を作る人ですか？」

「俺か。俺は指物師だ。指物ってぇのはな、金釘《かなくぎ》を使わずに木と木を組み合わせて作る家具とか建具のことだ」

「へえ」また同じように感嘆した。「釘、使わずに木がつながるんだ」

「そうよ」

橋本はちょっと得意げな顔をした。よれよれの作業着の肩のところが破れて穴が開いている。角刈りの頭に巻いたタオルを解いて、膝に落ちた木屑を払った。

「ホゾとか継ぎ手を刻んで、それを組み合わすんだ」

「ふうん」

橋本はよっこらしょと立ち上がって、作業場の壁際から、小引き出しを持ってきた。三段の引き出しがついている。そのうちの一つを引っ張り出し、そっと押し込むと、別の引き出しが前に飛び出した。

「ほらな。寸分の狂いもないようにこしらえると、こうなる。気密性が高いから、中の空気に一方が押し出されるのさ」

「器用だな、おじさん」

そう言うと、橋本は急に熱が冷めたように真顔になった。

「で？　お前何しに来たんだっけな」

「あの、こないだ火事出して、おじさんとこの壁が焦げて――」

さっきとは違ってしどろもどろに説明した。

「これ、あの、お詫《わ》び」

作業場の板張りに、紙袋をそっと置いた。

「あそこ、焦げたとこ、修理した方がいいですよね。修理代は――」

「いいさ」

「へ？」

「どうせオンボロの家だ。ちょっとぐらい焦げようと穴が開こうと、立ってればいいさ」

そう言ったきり、また作業に取りかかった。太っ腹なのか大雑把《おおざっぱ》なのかわからないが、火事で受けた損害は勘弁してくれるということだ。自分は役目を果たしたということか。

橋本は、また別の木片を取り上げた。細い角材だ。その上を、これまた小さなカンナを滑らせる。ミニチュアみたいなカンナだ。この細工で何が出来上がるんだろう。にわかに興味が湧いてきた。

「あの――」

「なんだ？」

「ちょっと見ていていいですか？」

橋本はちょっと手を止めて、明良を見上げた。

「お前、おかしな奴だな」

それだけ言って、うつむいた。

結局明良はそれから二時間近く橋本の作業を見ていた。作業中は寡黙な橋本も、明良があんまり熱心に見ているものだから、ぼそぼそと継ぎ手の種類を説明してくれた。

ホゾという突起を削り、ホゾ穴に挿し込むというホゾ組みが基本。栓打《せんう》ちホゾは、ホゾ穴の側面とホゾに突き通る穴を開けて、ダボと呼ばれる栓を挿す。そうすることで、単純なホゾ組みより強固な継ぎ手になる。その他にも「蟻組《ありく》み」とか「胴付《どうつ》き」「相欠《あいか》き」などという手法があって、それぞれ細かな種類に分化している。楔《くさび》を使ったり、ホゾの形を工夫したりと様々だ。地獄ホゾなどという手法もあった。いったん挿し込んだら二度と抜けなくなるという意味で、地獄という言葉が使われているらしい。

どれも日本の伝統手法で、使用する鋸《のこぎり》、カンナ、ノミ、ゲンノウ、物指しなど、夥《おびただ》しい道具がきちんと手入れされて道具箱に納まっていた。

「こうやってこしらえたもんは、釘とか接着剤なしでぴったりくっつくんだ。持ち上げても振っても外れやしない」

橋本はそういう説明に耳を傾ける高校生を、珍しそうに見やった。

「お前、おかしな奴だな」

ようやく腰を上げた明良に、また同じ言葉を投げかけた。明良が引き戸を引いて出ていく時、橋本はまたうつむいてノミで細工をしていた。コンコンコンという音に見送られて、明良はオンボロの作業場を出た。

家に帰ると、裕一郎と富美加が暗い顔をして迎えた。明良が戻って来ないから、きっと話がこじれているのだろうと思っていたらしい。焦げた壁のことは気にしなくていいと言われたと伝えると、二人ともきょとんとしていた。

「かなり変人の職人らしいからね、あの人」

明良に面倒なことを押し付けておいて、富美加は言った。彼女が聞きかじったところによると、橋本はずっと独り者で、日がな一日ああやって作業をしているらしい。江戸指物を作る職人だが、今は需要がなくて落ち目の一方だと憎まれ口を叩く。むっとしたが黙っていた。

「おお、伝統工芸を守る職人さんか」裕一郎は調子のいいことを言う。

「変人のね」

富美加が付け加えた。こういう時だけ二人は同調するのだ。裕一郎は、別の愛人のところに行きたくてうずうずしているはずなのに。

それ以来、明良は橋本の作業場に時々立ち寄るようになった。学校から帰って来て、ノミの音が聞こえていると、ふらりと入り込んで黙って作業を見る。橋本も最初の時のようにはしゃべらない。元の頑固で変人の職人に戻ったようだ。橋本と一言も言葉を交わさずに作業場を出るという時もあった。

それでも迷惑がらずに放っておいてくれるので有難かった。夜の街以外に、もう一つだけ居場所ができた気がした。

額縁屋商売が行き詰まり、火事の後始末のこともあって、富美加はさらに不機嫌になっていた。資金繰りがうまくいかないのだろう。ヒモ同然の裕一郎には、何の力もなかった。八つ当たりする愛人から逃れるように、社交ダンス教室の女経営者のところに入り浸っていた。呆《あき》れたことに、そこで社交ダンスの相手役として、愛人と踊っているという。どこで憶えたのか、裕一郎には社交ダンスの素養があり、まずまずのダンスを披露しているらしい。

「アメリカでママと暮らしていた時に、教養として身につけたのさ。アイリーンはほんとに優雅に踊ったもんだよ」

富美加に問い詰められて、しゃあしゃあとそんなふうに言っていた。

アメリカ時代の裕一郎が、人生で最も輝いていた時だったのだろう。生来のなまけ癖と放蕩癖《ほうとうへき》がなければ、そこでいっぱしの人間になっていただろうに。アイリーンは望みをかけた一人息子のなれの果てを見ずに死んで幸せだったのかもしれない。

しかし実際のところ、長身で引き締まった体つきの裕一郎が踊る社交ダンスはさまになっていたようだ。彼と愛人とのダンスがいいデモンストレーションになって、教室の生徒が増えたという噂が流れてきた。それで富美加の不機嫌さは頂点に達した。平然とダンス教室に通い、時に外泊を繰り返す裕一郎に怒りをぶつけた。

この家は、明良にとってさらに居心地の悪い場所になった。狭い家に、自分の部屋などはなかったのだ。

学校から帰ると夕暮れまで橋本の作業場で時間を潰し、日が暮れる頃に新宿へ繰り出すというのが、明良の日課になった。学校で出される課題は、橋本の作業場でちゃっちゃとやった。木屑だらけの板張りに教科書やノートを広げて勉強をする明良を、橋本は捨ておいてくれた。

気難しい職人の手から生まれる箱物、小机、飾り棚、茶道具などを見るのが楽しみだった。板と板、板と棒、棒と棒をパズルのように組み合わせて作る指物は、まさに芸術品だった。江戸指物は、装飾的でなく、木目を生かした質実な造形に凝るのだそうだ。

「それが粋ってもんだ」

橋本はぼそりと言った。彼は中学を出たきりで、家業である指物師を継いだ。父親が亡くなってからは、ただ愚直に製品を作り上げることに専念してきた。結婚もせず、よって家族もなく、ただ指物に向き合ってきたのだ。富美加が言うように、需要がなくなろうと落ち目になろうと、そんなことはこの職人には関係のないことなんだろうなと明良は思った。

あんまり入り浸っているものだから、そのうち桐《きり》、杉、桑、欅《けやき》などという木材の種類も憶えてしまった。素材や道具や継ぎ手のことを無遠慮に質問する明良に、初めはうるさがっていた橋本も、ぽつりぽつりと教えてくれるようになった。

その辺に転がっている木片をもらって、自分でも細工をしてみるが、まったくうまくいかない。

「当たり前だ。まずまずの技を身につけるのに、十年はかかる」

唇を歪《ゆが》めて橋本は言った。それでも今まで単調だった生活に明良が入り込んだことで、少しは心境に変化があったようだ。

近くに住む世話役が、作業場を覗《のぞ》いて驚いていた。

「へえ！　コウさんがこんな若いもんと口をきくとはね」

康太《こうた》というのが橋本の名前だった。引き戸の上にかけられた手製の表札は、黒ずんで読めなくなっていた。郵便や宅配便が届くということはあまりないようだから、それでも不都合はなかったのだろう。

「こいつが勝手に居ついてしまったんだ。こっちは迷惑してんだ」

橋本は憎まれ口を叩いたが、いくぶん嬉しそうだった。

「そうかい」

世話役の顔には、「親子揃って他人に依存する奴らだ」という言葉が張り付いていた。

火事騒動で、世話役にはよそから来た富美加や裕一郎親子の関係性が呑み込めたようだ。

裕一郎が、今はダンス教室の女経営者と懇ろになっていることも。

橋本は、そんなことには頓着していなかった。明良を色眼鏡《いろめがね》で見たりもしなかった。そういうところが有難かった。

ダンス教室からいくらか報酬が出ているのか、女性からせびり取っているのか知らないが、裕一郎が授業料を途切れず支払ってくれていることも有難かった。少ないけれど、生活費も渡してくれた。

それで何とか明良の生活は成り立っていた。高校に通い、橋本の作業場で時間を潰し、夜は夜で街に出てさまよった。食事は適当にコンビニで買って済ませた。道路に座り込んで食べることもあったが、渋谷や新宿では、よく見る光景だった。

夜が更けると歌舞伎町へ行った。カメと合流し、彼の商売に力を貸した。

カメに付き合っているうちに、援交をする女の子たちとも親しくなった。渋谷や池袋でナンパされるのに慣れている彼女らは、同年齢の少年とも気楽に口をきく。ナンパされる時は、ただの女子高生なのだ。しかし彼女らの商売を知っている歌舞伎町で知り合った明良やカメは、初めからそんな対象にはならない。気を許した仲間ととらえられているようだった。

特に少女たちに力を貸すカメは、何かと頼りにされていた。カメと行動を共にする明良も、それで彼女らに受け入れられたということだ。新宿警察署歌舞伎町交番の警察官は、しょっちゅうパトロールをしていた。デートクラブに摘発が入ることもある。補導されると家や学校に連絡がいくから、少女たちは巧妙に逃げ回っていた。

そういう場面でもカメは役に立つ。彼は歌舞伎町交番の警察官とも顔見知りになってい て、へらへらと話しかける。その間に女の子は姿を消すという具合だ。調子のいいカメは、警察官や歌舞伎町を縄張りとするヤクザにも取り入ってうまく付き合っていた。だが、ホストだけは嫌っていた。

日本一の歓楽街、また犯罪の温床でもある歌舞伎町で、少女たちは危険をうまくかわしてすいすいと泳ぎ抜く。中には歌舞伎町に来ればなんとかなると、地方から出てきた少女もいる。彼女らは、上京してきた足でここに来ることもある。たった数万円を握りしめて。歌舞伎町は、そういう子も拒まない。底なしのキャパシティで、あっという間に呑み込んでしまうのだ。体を売らなくても、稼ぐ方法はいくらでもある。店のキャッチとして、バカな酔客を誘い込むのだ。客は若い子が相手をしてくれると思い込んで、その店に入る。女の子がついてくるのはそこまでで、店はぼったくりバーだ。そこで半分脅されて仕方なく落とした金の何割かが女の子の懐に入るというからくりになっている。

バブルが崩壊してから、景気のいい客は少なくなって、どの店も一人でも多くの客を欲しがっているから、十代の少女というおとりを使って客を呼び込む。法外な額を払わせるわけだから、女の子に取り分をやっても充分潤う。

「それで家出少女もここの水に馴染んで、そのうちに援交を始めるんだ」

カメは肩をすくめた。それがここでの成長だとしたら、気が滅入《めい》る話だ。店のキャッチ、デートクラブ、伝言ダイヤルから入って、やがて体を売りものにする。それでとんでもない金額が稼げると学習するわけだ。商品化された少女たちは、歌舞伎町という場所で確実に消費されている。

少女たちの中での稼ぎ頭は、リリカという名前の女の子だった。たぶん本名ではないだろう。もうとっくに二十歳は過ぎていると言っていたが、まだそんなに年齢がいってないのかもしれない。コケティッシュな顔つきと豊満な体をしていた。よくは知らないが、彼女が提示する金額は、他の子よりもかなりいい値のようだった。それでも彼女を買う男は多かった。リリカは、気分しだいで客を選んでいた。

だから高慢で横柄かというと、そんなことはなく、少女たちの相談に乗ったり、面倒をみたりするので、慕われてもいた。半分遊びで援交をやっている子らとはどこか違って見えた。強さと図太《ずぶと》さを兼ね備えた、歌舞伎町の少女たちの姉貴分といったところだった。

カメとはだいぶ前からの知り合いのようだった。客と少女らが揉めたりすると、リリカはまずカメに頼った。カメはたいていうまく立ち回ったので、リリカも信頼を置いているのだった。歌舞伎町の路上には、路上なりの秩序があり、援交少女には少女なりのルールがあった。風俗業で稼ぐプロの女たちの領域を侵さず、自分たちの立ち位置を成立させること。公的機関や反社会的勢力に介入されず、この狭い地域に定着することが重要だ。それを守るために機能する仕組みが必要なのだ。そういうところをリリカもカメも心得ていた。

それに恵まれた家庭の子で、充分な小遣いの上にまだ遊興費が欲しくて売春をしていると傍《はた》から見れば思える子らも、本当は寂しさを抱えていたり、こんな生活を続けるうちに病んできたりもする。優しい言葉をかけてきた男に騙《だま》された子もいる。

「お金をくれるからこんなことしてるんじゃない。一人でいると、寂しくてたまらなくなるから男の人についていっちゃう。嘘だとわかってるけど、その間は優しくしてくれるから。だってくっついてるとあったかいじゃん」

そんな本音をぽろりと口にした子もいた。

深夜徘徊をする少女たちを非行少女と呼んで一括りにする大人たちは、そういう複雑で繊細な心理を理解しないし、できない。リリカはそのことをよくわかっているようだった。カメと行動を共にする明良とも、リリカは口をきくようになった。時折、一緒にマックやファミレスに行った。別に約束をしているわけじゃない。その日の気分や商売の具合でふらりと入るのだ。

「ああ、かったるい。今日はもう帰って寝る」

ハンバーガーにかぶりつきながら、リリカはそんなふうに言うこともあった。彼女のねぐらがどこなのか、どんな暮らしぶりなのかは知る由《よし》もなかった。自分のことはほとんどしゃべらないから、彼女がどんな背景を持っているのかわからない。

ある日、リリカは一人の女の子を連れていた。たまにそういうことはあったから、カメも明良も特に気にしなかった。リリカは面倒みがいい。ろくに食事をしてないような子がいたら、さりげなく誘って食べさせてやったりしていた。そのうち、腰を据えて彼女の相談に乗ってやったりもする。愚痴を聞いてやり、アドバイスをしたり慰めたりする。すると相手も元気を回復するのだ。元気になってまた商売に精を出す。リリカは決して、援交をやめろとは言わなかった。そんな不毛なアドバイスが、ここでは何の意味も持たないと知っていた。

しかしその日連れていた子は、ちょっと違っていた。まだ幼い顔をしていた。幼くて怯《おび》えていた。まだ歌舞伎町に立つのは早いと思えた。姉貴分であるリリカが気に留めたのも頷《うなず》ける。リリカもさっき路上で声をかけたところだと言っていた。

「あんた、いくつなの？」

マックの席に着くなり、リリカは訊いた。

「十四」

声も子どもっぽい。考え込んだリリカを、明良は見やった。中学生でも体格のいい子は、二十歳に見えることもある。そして堂々と客と交渉する。そもそもそういう知恵のある子は、尋ねられて本当の年齢を言うことはない。

痩せて貧相なその子は、腹も空《す》いていたと見えて、ハンバーガーを受け取ると、がつがつと食らいついた。リリカとカメと明良は、目配せをし合った。どうにも訳ありの子のようだった。

「名前は？」

「川上《かわかみ》千沙」

唇についたケチャップを舌で舐《な》め取りながら、女の子は答えた。少しだけ離れた両目を落ち着きなく動かした。それがひどく不安げな表情に見える。

「あんた、ここへ何しに来たの？」それには答えなかった。「家出してきたってこと？」

ハンバーガーを呑み下しながら、千沙は頷いた。

「こいつ、どこで拾ってきたんだ？」カメが口を挟んだ。

「遊歩道《ゆうほどう》公園の近く。暗がりで震えてた」

「じゃあ、ただの家出少女だ。リリカが面倒みてやることないって。警察に引き渡すっきゃないな。そしたらあいつらが家族に連絡するだろ」

「嫌だ。家には帰らない」

千沙はそれだけはきっぱりと言った。

「あのね、警察はあんたの事情を聞いてくれて、うまくやってくれるから。家に帰りたくないなら、そう言えば――」

「でも親には連絡されるんでしょ?」

食べ終わったハンバーガーの包み紙をくしゃっと丸めながら、千沙は不機嫌そうに三人の顔を見渡した。

「そうだけど……」

「じゃあ、いい!」

千沙はさっと立って出ていこうとした。その腕をリリカはつかんだ。

「どこへ行くのよ!」

「どこだっていいでしょ」

「よくないよ。あんたみたいな子どもが夜中にふらふら歩くとこじゃないよ、ここは」

「家にいるよりましだよ」

カメが聞こえよがしにため息をついた。中学生が親と喧嘩でもして飛び出してきたのだと見当をつけたのだろう。それは合っているかもしれない。意を決して家を出てきたというよりは、着の身着のまま逃げ出してきたという感じがする。

リリカは腕組みをして、千沙をじっくりと観察した。明良も釣られて正面に座った千沙を見た。その子はどこかちぐはぐだった。幼いというよりは、年の割には成長が遅いという風貌をしていた。髪の毛は、素人《しろうと》が切ったみたいに不揃いでつんつんはねていたし、着ている服もサイズが体に合っていなかった。そっと足下を見ると、裸足《はだし》に汚れたサンダルを突っかけているだけだった。

親にかまってもらっていないのだろう。それだけは確かなようだった。リリカの目にどう映ったのかはわからない。

「家に帰りたくないんだね？」千沙はコクンと頷いた。

「お父さんとお母さんが心配してるんじゃないの？」

それには激しく頭《かぶり》を振った。

「わかった」即座にリリカは答えた。「じゃあ、あたしんちに来る？」

「おい」

カメが続けて何かを言おうとするのを、目で黙らせる。千沙は目を見開いて、今日会ったばかりの年上の女性を見上げた。

「いいの？」消え入りそうな声だ。

「いいよ」

「おい、マジかよ」

カメが信じられないというふうに首を振った。

リリカはその日の商売をやめて、汚れた幼い子を連れて帰った。

それから二日間、リリカは歌舞伎町に姿を見せなかった。

いつも彼女がいる場所に来た中年男性が、「リリカちゃんは？」と別の子に尋ねていた。

「今日はお休みだよ」

「へえ、何で？」

「知らないよ。ねえ、おじさん、あたしと遊ぼうよ。五でどう？」

「高いよ。リリカならいいけど」

「じゃあ、三でいいよ。ホテル代別で」

自営業者風の中年男と少女がラブホの方へ歩み去っていった後、リリカがやって来た。

千沙がぴったりとそばにくっついていた。

「あ、リリカ。副島《そえじま》のおじさん、マリンとホテルへ行っちゃったよ。リリカを捜してたんだけど」

仲間の女の子がそう言うのにも、「そう」とだけ答えた。副島という金持ちのオヤジはリリカにご執心で、月五十万でパパになってやろうと言ったのを、リリカは即答で足蹴《あしげ》にしたと聞いた。

カメと明良が立っているのに気がつくと、リリカは千沙を連れて寄ってきた。千沙はいくぶんましな恰好をしていた。ぶかぶかだけど、きれいに洗濯されたトレーナーと、裾を折ったジーンズを穿《は》いていた。おそらくリリカのものを借りているのだろう。

「この子、ちょっと預かってよ。あたし、商売してくるから」

「嘘だろ？　何で俺らが」

目を剝くカメを無視して、リリカは定位置へ歩いていった。

「腹、減ってんのか」

文句を言ったくせに、カメは千沙に声をかけた。

「ううん。さっきリリカちゃんとラーメン食べてきた」

随分落ち着いた声を出す。この前、捨てられた子犬のようだった子とは違っていた。

「ラーメンとかハンバーガーばっか食うなよ。野菜も食えよ」

カメがもっともらしい顔で言った。ジャンクフードばかり食べる明良にも、たまに同じ忠告をする。カメが小さい時、なんで父親はしょっちゅう癇癪《かんしゃく》を爆発させるんだと母親に訊いたらしい。そうしたら母親は言うに事欠いて「お父さんは野菜を食べないからいつも怒ってばかりいるんだ」と答えたという。幼いカメに刷り込まれたその言葉は、彼の中にどっしりと根付いてしまった。父親が暴力を振るう理由を、そんなところにこじつけて自分を納得させようとしていたのか。滑稽で悲しいエピソードだ。

「リリカももの好きだよなあ。こんな訳のわかんない子の面倒みるんだもんなあ」

「どうする気だろう」

「さあな」カメは片方の肩をちょっと上げて見せた。

一時間ほどしたら、リリカが戻ってきた。千沙は嬉しそうにリリカのところへ駆け寄った。明るい自販機の前へ、カメと明良も近づいた。

「何でこの子をここへ連れてくんだよ。家で留守番させとけばいいだろ?」

「だって千沙、あたしから離れないんだよ。怖がってて、一人になるのが嫌なんだって」

小さな千沙にまとわりつかれるのが、まんざらでもなさそうだ。ほんとにペット感覚で面倒をみているのかもしれない。ここらにたむろしている少女たちは、ただ体を売って金を稼ぐ目的だけで来ているわけじゃない。それが明良にもわかってきた。

誰かと寄り添っていたいのだ。表面上だけだとわかっているけれど、誰かと話したり、ご飯を食べたりする関係にすがりたいのだ。公務員や会社役員をしている父親や、カルチャースクールに精を出す母親、優秀な兄弟に囲まれて、何不自由なく暮らしているように見えるのに、彼女らは本当は生き苦しさを抱えているのかもしれない。

誰かが困ったら、ない知恵を出し合ってどうにかできないか考える。そういうふうに親身になってくれる大人には出会えなかった、優しくて弱くて寂しい少女たち。自分の父親とそう年の変わらない男から金を巻き上げて、つまらないことに散財し、そこに意味があると思いたがる。なぜなんだろう。なぜモノや金を得ることにそんなにこだわるのか。怜《れい》悧《り》な少女たちは、そんなことの虚《むな》しさをとうに知っている気がする。明良は考える。もしかしたらバブル時代の狂乱の中、拝金主義に走った大人たちを冷静な目で見ていた子どもだったのかもしれない。

本当は真に大事なものを、大人よりも彼女らの方が知っていて、その上で真逆な方向に走って大人たちを笑っている気がする。かりそめの友と身を寄せ合う、ここには小さな助け合い組合が存在する。歌舞伎町の夜の路上は、不思議な空間だった。

今も、リリカにくっついて来た千沙を囲んで、少女たちが話しかけたり笑ったりしている。自販機で飲み物を買ってやる子もいる。あどけない顔に戻る援交目的の少女たちを、明良は見ていた。

「もういいよ。サンキュ。あの子たちが順番でみてくれるって」

リリカに言われて、カメは背を向けた。

「バカだよな」カメはぼそりと呟《つぶや》いた。

バカなのはリリカのことか、千沙を可愛がる少女たちのことか、彼女らを買いにくる男たちのことか。それともこういう仕組みを成り立たせている社会のことか、明良には判別がつかなかった。

それから毎晩、リリカは千沙を連れてきて、街頭に立つようになった。千沙は定位置にたむろする十数人ほどの少女のうち、誰かが面倒をみているようだ。客との交渉が成立すれば、リリカも少女たちも順番で抜けたが、誰かはその場にいるので、千沙は安心している。表情も随分明るくなった。

「いつまであの子をここに置いとくつもりなんだ？」

十日ほど経った時、とうとうカメがリリカに尋ねた。コンビニ前のアーチ形の車止めポールに、三人並んで腰かけていた。肩を露出したリリカは、パックジュースのストローをくわえていた。通りの向こうに、女の子たちに囲まれた千沙が見えた。誰かに話しかけられ、弱々しい笑みを浮かべている。

夜の十時半。さっき警察署の少年係が見回りに来た。少女たちは心得たもので、中学生の千沙をさっと隠した。

「よくないだろ？　学校にも行ってないし」カメはしごくまともなことを言った。「まずいよ。義務教育の間は。こんなとこにいさせるのはよ」

本当は、中学生でも援交をしている者もいる。それはカメも重々承知しているはずだ。学校も不登校で、家にも寄り付かず、家に泊めてやると言うよく知りもしない男のところを泊まり歩く子はいくらでもいた。

「千沙はさ――」

ぷっくりした唇からストローをはずして、リリカは言った。さっき一仕事終えてきたところだ。

「家に帰ると、ろくなことになんないんだよ」

「なんで？」

二重の付けまつげを付けた瞳を、リリカは伏せた。カメの隣に座っている明良のところにも、リリカがつけた柑橘《かんきつ》系のコロンの香りが漂ってきた。

「あの子はお母さんと二人暮らしだったんだけど――」

リリカは千沙から家庭の事情を聞き出していた。リリカが奢《おご》ってくれた缶コーヒーを啜《すす》りながら、カメと明良はその話に耳を傾けた。

千沙の母親には、軽い知的障がいがあるそうだ。千沙の父親は誰だかわからない。民生委員が中に入って生活保護を受けられるようにしてくれて、それでなんとか暮らしていたそうだ。だが、そこに入り込んで来た男があった。千沙がまだ小学校に上がる前のことらしい。傍若無人に振る舞う男は、千沙の母親を精神的に支配した。夫然として家に居つき、生活保護費を取り上げて、介入しようとする公的機関を退けた。働きもせず、言いなりの母親を気分しだいで押し倒し、昼間だろうと犯した。母親は、ただただ怯え切っていた。

「そういうところを、幼い時から見せられてきたんだよ、千沙は」ぐっと唇を噛んで、リリカは言った。細めた目には、憤怒の炎が燃え盛っているようだった。「それだけじゃない。そいつはね、幼い千沙の裸を写真に撮って売りさばいていたんだ」

明良は驚いて、リリカを見返した。隣のカメは暗い目をして、コーヒーの缶を握りしめた。傾いた缶から中身がこぼれて、アスファルトに黒い染みができた。

「ずっとずっと今まで、千沙の体を商売道具にしてきた」

「児童ポルノか」

小さなかすれた声が、カメの喉の奥から漏れた。

雑誌コーナーに視線を走らせた。あそこには過激な写真を掲載している投稿写真誌やロリコンきわどい写真を撮る撮影会のモデルをすることも、女子中高生のいい小遣い稼ぎになっていると聞いた。


「そう。あの子は心を病んでる。中学生になって、学校にもほとんど行けてない」

母親の情夫に乱暴されそうになって、たまらず家を飛び出してきたのだそうだ。

「だったら――」明良はつい声を上げた。「だったらなおさら誰か大人に伝えて保護してもらうのがいいんじゃないか？　リリカがかくまっていたってどうにもならないよ」

「そうだな」カメも賛成した。「ほら、いつもこの辺りをパトロールして回ってるボランティア団体がいるだろ？　さっきだって警察が――」

「ダメだよ」

きっぱりとリリカは否定した。

「大人は信用できない。あいつらは結局あたしらのことなんか親身に考えてないんだ。千沙も怖がってたけど、親には絶対連絡がいく」

「だけど――」

そういう機関に保護されるのが一番いいんじゃないかと、明良は言おうとした。母親やその情夫の手の届かないところに収容してもらえれば、千沙は救われる。

リリカは明良の心を先読みしたみたいに首を振った。

「千沙が守られるっていう保証はどこにもないよ。ああいう男はずる賢いんだから。民生委員や児相の職員を騙すなんて簡単なんだよ。実の母親だって千沙を庇えなかったじゃない。もう何年も。所詮赤の他人の職員が、助けられるわけない」

リリカは吐き捨てるように言った。コンビニの入口から、ホストが連れ立って入っていって、騒がしく買い物をして出ていった。いくつもの弁当の入ったポリ袋を提げた後ろ姿が遠ざかるのを、三人は黙って見ていた。

「あたしはね、パパとママ、それにお兄ちゃんの四人家族だったの」

おもむろにリリカが話し始めた。明良はひりついた喉を潤そうと缶コーヒーを一口飲んだ。口に含んだコーヒーは薄くてぬるかった。

「パパは不動産屋を経営してて、結構裕福な家だったの。だけど、バブルの時に土地の投機に失敗して破産したみたい。それなのに、そのことを家族には隠して、借金し続けてそれまでの暮らしを続けていたの。バカみたいでしょ。気がついたら家も何もかも取り上げられて、それでも足りなくてどうしようもなくなってた。ママは愛想を尽かして出ていくし、お兄ちゃんもいなくなった。あたしはパパと二人、オンボロの長屋みたいなとこに移り住んだの。千沙と同じくらいの年の頃」

その貧しい住居にも借金取りが押しかけてきたという。父親はだんだん家に帰って来なくなった。中学生のリリカは、仕方なく一人で借金取りの応対をしていた。

その先は、何となく想像できた。だが明良は黙って耳を澄ませていた。

「ある日、そのうちの一人にレイプされた。黙ってたらパパの借金を減らしてやるからって言われた。そんなの真っ赤な嘘だったんだけど。だけど、それだけじゃ終わらなかった」

「リリカ――」

たまらずカメが口を挟んだ。リリカはそれを無視した。

「日を置いて、別の借金取りが来てあたしを押さえつけて――」

「リリカ――」今度は明良が言った。「もういいから――」

「あたしはパパを助けてるつもりだった。でも何度もそういうことが起こったから、とうとう我慢できなくなった。あたしは助けてって言ったんだよ。パパにも、学校の先生にも。恥ずかしかったけど、地区の児童委員の人にも話したの。その人たちは児童相談所につないでくれた。調査はしてくれたけど、結局――」リリカの口から「くっ」というような呻《うめ》き声が漏れた。「結局借金取りたちは知らん顔を決め込んだ。パパもそれはあたしの妄想だって言い訳をしたの。そういうことが起きてから、あたしはおかしくなって学校にもろくに行けてなかったから。大人たちは、そっちを信じた」

実際のところ、父親はリリカの身に何が起こるか承知した上で、家を空けたのだった。父親は、娘の体を借金のカタに差し出したわけだ。そのからくりに気がついたリリカの精神は、ボロボロになった。

「だからあたしはママに頼ったの。もうパパとはいられないと思った。話を聞いたママはあたしを口汚く罵《ののし》った。あんたは汚いって。お金のためにそんなことをするなんて、信じられない。自分から男を誘ったんだろうって言われた」

リリカは寂しく笑った。

中学生の間、リリカはろくに家に帰らず、友人宅やらただの顔見知り、時には知り合ったばかりの男の家を泊まり歩いた。もう体を差し出すことには抵抗がなかった。ご飯を食べさせてくれたり、家に置いてくれる男に感謝すらした。だから学校にもほとんど通っていない。定時制高校へ進んだが、結局退学した。今は何とか自分でアパートを借りて暮らせるまでになった。稼ぎがいい時には、まだ借金まみれの父親にお金を渡しているのだそうだ。

「だからさ、千沙のことはほっとけない。あの子、あちこちさまよってた時のあたしと同じ目をしてるもん」

リリカはジュースのパックをゴミ箱に捨てると、また夜の街に出ていった。カメも黙ってポールから下り、コーヒーの缶を投げ捨てた。明良はそこに座ったまま、リリカが千沙に歩み寄るのを見ていた。千沙を囲んでいた少女たちも明るく笑っている。大人を信じない少女たち。嘘を見抜くことに長《た》けた子ら。

カメはそのままどこかへ歩き去った。

リリカも明良も父子家庭だ。だけどリリカの身に起こったような悲惨なことは、自分には起きなかった。いつかカメが言った。女はいいなと思ったことがあったと。体を売って生きていけるから。でも女ゆえに恐ろしいことも起きる。自分の体を大事に思えなくなるようなことが。

――なあ、明良、家族って何なんだろうな。

カメの言葉が蘇《よみがえ》ってきた。

リリカは何かをしようとしているのだ。大人に安易に引き渡さず、千沙を助けられないか考えている。自分だってあと一年もしたら、どうなっているかもわからないのに。

道路の向こうで、千沙が笑っている。無邪気な笑顔だ。あの子にとっての救いは何なのだろう。リリカは自力で逃げ出したけれど、それが救われたことになるのだろうか。千沙がここで同じことをして生きていくとしたら、それであの子は幸せなのだろうか。児童ポルノの餌食《えじき》にされるよりも？　母親の情夫に犯されるよりも？

わからない。何もかもわからないことだらけだ。

裕一郎は富美加に愛想が尽きたのか、本格的に社交ダンス教室に居ついてしまった。富美加もどこへ行ったのか、家を空けている。ボヤを出した倉庫はそのままだ。大家からは原状回復するように言われているらしいが、取りかかる様子はない。一度業者を呼んで見積もりをさせたら、到底払えないような額を提示されたのだとふてくされていた。

もう裕一郎について行くのも嫌になって、明良は富美加もいない家で一人で暮らしていた。特に生活に変わりはなかった。毎日学校へ通い、夕方は橋本の作業場を覗いたり、洗濯や掃除をしたりする。日が暮れると、新宿へ出かけてカメやリリカと過ごすという具合だ。

相変わらず千沙はリリカの家に住んでいるようだった。リリカが出勤してくると、一緒にやって来る。そして歓楽街の路上で時間を潰す。年長の少女たちも千沙を可愛がっていた。ハンバーガーだのフライドチキンだのポテトチップスだのを誰かが奢ってやる。一部の常連客にさえ、顔を憶えられて何かを差し入れされたりしていた。千沙はまるでアイドルみたいな存在になった。女の子たちは、おかしな客からも補導員からも千沙を守っていた。ホテルのネオンサインに照らされる歌舞伎町二丁目の道端が、千沙が得た束の間の平安の場だった。

初めはびくびくしていて、リリカにだけついて回っていた千沙もしだいに落ち着き、変則的な生活に慣れてきているようだ。男性に対して警戒心を露《あら》わにしていたのに、リリカが親しくしているカメと明良には、よく懐いた。

女の子たちの商売が繁盛している時は、彼女らに代わって明良が千沙を預かった。カメがやって来て、明良が千沙の相手をしているのを見ると、「今日は子守りか」とからかった。

「お前にはちょうどいい暇つぶしだ」

「別に暇なわけじゃないよ」

そう言い返したが、まんざらでもなかった。毎日寝るところがあること、もう嫌なことをされないことで、千沙はのびのびとしてきた。子どもらしさを取り戻していった。

「明良」とか「カメ」と千沙はリリカと同じように彼らを呼んだ。

「勘弁してくれよ」とカメは顔をしかめたが、その後でぶすっとした表情で「野菜もちゃんと食ってるか？」などと言っている。

実際、千沙は愛らしい子だった。それに頭もよかった。入れ替わりが激しい少女たちの顔と名前をすぐに憶えたし、その性格も正確に把握した。嫌な客と優しくしてくれる客の区別もつけて、それなりに対処していた。補導や見回りが来た時には、すばやく身を隠す術《すべ》も憶えた。そういうところを見ていると、やっぱり家には帰りたくないんだなと知れた。

しかし、いつまでもこうしているわけにはいかない。それをリリカも理解しているはずなのに、ずるずると先延ばししている。

「リリカも寂しいんだ」

カメが言う通りかもしれない。ちょっとの間だけ面倒をみてやるつもりだったのが、妹のような千沙の存在がだんだん大きくなってきたのだ。手放し難くなってきたということか。

「お前、ほんとに家に帰らないつもりか？」

千沙に問うてみる。

「帰らない」頑なに千沙は答えた。

「でも学校には行きたいだろ？」

千沙はちょっとだけ顔を曇らせた。やっぱりな、と思う。

「明良は学校に行ってるんだよね」

「うん」

「学校、面白い？」

「まあな」

「いいね。高校だよね」

「うん」

「高校へなんか、あたしは行けないよね。だって中学にも行ってないんだもの。お金もいるし」

「いや、方法はある。学校で勉強したいなら――」

言葉が詰まった。千沙は顔を上げてじっと待っている。明良がいい方法を教えてくれると思っているのだ。だが実のところ、明良にも打開策は浮かんでこなかった。ただ、学びたいと思っている子が学べない社会の構造は間違っているとだけは思った。

しばらくして、千沙はうなだれた。

「やっぱり親にどうにかしてもらわないといけないんだよね。でもママもかわいそうなんだよ」

「いや――」ゆっくりと言葉を選んだ。「待てよ。俺がなんとか考えてやるから」

「いいよ。明良はいい人だけど、自分のことは自分でやる」

「待てって」

「リリカちゃんにも迷惑かけてんの、わかってるから。あたし」

「千沙――」

「人に頼らず、自分でママを助ける」

「いいか、バカなことをするなよ。俺が――」

ラブホの方からリリカが戻って来て、千沙に向かって手を振った。千沙は明良を置いて走っていってしまった。

俺は無力だ。明良は思った。他人のために何かできるかなんて、今まで一回も考えたことがなかった。いい加減な父親を疎ましいと思いながらも、彼に養ってもらっていた。それが当たり前だと思っていた。のんべんだらりと生きてきた。

歌舞伎町の路上は、いろんなことを明良に突きつけてくる。

ホストにスカウトされたりもした。ホストクラブを経営している平《たいら》という四十男だ。彼は時折女の子たちがたむろする場所にもやって来て、気軽にしゃべったりしていた。彼女らをステーキハウスに連れていって大盤振る舞いをしたりする。カメは嫌っていたが、別に下心もなさそうなので、歌舞伎町で成功した男の気まぐれなのだろう。その平が所在なげに突っ立っている明良に目をつけた。

「お前、暇なんだったらホストやんねえか？」

面食らった。近くで聞いていた万穂《まほ》という子が「いいじゃん、やりなよ。明良、ルックスいいもん。人気出るよ」と言ったので、苦笑した。

いかにも欧米人風の裕一郎に顔はあまり似ていないが、明良は体つきを父親から受け継いでいた。長身で引き締まっていて、どこか日本人離れした風貌ではあった。その上に、拗《す》ねて斜に構えたようなところがエキセントリックな雰囲気を醸し出していたのかもしれない。

即座に断ったのだが、平は明良に会うたびに誘いをかけた。

「店に出なくてもいいんだ。店の外で客引きするだけでいいからよ。暇な時だけ来いよ」

それだけで報酬をくれると熱心に誘った。

「でも俺、未成年ですよ」

平はぷっと噴き出した。

「ここにいる子は大方がそうだろ？」

そばにいた少女たちがどっと笑い声を上げた。

「明良がホストクラブの前に立ってたら、いい宣伝になるよ」

「そうだね。本格的に店に出るようになったら、あたし、通っちゃう」

「『綺ラ星《きらぼし》』、最近、ホストの質が落ちてるもんね」

そんなことを言って茶化した。「綺ラ星」というのが、平が経営するホストクラブの名前だった。いつものらりくらりとかわすのに、平はしつこかった。

深夜に帰宅し、誰もいない家で眠った。こうして安泰に暮らせる家が曲がりなりにもあることが、有難いとも何とも思っていなかった。そういうことを考えながら、眠りに落ちていった。

ところがある日学校から帰ると、富美加の荷物がそっくりなくなっていた。大家が来て、この家は解約されたから出ていってくれと言う。

「倉庫はまだ山中さんが借りてる。あっちはきちんと修理してから戻してくれといってあるから」

清掃業者が来て家の掃除を始めるというので、仕方なく自分の荷物を倉庫に運び入れた。倉庫の中は、まだかすかに焦げ臭い匂いがした。燃えた木片や額縁が、片方の壁にまとめて積み上げられている以外は、特に片付けた様子もない。その壁も火に舐めつくされて炭化している。高い天井辺りまでは、炎は届かなかったと見えて、太い梁《はり》はそのままだ。その梁の近くに小さな物置場がある。かつては荷物が運び上げられていた部分のようだ。富美加は使用していなかったようで、丈夫な板張りの床の上は空だった。梯子《はしご》がかかっているので、そこに自分の荷物を置いた。布団も苦労して運び上げた。

そして思案した。裕一郎が住むダンス教室には行きたくない。しばらくはここで暮らしてみることにした。明良は高校三年生になったばかりだった。春だし、気候もいいから何とかなるだろう。

寝場所だけは確保できたが、倉庫には風呂もトイレもない。倉庫の外に水道の蛇口だけはあって助かった。スイッチを入れると蛍光灯も点《つ》いた。いつまで富美加が光熱費を払い続けるかはわからないが、当座は水が飲めるし顔も洗える。すぐ近くに公園があるから、トイレはそこで済ませるしかない。風呂は銭湯に行けばいい。どうせ寝に帰るだけだから、それで大丈夫だろうと踏んだ。

しかし始めてみると、不便なことがたくさんあった。いちいち公園のトイレに行くのも面倒だし、銭湯には新宿に出る前には行っておかないと間に合わない。裏の家には借り手がついたようで、倉庫の横の進入路を通って住人が奥へ行き来する。なんとも落ち着かない生活だ。

そのうち明良が倉庫で暮らしていることが、橋本にばれた。

「お前、何であんなところに住んでんだ？」

問われて仕方なく理由を説明した。橋本との付き合いも長くなってきて気心も知れたので、特に隠しておくこともないだろうと思った。その頃には、橋本の手ほどきで簡単な継ぎ手を作ってみることも遊び半分でやっていた。

「バカだな。あんなとこで寝泊まりしてたら体悪くするぞ」

父親のところへ行けと言われるんじゃないかとひやひやした。あと一年したら高校を卒業するのだ。そうしたら自立して、父とは距離を置いて生活するつもりだった。それまで何とか離れていたかった。橋本に促されても父と暮らす気はなかった。

ところが橋本は驚くべきことを口にした。

「こっちの家に住んだらいい」

「こっちって？」

「この家さ」

「おじさんとこ？」

「おう。あんな焼けた倉庫にいるよりはましだ。薄汚いとこだけど、部屋は空いてるからな」

そう言うと、どっこらしょと立ち上がって、倉庫の方へ向かっていった。慌てて後を追った。橋本と二人で明良の荷物を物置場から下ろした。布団を担ぎながら「ほんとにおじさんとこに置いてくれるの？」と確かめた。

「おうよ。そう言っただろ？」

「でも、あの――」

まったくの他人を家に入れるなんて信じられなかった。

「つべこべ言うな。もう決めたんだ」

「それじゃあ、家賃を――」

橋本は豪快に笑った。

「そんなもん取れるかよ。こんなボロ屋で」

初めて作業場以外の部屋に足を踏み入れた。本当にお粗末な部屋だった。六畳の部屋を当てがってくれたのだが、畳は擦り切れ、合板の壁は反り返っていた。しかし、風呂もトイレもない倉庫よりはましだった。作業場のすぐ裏にある部屋で、橋本の両親が生きていた時に使っていたということだった。

「だいぶ前には、弟子入りしてきた奴を住まわせてたこともあるんだけどよ」

長続きせずに辞めていったのだと橋本は説明した。

「今どき、長い修業して職人になろうなんてアホはいないよな」さばさばとそんなことを言う。「だから気にせず、ここにいろや」

「おじさん、何でそんなに親切にしてくれるんですか？」

ついそんなことを訊いてしまった。無骨な職人の橋本が、偶然知り合った高校生を家に置いてやろうとする心境が理解できなかった。

「さあな」橋本はゴリゴリと白髪《しらが》交じりの頭を掻《か》いた。「お前、変わってるからな」それが理由だとはどうしても思えなかった。本当は「お前、行くところがないから置いてやるよ」と言いたかったのかもしれない。生来の口下手《くちべた》と照れでそんなふうな言葉になったのだと思うことにした。

橋本のところに居候《いそうろう》することになったと、裕一郎に知らせにいった。まだ今のところはダンス教室の経営者とはうまくいっているらしかった。

「そうか」

明良の報告を聞いても、そう答えたきりだった。お世話になる橋本のところへ挨拶しに行こうともしない。期待はしていなかったが、やはり失望した。親から見放された高校生を住まわせてくれる橋本に申し訳ない気持ちになった。

当然のように朝晩の食事も「ついでだ」と言って食べさせてくれる。茶漬けに漬物とか、肉と野菜のごった煮とかの無粋な男料理だったが、それも有難かった。

「もっと食え食え」

量だけはたくさん作って、明良が食べるのを嬉しそうに見ていた。

ぽつりぽつりと語る言葉で、橋本の身の上も少しだけわかった。江戸指物の職人だった父親の跡を継ぐのが嫌で一時は家を飛び出したこともあったが、結局は戻ってきて職人の道に入ったということだった。人付き合いも苦手だし、指物の需要も減ってきて収入も減る一方だったから、結婚もせずに今日まできたようだ。

「そんでもこれしか俺はできねえからな。まあ、合ってたんだろうな」

大工などと違って外に出て大勢で働くこともない。家の作業場で朝から晩までコツコツと細工を施す。そういう仕事を「居職《いじょく》」と言うらしい。そういう職業形態も、若者には嫌われる一因だ。

「いちんち、誰とも口をきかねえなんてこともざらだしな」

仲間に頼み込まれて受け入れた弟子は、そういうことで音《ね》をあげて去っていったという。でも、隣の家で困り果てたおかしな高校生は受け入れてくれたわけだ。それが下町気質《かたぎ》というものなのか、橋本の気まぐれなのかはわからない。住まわせてもらう代わりに、明良はトイレや風呂の掃除、時には食事の用意も引き受けた。

「勉強机を自分で作ってみろ」と言われて、指物で座卓を作ったりもした。天板に側面を付けただけの簡単なものだが、結構難しかった。橋本が手ほどきしてはくれたが、継ぎ手の細工がうまくいかず、ぐらぐらする。ノミでの切り込みを何度もやり直し、木材が無駄になった。それでも何とか自分が使うには申し分のない座卓ができた。最後に天然植物油を塗って仕上げると、何とか座卓の体裁にはなった。

「初めてにしてはまあまあだな」

言葉には「まあまあ」とも思っていない様子が多分に含まれていたが、明良は達成感に包まれていた。早速自室に持ち込んで教科書を載せてみた。

「しっかりそれで勉強しろよ」

作業場から橋本が声をかけてくる。声に被さるカンカンという音は、カンナを木槌《きづち》で叩いて刃の調整をする音だ。彼は道具の手入れは、絶対に明良には手伝わせなかった。特に刃物を研ぐ時は、声をかけても答えない。細工によって数多くのノミやカンナを使い分けるのだが、刃の鋭さ、角度、均一性で細工の出来が大きく変わってくるという。

橋本が手がける指物も明良は好きだった。簞笥《たんす》も机も椅子も飾りがなく堅牢《けんろう》で、「百年生きた木を使って、あと百年使える道具を作る」という江戸指物の美意識に則したものだった。

裕一郎について、彼の愛人宅を転々としていた時にはない安寧を、明良は他人である橋本の家で得たのだった。

その一方で、歌舞伎町に出て行くということも続けていた。町屋風に奥に長い橋本の家は、作業場のすぐ裏に明良の部屋があったから、橋本の部屋とは離れていた。早くに寝てしまう橋本の目を盗んで、窓から脱出するのは簡単だった。深夜まで新宿でぶらついて、最終電車で帰って来るということを繰り返していた。

千沙のことが気になっていた。いつまでもリリカに養われているわけにはいかないだろう。高校へ行きたいと言った千沙に、「俺がなんとか考えてやる」と請け合ったことも心に引っかかっていた。

とはいえ、いい案が浮かぶわけではなかった。リリカが反対しているのに、自分の裁量で福祉関係者につなぐわけにはいかなかった。歌舞伎町に行けば、千沙は人懐っこい顔で明良に寄ってくる。笑ってはいるが、こいつはもう誰にも期待していないんだと思うと、胸が塞がれた。今はリリカに守られているけれど、それがいつまでも続くことはない。この歓楽街に馴染んでしまった十四歳の千沙が街頭に立って、生きるために援交を始めることを想像すると暗澹《あんたん》たる気持ちになった。

「バイバイ、明良。また来てね」

帰っていく明良に手を振る千沙は、けばけばしいネオンサインに照らし出されている。

この子をどうにかして学校に戻してやりたいと思う気持ちが募った。自分が橋本に救われたように、他人でもどうにかできるのではないかという甘い気持ちが湧き上がってくる。そう思うそばから、できるわけがないと思うのだ。

歌舞伎町へ行く目的は、もう一つあった。平のホストクラブで客引きのアルバイトをするためだ。裕一郎からもらう小遣いは、女から出ているものだ。それを平然ともらうのが嫌になった。ダンス教室の経営者も、明良が裕一郎に会いに来るのを露骨に嫌った。授業料は裕一郎が振り込んでくれていたが、せめて生活費は自分で稼ごうと思った。

手っ取り早いのが「綺ラ星」でバイトすることだった。ホストになる気はさらさらなかったが、いい稼ぎになった。ホストの黒いスーツを借りて、店の前を通りかかる女性を誘い込んだり、離れた路上で店のチラシやティッシュを配るだけの簡単な仕事だ。

それを知ったカメは不機嫌になった。彼にはそんな割のいい仕事は転がり込んでこない。体を張って「隙間産業」でちまちま稼ぐしかない。そのことは重々承知していたから、カメにも今まで通り手を貸してやることを約束した。そんなことで、明良もいよいよ歌舞伎町の常連になってしまった。

同時に高校三年生になって、自分の進路について考えることも増えた。就職するにしても、どんな職が自分に合っているのかわからなかった。悩む気持ちの中には、もう少し勉強を続けたいという願いもあった。今のような家庭環境では、大学へ進学することは不可能だ。裕一郎に相談する気も起きなかった。

父親に頼ることはできなかったし、したいとも思わなかった。しかし、自分で働いて学費を貯《た》めて、それから大学へ行くということはできるかもしれない。腹を据えて二年ほどでもホストをやるか。様々な感情に揺れた。

学校で行われた個別の進路相談に、驚いたことに裕一郎が来た。三者面談のことを伝えると、今まで一回も高校に足を運んだことのない裕一郎が「行く」と言ったのだ。当日は落ち着かなかった。担任は定年退職を目前にした女性教師だった。就職希望の生徒が半分はいる学校だったので、明良も当然そちらに入ると頭からかかっているようだった。

ところが、意気揚々と教室に入って来た裕一郎は、驚くべきことを口にした。

「こいつは大学へやりたいと思います」

担任は一瞬言葉を失い、ぽかんと口を開いて裕一郎の顔を見た。彼はまた平然と続けた。

「明良は頭のいい奴ですから、かなりレベルの高い大学へ行けると思うんです」

夜の街に入り浸り始めた明良の成績は、お世辞にもいいとは言えなかった。息子の成績などに無関心だった裕一郎には、一度も成績表を見せたことはなかった。

「お父さん――」担任は、分厚い眼鏡を指の背で持ち上げた。「明良君は、就職を希望しているようですが。今から大学進学へ進路を変えるとなると、相当無理があると思います」

彼女はやんわりと、明良の成績では大学進学は無理だと伝えようとした。

裕一郎は現実的なアドバイスをものともしなかった。

「いや、大丈夫です。こいつは大学へ行かせることにします。受験も心配ないと思います」

担任は「偏差値が」とか「本人のやる気が」とかと説得を試みたが、裕一郎はそれを退け、明良を急《せ》かして教室を出た。

「そういうことだから」

校庭を横切りながらそんなことを言う父親に猛然と腹が立ってきた。

「何が『そういうことだから』だ。俺は大学なんかに行かないからな」

「そういうわけにはいかん」裕一郎はぴしゃりと言った。「お前は大学へ行くべきだ。俺はその機会を三回もふいにしたからな。あれは後悔している」

「あんたの失敗なんか知るか」

裕一郎は愉快そうに笑った。

「失敗。そうだ確かに失敗だったな、あれは。それでママは失望したんだ。だからな――」

裕一郎は立ち止まって、頭《こうべ》を回《めぐ》らせた。あのハシバミ色の瞳で、息子の顔を覗き込む。

「お前は大学へ行って、それ相応の仕事に就くんだ。アイリーンのためにもな」

言い返したい気持ちはあった。何が「アイリーンのため」だ。会ったこともないアイルランド系アメリカ人の祖母のことなんか知ったことか、と。

だが、黙って歩き始めた。満足げに頷いた裕一郎も隣を行く。彼の腕に刻まれた「Eileen」という名前の刺青が、初夏の光に輝いていた。

そんなことがあって、一週間ほど新宿へ行かなかった。「綺ラ星」は、ちょうど従業員一同で慰安旅行に出かけていた。

束の間の親密な関係を結んでいた少女たちも、いつの間にか顔ぶれが変わっていたりする。去っていく者を追わず、詮索せずというのが、歌舞伎町のルールだったから、明良の足が遠のいても誰も気にしないと思っていた。そういう場所だからこそ、気安く通っていたという部分もあった。ポケベルも携帯電話も持たない明良には、誰からも連絡がこなかった。どこともつながっていない自分がいる場所。

だが、その晩は違った。千沙の姿が見えなかった。驚いてリリカを捜した。

「家に帰ったみたいなの」リリカも心配そうに眉を寄せた。

「へ？　何で？　家が嫌で逃げ出してきたんだろ？　連れ戻されたとか？」

「違う。自分から帰っていったの」

リリカは肩から下げたバッグから、小さなメモ紙を取り出した。千沙の置手紙だという。千沙の字を初めて見た。案外しっかりした文字だった。短い言葉で家に帰ること、リリカへの感謝の言葉が綴《つづ》られていた。昼間、リリカが寝ているうちにこれを書いて出ていったらしい。

人に頼らず、自分でママを助けると言った千沙の言葉を思い出した。明良は何の策も思いつかず、自分のことにかまけていたことを悔いた。出ていったのは三日前だとリリカは言った。

「ねえ、明良」

メモ紙をしまうと、リリカが顔を寄せてきた。

「千沙の様子を見に行くから、一緒に来て。カメは放っておけって言うから」

「住んでるとこ、知ってるのか？」

念のため千沙から詳しい住所を聞いていたのだとリリカは言った。

次の日曜日、二人は京急雑色《けいきゅうぞうしき》駅で待ち合わせた。千沙の家は大田《おおた》区東六郷《ひがしろくごう》にあった。

リリカがすっぴんで現れたので、ちょっと驚いた。向こうも明良の反応を予測していたようで、ただ「ふん」と鼻を鳴らしただけで、さっさと歩きだした。

新宿で会う女の子たちの中には、道端に座り込んで化粧をする子もいたが、リリカは家を出る時から完璧な顔を作ってきていた。コケティッシュに見せる化粧は、夜の街に出るためのものだったのか。それは装いというよりも鎧《よろい》のように自分を守るものだったのかもしれない。最後の最後に残った本当の自分の欠片《かけら》を誰にも渡さないために。

二人並んで第一京浜《だいいちけいひん》を越え、多摩川の方へ歩いた。ごちゃごちゃした住宅街で、高いビルはそんなにはない。比較的新しい中層マンションや木造の一軒家が並んでいる。その中に大衆食堂や中華料理店がある。暖簾《のれん》の出ていない飲み屋が固まってあったりもする。飲食店はどれもかなり古い様相だ。

迷った挙句にたどり着いた千沙の家は、居酒屋らしき店舗の二階にあった。ギシギシ軋《きし》む外階段を上がって、ドアを叩いた。中に人の気配はあるようだ。息を凝らして待っているとドアが細く開いた。

「千沙ちゃん」

リリカの呼びかけに、千沙は曖昧な笑みを浮かべた。

「どうして？」リリカは詰問にならないように気をつけて言ったつもりなのだろう。その言葉に、千沙は目を伏せた。

「誰？　千沙」

背後から女性の声がした。

「大丈夫だよ、ママ。知ってる人」

千沙は身をくねらせるようにして、ドアの隙間から出てきた。

「ちょっと行ってくるね。すぐ帰るから」

部屋の中に声をかけて、階段を下りる。リリカと明良もその後を追った。階段の下で、千沙はうなだれた。

「ごめんね、リリカちゃん。あんなふうに出てきちゃって。怒ってるでしょ？」

「いいよ、それは」

千沙はますます小さくなった。

「ママは体の具合が悪いの。だから――」

「だから？　だからママのところに帰ったの？」

「そう。やっぱりママはあたしがいないとだめだから」

「でも、あの男は？　あいつも一緒に住んでるんでしょ？」

リリカの声はだんだん険しくなる。本気でこの子を心配しているのだと知れた。大人にさんざんひどい目に遭わされ、絶望を味わってきたリリカが発する重い言葉を、明良はそばで黙って聞いた。千沙はぱっと顔を上げた。

「ううん、今はもういないの。ママとは別れて出ていったから」

リリカと明良は顔を見合わせた。この子の言葉をそのまま信用してもいいのだろうか。

リリカの顔には、不信感が表れていた。

「あたしがいなくなってから、ママが区の福祉事務所に相談したんだって。だからそこの人がうちのこと、ちょくちょく覗いてくれるようになって。同居人がいたら生活保護費は支給されないからって、おじさんを説得して追い出したみたい。今も厳しく監視してくれてるの」

リリカはまだ疑わしそうな表情を浮かべていた。が、それ以上は踏み込めないと諦めたようだ。

「千沙ちゃん、困ったことがあったらいつでもおいで。あたしの携帯番号、知ってるよね」

千沙は強く頷いた。

「いいんだな？　このままで」明良の問いかけにも、迷わず頷く。

「いいよ。千沙、ママのそばにいてあげたい。もう逃げないよ。でもありがとう。リリカちゃん。明良も。ちゃんと学校にも行くよ」

「それなら――」

リリカは、持ってきた紙袋を千沙に渡した。紙袋の中にはデパートで買ってきたらしいTシャツと可愛らしいスカートが入っていた。千沙は嬉しそうにそれらを胸に抱いた。

「ありがとう。大事に着る」

うつむいた途端に涙が頬を伝った。それからリリカに抱きついた。

「忘れないよ、リリカちゃんのこと」それだけ言って、階段を駆け上がっていった。

リリカと明良は、元来た道を引き返した。

「あれで幸せなんだろうか、千沙」

明良が独り言のように放った言葉には、リリカは答えなかった。駅のホームで電車を待つ間、リリカはぽつりと言った。

「何が幸せかは、他人にはわからないよ」

明良の中で何かが変わった。学校の授業をまじめに聞いて、勉強にも取り組んだ。それで学校の成績はぐんと上がった。担任は目を丸くした。進路相談で父親の「大学へ行かせたい」という希望を聞いていたから、明良もその気になったのだろうと納得したかもしれない。

しかし明良を変えたのは、千沙やリリカや、カメや平、それと歌舞伎町の少女たちだった。あの歓楽街で知った世界が、明良を突き動かした。立ち止まることを許さない大きな力を感じた。だからと言って、何を始めたらいいのかわからなかった。大学へ行こうと明確に決めたわけではないが、だらだらと流されるように生きているのに嫌気がさした。とりあえずは自分の目の前にあるものに真剣に取り組もうと思った。

自作の机で教科書に向かう明良を、橋本も嬉しそうに見ていた。

千沙がいなくなっても、週に二日ほどは歌舞伎町に出ていって、バイトに精を出した。裕一郎に頼らずに生活費を稼ぐには、これを辞めるわけにはいかなかった。平も強引にホストになれと言うことはなかった。時々、「綺ラ星」の奥にある社長室に招き入れてくれた。そこには本棚があって、物理や天文や歴史、経済や政治の本がびっしりと詰まっていた。初めて入った時はびっくりした。これだけの本を読み込んで知識を溜め込んでいるということだ。よく聞いたら、有名私立大学の通信制を卒業しているらしい。

呆気《あっけ》に取られている明良を、平は面白そうに見た。

「俺は、中学までしかまともに行っていない。学校へ行くなんて、かったるいと思ってた。勉強するなんて時間の無駄だってな。だけどな――」

白いスーツ姿の平は、ハイバックチェアの上から身を乗り出した。

「だけど何かを知ることは大事だ。いや、知ろうとすることが。無知であること自体は悪いことじゃない。だが、無知を恥じないでそのままでいることは罪だ」

言わんとすることは何となくわかった。学ぶ意味と必要性を知った平は、どんどん知識を吸収していったというわけだ。そして今はホストクラブの経営者だ。ここに至るまでに何があったのだろう。

「お前は昔の俺に似ているよ」

詳しいことは話さず、平はそれだけを言った。彼が自分に目を留めてくれた理由が少しだけわかった気がした。

明良が夜に抜け出していることが、橋本にばれた。

「お前、夜中にどこをほっつき歩いてるんだよ」

迷ったが、正直に話した。父親に対する反抗心から夜の街をぶらついていて、歌舞伎町に居ついたこと。そこでホストクラブの客引きのバイトをして、生活費を稼いでいること。

「行くなよ、そんなところに。お前は高校生だろ？」

「いや、もう少しだから。高校卒業するまではバイトして金を稼ぎたいんだ。ほんのちょっとだけど」

「生活費なら、俺が立て替えてやるよ。卒業してから、いつでも返してくれたらいい」

「だめだよ。おじさんにはこれ以上迷惑かけらんない」

「そんなことする暇があったら勉強しろ。上の学校へ行きたいんだろ？」

橋本に進路のことを相談したことはなかった。しかし熱心に勉強をする明良を見て、そんなふうに感じたのか。

「大丈夫。学校の勉強もちゃんとやるから」

「歌舞伎町なんかに出入りしてたら、ろくな人間にならねえ」

押し問答をして、結局橋本は不機嫌に黙ってしまった。これだけは折れるわけにはいかなかった。リリカやカメとは別れ難かったし、何より、これ以上橋本の世話になりたくなかった。あんな父親に頼って生活を成り立たせるわけにはいかなかった。ささやかなプライドだ。

ところが、橋本は実力行使に出た。歌舞伎町まで乗り込んできたのだ。

夜に家を抜け出して、「綺ラ星」のチラシ配りをしている明良を連れ戻そうとする。汚れた作業着でやって来る橋本は、いかにも場違いな感じがした。

「おう！　明良、帰るぞ」

そう言って背を向ける。二、三回は言うことを聞いてついて帰ったが、だんだん腹立しくなってきた。

「ほっといてくれよ。これは俺の仕事なんだからな」

カメの「隙間産業」の手伝いは、とても橋本には見せられなかった。

「そんなら昼間のバイトをしろ。俺が何か探してきてやる。こんなとこでみっともない仕事をするな」

カチンときた。

「何でそんなに俺にかまうんだ。いい加減にしてくれ」

「こんなとこで働いてたら、まっとうな人間にはなれねえ」

言い争う二人は、さぞかし奇異だったろう。ホストの黒いスーツを着た少年に説教をするくたびれた作業着姿の中年男は、ネオン街で完全に浮いていた。

それからは根競《こんくら》べだった。明良は、橋本を無視して夜中に抜け出す。気がついた橋本が連れ戻しに歌舞伎町までやって来て、路傍で言い争う。

「何だよ、あのおっさん」

カメに訊かれても、橋本との関係をうまく説明できなかった。頑固な職人気質の橋本には、この街は身を持ち崩した人間たちが寄り集まるところのように映るのだろう。カメやリリカはその最たるものだ。だんだん橋本との関係は険悪になってきた。家ではまともに口をきかなくなった。いっそのこと家を出てしまおうかとまで考えた。そうすればすっきりするだろう。橋本のお節介が重荷になってきた。

しかし隣の倉庫は、とうとう富美加が内装を修理して大家に返した。富美加とは会わずじまいだった。

明良がうっとうしく思っているのを知っても、橋本が深夜に連れ戻しに来ることは変わらなかった。愚直な男は、父親から頼まれたわけでもないのに、何度も何度もやって来た。明良が言うことを聞かないので、とうとうある晩、橋本は平に話をつけに行った。しつこく来ているうちに、明良がどこのホストクラブに雇われているのかわかったのだろう。

止める明良を振り切って、「綺ラ星」の中に乗り込んでいった。ホストクラブのドアを開けて入って行く橋本の背中を、絶望的な気分で明良は眺めた。ドアを開けた顔見知りのホストが、ぎょっとしたのが見えた。

橋本はなかなか出てこなかった。平と話しているのだろうか。店の奥の社長室には、滅多なことでは外来者は入れないのだ。小一時間ほどして出てきた橋本は上機嫌だった。それを見て却《かえ》って不安が募った。

「ここの店長は話のわかる男だな」

詳しいことは言わず、「帰るぞ」と背を向けた。ドアの前に出てきたホストが、顎をくいっと動かして、追い払う仕草をした。情けない気分で、橋本の後を追った。家に帰りついても、橋本は何も語らなかった。ますます落ち着かない。

三日後のバイトの日に、平に社長室に呼ばれた。

「お前はクビだ」

いきなりそう言われてうなだれた。橋本が交渉して辞めるように差し向けたのだろう。余計なことをしてくれるものだ。この馴染んだ街での仕事を奪われる羽目になってしまった。

「あのオヤジには参ったな」いかにも愉快そうに平は言った。顔を見ると、喉の奥でくぐもった笑い声を上げた。「お前を立派なホストに仕立ててやろうと思ったのにな」

平は脚を組み替えた。ぴかぴかに磨き上げられた革靴のつま先が、明良の方を向いた。

「もうここに来るな」

「わかりました」

「これからは魚の世話をしろ」

「は？」

とうとう平はぷっと噴き出した。それから天井に向かって豪快に笑った。

「俺はこう見えて有能なビジネスマンなんだ。ホストクラブだけをやってるわけじゃない」

バーやレストラン、美容室に加えて銀座《ぎんざ》で高級な熱帯魚を扱う店も経営しているのだという。趣味が高じた店だが、ちょっと手に入らないような珍しい魚や、珊瑚《さんご》や水草まで取り扱っているので、上客がついて繁盛しているらしい。店舗用のアクアリウムをデザインしたりもする。そこでバイトをしろと言う。

「あのオヤジに怒鳴られたからな。高校生を夜の街で働かせるなんてとんでもないと」

頭ごなしに叱責されたのは、もう何十年かぶりだと平は笑った。

「だから、お前は熱帯魚店で働かせることにした。配置転換だ。学校が終わったらすぐに行って、閉店まで働け。大事な魚を殺すなよ」

中には百万円近くする熱帯魚もいるのだと平は釘を刺した。大事な仕事だから、滅多な奴は雇わない。その代わりバイト代は弾んでやるからなと言う。要するに、怒鳴り込んでいった橋本の言い分を聞き入れたということだ。なんだって皆、俺のことにかまうんだ。他人のくせに。実の親は好き勝手をしているというのに、訳がわからなかった。訳がわからないが、なぜかじんと熱いものが込み上げてきた。

家に帰って事のしだいを橋本に報告した。無骨な職人は「そうか」としか答えなかった。

歌舞伎町からは足が遠のいた。カメとは時々会っていたが、彼は明良が去った後、歌舞伎町から池袋に河岸《かし》を変えたと言っていた。

「別にお前が来なくなったからじゃないよ」

中国マフィアが入り込んできて、地のヤクザと縄張り争いを始めた。イラン人がクスリを売ったりもするし、ますます混沌としてきた歌舞伎町に嫌気がさしたようだ。

リリカももうどこかへ行ってしまった。カメは事情を知っているようだったが、明良には詳しいことは告げなかった。たぶん、あまりいい話ではないのだろうと明良は見当をつけた。捨て犬みたいな中学生の女の子を放っておけなかったリリカ。あのたくましさとしなやかさがあれば、どこででも生きていけるはずだとは思った。だけど、あの優しさゆえにつまずくこともあるかもしれない。

――何が幸せかは、他人にはわからないよ。

自分に言い聞かせるように呟いた横顔が忘れられなかった。

リリカは歌舞伎町で体を売っているようで、その実、買春をする男たちをあざ笑っていたような気がする。自分の体を単なる道具にしてしまった社会に復讐《ふくしゅう》していたのかもしれない。決まった男の愛人にはならず、一人でも多くの男を相手にしていたのは、そんな生き方を貫くためだったのか。それで自分の気持ちを収めていたのだとしたら、なんともやりきれないあり様だ。野菜を食べない父親が暴力を振るうのは道理だと、自分を納得させていたカメと同じように。

高校を卒業するまで、指物師の家で居候をし、多角経営で成功したビジネスマンの熱帯魚店に雇われて働いた。明良は憶えがよく、要領を呑み込むのも早かった。飼育の難しいディスカスの繁殖もまかされるようになったし、都内各所に出向いてアクアリウムの世話もした。

勉学にも励んだ。担任が驚くほど成績は上がったが、大学は受験しなかった。裕一郎は、入学金くらいどうにでもなるんだと残念がった。どうやらダンス教室に通う金持ちの女性税理士と付き合っているようだった。それでダンス教室の女経営者とは険悪になっていた。懲りもせず、またぞろ男女関係の問題を抱え込んだわけだ。そんな父親のあり様にはもう興味がなかった。

金を貯めて自分の力で進学しようと決めていた。高校を卒業したら、橋本にも平にも世話にならずにやっていこうと、それも決めた。だから平がそのまま熱帯魚店で雇ってやると言うのも断って、高校の就職課の勧めで物流関係の会社に就職することにした。部屋も探して橋本の家からも出ていく準備を整えた。自分の力で人生を切り開いていく気概に燃えていた。パラサイトみたいに、女に養ってもらう情けない父親から学んだ唯一のことだった。

卒業式には、裕一郎は来なかった。期待もしていなかったから、失望もしなかった。卒業証書を橋本に見せた。

「そうか。よかったな」

作業場でそう言ったきり、また細工に取りかかった。

「あのおかしなホストクラブの店長にも見せてこい」

平のことを、そんなふうに言う。店長ではなくてオーナーなのだが、その違いは橋本にはわからないだろう。

「うん」

久しぶりに歌舞伎町へ行った。昼間の歌舞伎町は、まったく違う街だ。昼に開いている飲食店もあるし、外国人観光客向けのショップもある。花屋や酒屋は夜に向けての準備に忙しい。ネオンサインではなく、太陽の光に照らし出された歌舞伎町は、毒気を抜かれたように白けて見えた。

平は昼間でもたいてい「綺ラ星」の社長室にいる。電話してあったから、明良を待っているはずだ。

椅子が全部、テーブルの上に逆さに重ねられた店内を通って社長室のドアをノックした。

「よう」

デスクの向こうでパソコンに向かう平が目を上げた。卒業の報告をし、証書を見せた。

「そうか。お前も社会人になるってわけだ」

それから、食うに困ったらいつでも「綺ラ星」で雇ってやると言った。

「お前は歌舞伎町で揉《も》まれてるからな。教育はしやすい」

地方から出てきて、ここでのし上がろうとする奴は、まず歌舞伎町の水に慣れるまでが大変なんだと平は言った。お前はここの空気を吸ってるから、その気になればホストで成り上がれると言われ、苦笑した。

「おお、そうだ。そう言えば――」

平はパソコンを操作した。手招きするので、デスクを回って平の近くに寄っていった。

「この子、前にリリカが面倒をみてた子じゃないか？　ヤバいサイトに出てるぜ」

平が開いたサイトは、簡単にはたどり着けない裏サイトのようだった。けばけばしく煽《せん》情《じょう》的なタイトルが並んでいる。平は次々と画像を出しては飛ばしていく。それらは、どうやら児童ポルノの画像らしいと気づいた明良は、ぐっと唾を呑み込んだ。臓腑《ぞうふ》がせり上がってくる気がした。

平がパソコンの画面を、明良の方に向けた。裸の少女の画像だった。背中を見せて半身をこちら側にひねっている。振り返っているので、顔もよく見えた。千沙だった。片方だけ見える胸は、たいして盛り上がっていない。乳首も小さくて痛々しい。千沙は、まったくの無表情だ。こうしてポーズを取るために、心を殺しているのがわかる。

明良の目を引いたのは、彼女の背中に施された刺青《いれずみ》だった。左肩の後ろ、肩甲骨を覆うように恐ろしい女の顔が彫られていた。口は耳まで裂け、鋭い牙《きば》がはみ出している。吊り上がった目に振り乱した髪の毛。そこから飛び出す二本の角。幼さの残る千沙とは対照的なおぞましい刺青だ。

「夜叉《やしゃ》だな」平が吐き出すように言った。「こんなふうに刺青を彫って、画像を高く売ろうとしたんだな」

その一枚だけが見本で、あとのものが見たいのなら有料でということらしい。何枚もの写真を撮るために、千沙はポーズを取らされたということだ。

頭が真っ白になった。食いしばった奥歯がぎりぎりと鳴った。無理やり押さえつけられて、背中に刺青を入れられる千沙を想像した。これほどのものを彫られるには、時間もかかったろう。相当の痛みも伴ったはずだ。泣いただろう。叫んだだろう。でも誰も助けに来てはくれなかった。こんな体にされたということは、学校にも通っていないということだ。あれほど高校へ進学したがっていたのに。

明良の喉の奥から呻き声が漏れた。平がはっとしたように明良を見上げた。そして急いで画面を消した。

「すまん。バカなことをしたな」

つい気まぐれでそんなものを明良に見せたことを後悔しているようだった。明良と千沙が深くつながっていたことを、平は知らない。一言もなく、ただ深く一礼して出ていく明良を、心配そうに平は見た。

「忘れろ、明良。お前はこれから――」

全部を聞く前に、後ろ手でドアを閉めた。

千沙を訪ねた時、彼女の言い分を信じて大丈夫だとどうして思ってしまったのだろう。福祉関係者が介入したから、もう安心だと安易に考えた。リリカはああいう大人は頼りにならないと言っていたのに。

「もう逃げないよ」と言った千沙。「逃げない」のではなくて、「逃げられなかった」のだ。大好きなママを置いては。助けてやらなければ。そう約束したんだから。どこをどう通って家に帰りついたのかわからなかった。作業場に橋本の姿はなかった。

「今日はすき焼きでもすっかな」

歌舞伎町に行く前にそう言っていたから、買い物にでも行ったのだろう。

作業場に道具箱が置いてあった。橋本は道具を大事にするから、使いかけの道具もその辺に出しっ放しにしたりはしない。きちんと道具箱にしまっておく。作業場の隅に、重ねて置いてある木製の道具箱の一つを開けた。使い込まれたノミが数本入っていた。何十本もあるうちで、橋本がよく使うノミだ。いつも丁寧に研いである。

その中の一本をポケットに入れて、明良は家を出た。

千沙はまだ東六郷に住んでいるだろうか。あそこにいなければ、もう手が届かない。母親の情夫に食い物にされて、商品価値がなくなったら放り出されるのだ。十代の子が福祉の手をすり抜けて、闇の世界に引き込まれている。なら、自分が連れ出すまでだ。

電車に乗っている間、上着のポケットの上からノミを押さえつけていた。いざとなったらこれで脅して、千沙を助け出そう。そこまでしか決めていなかった。短絡的で稚拙なやり方だったが、今はこれしか思いつかなかった。

見憶えのある居酒屋にたどり着いた。外階段も記憶の通りだ。ここへリリカと来たのは、十か月も前だ。言い換えれば、十か月も千沙のことを忘れていたということだ。その間に千沙の身に降りかかったことを思うと、心臓が締め付けられる思いだった。多少乱暴なことをしても千沙を連れ出し、警察に駆け込もう。未成年の少女に刺青を施したというだけでも立派な犯罪だ。階段を上がり、ドアの前で大きく息を吸い込んだ。迷いや怯えが生じる前に、ドアを叩いた。

案外簡単にドアが開いた。ドアを開けたのは、太った男だった。無精ひげに乱れた髪の毛。四十歳くらいか。千沙の母親の相手としては相応の年齢に思えた。どろんとした眼差《まなざ》しで明良を見る。

「なんの用？」

素早くコンクリート張りの玄関を見た。四、五足の靴がごちゃごちゃと散らばっている中に、女の子が履くようなスニーカーがあるのがわかった。履きつぶして汚れたものだが、こんな男が住む部屋にはあるはずのない履物だ。

「千沙、いますか？」

男の重たそうな一重《ひとえ》瞼《まぶた》が持ち上がった。千沙という名前に反応したのだ。こいつだ。こいつが悪魔のような所業を為《な》した男なのだ。

「誰だ？　お前」

ドアノブに手をかけたままの男を押しのけて、部屋に足を踏み入れた。

「千沙！」

土足で奥へずかずかと入っていった。

「おい！」

男が追いかけて来るのがわかったが、頓着しなかった。乱雑な部屋だ。饐《す》えた臭いが鼻をつく。短い廊下の先にキッチンとダイニングがあった。流しに汚れた食器が山積みになっていた。足下にもゴミ袋が散乱している。それを蹴散らすように、破れた襖《ふすま》を開けた。机の上にパソコンが置いてあり、回転椅子がこちらを向いていた。さっきまで、男がここで作業をしていたのだろう。三脚に取り付けられたカメラや照明器具もある。

「千沙！」

隣の襖がガラリと開いた。

「明良！」

トレーナーにジャージ姿の千沙が飛び出してきた。薄暗くてよく見えないが、もう一人、敷きっ放しの布団の上に座り込んでいるようだ。

「行こう」

千沙の手首をつかんだ途端に、後ろから組みつかれた。そのまま引き倒される。三脚ごとカメラが倒れた。

「おい、何だよ！　お前、千沙の何なんだ？」

踏みつけようとした男の脚を取って撥《は》ねのけた。男は無様に後ろに倒れる。千沙か母親か、どちらかが悲鳴を上げた。

「千沙は連れていくからな。お前なんかに――」

言い終わらないうちに、男が起き上がって頭突きを食らわせてきた。よろめいたところを殴りつけられた。床に押し付けられ、伸《の》しかかられた。両手で首を絞めてくる。ぶよぶよと醜く太った男の顔が間近に迫った。

「やめてよ！」

千沙が男の後ろに取り付いて引き剝がそうとしているが、びくともしない。凄《すご》い力で首をぐいぐい締め付けてくる。気が遠くなった。空気を求めて口を開くが、どうにもならない。勝ち誇った男の顔は赤らみ、さらに醜くなる。右手でポケットを探った。ノミを握りしめた。それを男の腹に向かって突き出した。刃が肉に食い込む手応えがあった。

「グウッ」

男の口から唸《うな》り声が漏れるのと、ノミを伝って生ぬるい液体が垂れてくるのが同時だった。男の手から急速に力が抜けていった。ようやく息ができるようになり、明良は激しく喘《あえ》いだ。重たい体を下から突くと、男はごろりと横に転がった。薄汚いスウェットの腹の部分に真っ赤な染みができていて、それはだんだん大きくなっていった。千沙が両手で口を覆い、目を見開いて仰向《あおむ》けになった男を見ている。

また大きな悲鳴が上がった。奥の部屋から出てきた中年女が、腰を抜かしたようにへなへなと座り込んでしまった。座り込みながらも、悲鳴は上げ続ける。明良は、起き上がって自分の右手を見た。しっかりと握りしめたノミは、血塗《ちまみ》れだった。それが何を意味するのか、よくわからなかった。そのままキッチンまでそろそろと後退した。

開けっ放しになっている玄関ドアの向こうに、騒ぎを聞きつけてきたらしい人影があった。階下の店主かもしれない。部屋を覗き込んだ男は、明良を見て仰天した。

「人殺し！」

男は大急ぎで階段を駆け下りていった。千沙が声を殺して泣いている。母親はまだ悲鳴を上げていた。そのすべてが、まるで現実味がなかった。

明良は、駆けつけてきた警察に逮捕された。

ノミを握りしめた手は強張《こわば》っていて、指を一本一本剝がさなければならなかった。所轄署に連れていかれても、しばらくは口がきけなかった。ただぼんやりと座っているのみだった。明良が刺した男は、病院に担ぎ込まれた。手当が早かったのと、刺し傷が動脈や主要な臓器を逸《そ》れていたのとで、しばらく入院するだけで済むらしい。

千沙の母親の内縁の夫である浅川丞二《あさかわじようじ》という男だった。名前も知らない男を、明良は刺したのだった。ノミは脅すつもりで持っていっただけだった。あんな展開になるとは思わなかった。ただ千沙を助け出したかったのだ。

そういうことをきちんと刑事に言えたのは、数時間後のことだった。

浅川は、わいせつな写真の撮影をする目的で未成年を自己の支配下に置き、無理やり刺青を入れた等として、退院と同時に逮捕、起訴された。

千沙は児童相談所に保護された後、大田区の福祉事務所の介入で、母親と共に母子生活支援施設に入った。そういうことは、随分後になってから明良の耳に入ったのだった。母親共々、浅川の精神的支配の下にあった千沙を救い出そうとした明良の行為の背景は、警察にも理解された。が、凶器を用意した上で乗り込み、相手を刺してしまったという罪は免れない。

明良は少年鑑別所に送られ、家庭裁判所での審判を経て保護観察処分になった。鑑別所に入る時一度面会には来てくれたが、たいして話すこともなかった。裕一郎の方も、こんなことになった息子にどう接したらいいのか、考えあぐねているようだった。就職も進学も、まだチャンスはあるなどという父の言葉が、上滑りしていった。

明良が気になっていたのは、橋本のことだった。彼のところからノミを黙って持ち出した。あれで人を刺してしまったのだ。おそらくは、警察からも事情聴取に来ただろう。申し訳なくて、情けなくて辛《つら》かった。

鑑別所には一か月入っていた。そこを出た足で、橋本を訪ねた。

彼は、作業場で変わりなく作業をしていた。明良が入っていっても、しばらくは細工に没頭していた。

「おじさん」

ノミを振るう腕が止まった。やっと顔を上げて明良を見た。

「すみませんでした」

そう言って頭を下げるのがやっとだった。橋本は、手にしていたゲンノウとノミをそばの床に置いた。

「お前はもう二度と細工をするな」静かに橋本は言った。「ノミは木を削る道具だ。それを人に向けたお前は、もうノミを持つ資格はない」

重い言葉だった。明良は黙って頭を下げて作業場を出た。

二年間、必死で働いた。大学へ進学するとはっきり決めていた。だから、昼の仕事と夜の仕事をかけ持ちして金を貯めた。同時に勉強も続けていた。楽しむこと、息抜きをすることを自分に禁じた。

大学へ進学するのは、裕一郎のためではない。橋本にわかってもらいたかった。地道に生きてきた橋本の心を踏みにじって、大事な道具を他人を傷つけることに使ってしまった。彼に言われた通り、もう二度と細工はしない。する資格はない。それでも何とかまっとうに生きてきたと伝えたかった。

それが大学へ行くことだった。それしか思いつかなかった。橋本に教えてもらってこしらえた小机で勉強したと知ってもらいたかった。「しっかりそれで勉強しろよ」と言った橋本の言葉に従ったのだと行動で示したかった。

二年間働いて、何とか進学に必要な当座の費用は貯まった。大学受験もいろいろと調べて、社会人枠で受け入れてくれる学部のある大学を選んだ。社会人としての実績評価と小論文と面接での試験に合格し、大学進学を手にした。就学後は奨学金とバイトで、何とかなるだろうという展望も立てた。

明良からの報告を受けて、裕一郎は喜んだ。ようやく持てた携帯電話の向こうから、弾んだ声が聞こえてきた。

「さすがだな、明良。お前ならやると思ってたよ。アイリーンも喜んでると思うよ。息子はだめだったけど、孫はきちんとした人間になるってな」

裕一郎は、結局ダンス教室に留《とど》まっていた。金持ちの税理士とはうまくいかなかったらしい。明良にはもうどうでもいいことだったが。

それから裕一郎は、ふと思いついたように口にした。

「そう言えば、お前を一時住まわせてくれていた橋本さん。あの人な、亡くなったらしいよ。世話役が言ってた。胸《きょう》部《ぶ》大《だい》動《どう》脈《みゃく》瘤《りゅう》破《は》裂《れつ》でいきなりな。作業場で亡くなってたらしい。二週間くらい前」

最後まで聞けなかった。携帯を切ると、アパートの外に飛び出した。仕事の都合で、埼玉県川口《かわぐち》市に住んでいたのだが、そのまま電車に飛び乗った。こんなふうに橋本のところに行くはずではなかった。父に報告した後、菓子折りの一つでも持って、あの懐かしい作業場を訪ねるつもりだった。その場面はこの二年間、何度も想像した。きっと橋本は、照れた笑いを返してくれると思っていた。

森下にある橋本の家に着いたのは、夕方だった。家は開け放たれ、中で片付けをしているようだった。しばらく道路から動けなかった。引き戸の向こうから、細工をするノミの音が聞こえてきはしないかと耳を澄ませた。だが、数人が動き回る音や声がするだけだった。

十五分ほどそうしていて、ようやく道を渡った。

引き戸から家の中に入ると、作業場はがらんとしていた。橋本が作った指物は一つもなかった。土間に重ねて置いてあった材木もない。土間を掃いていた女性が顔を上げた。

「どちらさん？」

「あの――」言葉が出ない。自分と橋本との関係をどう説明したらいいかもわからない。

「以前この隣に住んでた者で、橋本さんにはとてもお世話になったものだから、それで――」

「ああ、そうなの。ちょっと待って」

女性は靴を脱いで板敷の作業場に上がった。奥に向かって誰かを呼ぶ。その間も明良は茫然《ぼうぜん》と立ち尽くしているだけだった。奥の部屋から橋本と同年配くらいの男が出てきた。

「康太は亡くなったんだよ。二週間前に。もう葬式も済ませた」

男は言い、自分は橋本の従兄弟《いとこ》に当たるのだと説明した。

「ええ、それは聞きました。びっくりして――」

こういう時にはお悔やみを述べるものだとはわかっていたが、うまい言葉が浮かんでこなかった。

「康太は変わりもんだから、あんまり親戚づきあいもしていなかったんだよな」

従兄弟は気にする様子もなく、しゃべり続けた。

「俺が唯一の親戚筋なんだ。突然ここで亡くなったらしい。警察とか来て大変だったんだ」

それから初めて気がついたように問うた。「お宅、隣に住んでたんだって？　康太とどういう関係？」

おそらくは橋本の暮らしぶりなどは、知らないのだろう。縁もゆかりもない他人を家に住まわせていたことも。

「隣にいたのは、もう二年も前のことで。でも橋本さんにはいろいろお世話になったものだから」

「へえ」

夫婦らしい二人は、同時に声を出した。親戚の中でも変人で通っていた橋本が、誰かと親密に付き合っていたことが意外だったのだろう。

「せっかく来てくれたのに、今忙しいんだ。この家、もう誰も住まないから壊して更地にしようと思ってるから」

「そうですか」

明良は一度、家の中を見渡した。もうここに橋本はいないのだ。何度来ても、あの一徹な職人に会うことはかなわない。片付けの進んだ家は、明良の知っている作業場兼住居ではなかった。

「お邪魔しました」

一礼をして、踵《きびす》を返した。引き戸の脇の壁際に、大きな段ボール箱が置いてあった。その中に、橋本が使っていた道具が乱雑に入れられていた。

「これ……」

奥へ行きかけた男も振り向く。

「ああ、それはもう処分するんだ。古いし、誰も使わないだろうから」

思わず手が伸びた。見憶えのあるノミの道具箱を拾い上げる。蓋を取ると、きちんとしまわれた大小のノミがあった。七本入りの道具箱だ。しかし六本しかない。一番大きなノミは、明良が黙って持ち出したのだ。あれは事件の証拠品として結局返却されなかったのか。それとも橋本が拒否したのか。

「これ、もらってもいいですか？」

考える前に声が出ていた。

「ああ」男が答えた。「いいよ。持っていきな」

「ありがとうございます」

道具箱を胸に抱いて、もう一回頭を下げた時には、橋本の従兄弟は奥へ消えていた。

家を出て、がむしゃらに歩いた。

隅田川に突き当たって、ようやく足を止めた。整備された堤防に腰を下ろす。西の空に浮かんだ雲が茜色《あかねいろ》に染まっていた。太陽が雲の中を通って、ビル群の向こうに沈もうとしている。

明良は道具箱の蓋を取って、一本ずつ堤防のコンクリートの上に並べた。どれも鋭く研いである。橋本は決して道具の手入れを怠らなかった。集中して砥石で刃物を研ぐ橋本の背中を思い出した。

あんなに大事にしていた道具で、明良は人を傷つけたのだ。職人の魂が宿った道具なのに。

――お前は、もうノミを持つ資格はない。

橋本の言葉が耳の奥に蘇ってきた。こうしてこの神聖な道具に触れる資格さえ、自分にはない。

倉庫で寝起きしていた高校生を、家に入れてくれた人。夜の歓楽街に入り浸る未成年を何度も何度もしつこく迎えに来てくれた人。ホストクラブの経営者と差しで交渉し、まっとうな生活に戻してくれた人。

あの人の何もかもを、自分は裏切ったのだ。真剣に怒ってくれた橋本に報いるために働いて、大学にも合格した。そのすべてが意味をなくした。

コンクリートの上に並んだノミを見ながら、明良は泣いた。

祖母が死んだ時も、父や母に構《かま》われなくなった時も泣いたことがなかったのに。

雲が真っ赤な夕陽を産み落とし、辺りが黄金色に染まった。灰色にくすんでいたビルや川面《かわも》が、神の祝福を受けたように束の間照り輝く。世界は常に変化している。単純なその事実に、今頃になって気づいた。見ているつもりで、自分には何も見えていなかった。

隅田川の川面を渡ってくる風に吹かれながら、いつまでも明良は泣いていた。

第三章　ただ一つの恋

麦わら帽子を風に持っていかれそうになって、華南子は頭を押さえた。

風は広いつばを揺らし、華南子のワンピースの裾をなびかせて通り過ぎていった。多摩川から吹き上がってきた風は透明で清らかだった。

華南子は、青梅街道へ上がる細い坂道の途中で立ち止まって川を見下ろした。川面《かわも》は夏の光を照り返して輝いて見えた。多摩川の上流が、こんなにきれいな水をたたえ、滔々《とうとう》と流れているなんて想像もしなかった。この地に母が別荘を買うと言った時には、なんでこんなところに、と思ったものだが、今はすっかりその考えを退けた。

華南子は、手にしたクローバーの小さな花束を鼻先に持っていって匂いを嗅いだ。道端で花を摘むなんて、世田谷の住まいでは考えられない。メイフラワーが咲いているとよかったんだけど、そこまでは望めない。

青梅街道を母の別荘に向かって歩きながら、華南子は去年行ったプリンスエドワード島《とう》の風景を思い出した。あれはあそこに咲いているからこそ、輝いて見える花なのだ。『赤毛のアン』の世界にあこがれて、いつかプリンスエドワード島に行ってみたいとずっと思っていた。母にも何度もせがんでいた。

服飾デザイナーである母、類子は多忙を極めている。それはよくわかっていた。春夏と秋冬向けにパリでコレクションを発表したり、ルイコ・ニシムラブランドのドレスを扱ってくれるニューヨークのブティックへ赴《おもむ》いて打ち合わせをしたりと、母は、あちこちを飛び回っていた。

それでも一人娘の願いは、頭の隅にあったのだろう。去年の春、ニューヨークへ行くついでに、華南子をカナダのプリンスエドワード島へ連れていってくれたのだった。

「三日ほど時間が取れたから、あなたの望みの場所へ行ってみましょうか。赤毛の女の子がいた島へ」

そう言われた時は、飛び上がらんばかりに大喜びした。

「まあまあ、小学生じゃあるまいし、そんなにぴょんぴょん飛び跳ねるもんじゃないわよ」

そう言いながら、類子も笑っていた。

華南子は中学三年だったが、エスカレーター式に大学まで進学できる学校だったから、受験の心配はなかった。本当は、母はそれほど時間に余裕があるわけではない。華南子のために無理やり空けてくれたのだ。あこがれの地に行けることと併せて、それも嬉《うれ》しかっることなどない。世界的に名の知れたデザイナーである母は、日本にいてもじっと家で娘の相手をすることなどない。

類子が仕事に没頭している間は、世田谷区成城《せいじょう》にある自宅で、江守美佐枝《えもりみさえ》という年を取った住み込みの家政婦と過ごす。類子のアトリエのスタッフである若い男女もしょっちゅう出入りしていた。ざわざわした家庭環境だったが、幼い頃からその環境に慣れていたので、それが普通だと思っていた。

母は仕事に没頭しているようで、常に娘のことを気遣っていたし、そのことを華南子も充分に理解していた。それでも母と二人でプリンスエドワード島へ行けるのは嬉しかった。あの三日間のことを思い出すと、今もうっとりとしてしまう。何度も何度も読み返した物語の場所へ足を踏み入れたのだから。

春休みが終わって新しい学年度が始まっていたけれど、類子は迷うことなく学校を休ませた。そういうことにこだわらないのも、母のいいところだ。自分で決めたら躊躇《ちゅうちょ》なくやり通す。それが世界的に名の通ったデザイナーにまで上りつめた彼女のやり方だった。

プリンスエドワード島は想像していた通りのところだった。アンが馬車で迎えに来てくれたマシューに「どうして道が赤くなるの？」と尋ねた赤土の道もあったし、アンが「輝く湖水」と名付けた池もあった。そして緑の切り妻屋根《グリーンゲイブルズ》の家もちゃんと立っていた。物語の世界を再現したものだとわかっていたけれど、二階のアンの部屋を見た時には、足が震えた。アンが今脱いだようなワンピースがベッドの上に広げられていたのだった。

現地では、メイフラワーとは、トレイリング・アービュータスという低木に咲くピンク色の花を指すのだと知った。日本に園芸種として入ってきた西洋サンザシのことだとばかり思っていた華南子は驚いたものだ。カナダを含めたアメリカ大陸にしかない花だと知って、余計に貴重な花だと思うようになった。

モンゴメリの墓にも足を運んだ。アンをこの世に生み出した人の墓の前で、華南子は感極まって涙ぐんでしまった。夢のような三日間はすぐに過ぎて、母はニューヨークへ行ってしまい、華南子は、母のマネージャーの安藤環《あんどうたまき》と一緒に、日本に帰って来たのだった。

ゆっくりと歩いていくと、木々の向こうに別荘が見えてきた。プリンスエドワード島から帰ってしばらくして、類子は奥多摩に別荘を買うことになった。自分の「赤毛のアン」への思い入れを知った母が、素敵な洋館を見つけてきてくれたのかと思ったが、元は旅館だったという純和風の家だった。暑さが苦手な母は、どこか涼しいところに別荘が欲しいと常々思っていたらしい。たまたま知人から紹介されて、廃業したばかりの旅館を即決で買ったということだった。

「どうして軽井沢《かるいざわ》とかじゃないの？」

軽井沢なら、グリーンゲイブルズに少しは似た洋館もあったろうにと思いながら、そう問うた。

「軽井沢なんて、あんな俗っぽいところは御免だわね」母はぴしゃりと言った。「避暑に行ったら、知り合いばかりと顔を合わせることになるわ。気が安まりゃしない」

重厚な日本瓦が載った屋根を見ながら、華南子は別荘に通じる小径《こみち》を進んだ。何度かここに来るにつれて、華南子は奥多摩の地が気に入った。森もあるし、川もある。一人で散歩していると、野原や森の中を駆け回ったアンの気分に浸れた。母が言うように、静かで想像にふけるにはうってつけの場所だった。母が決めることは、気まぐれのようでたいてい正しい。

類子がここを買ったのは、都心からも近いということも勘案してのことだという。すぐにアトリエに戻れるし、急に打ち合わせなどが入っても数時間で行って帰れるわけだ。夏だけでなく、どの季節に来てもゆっくりできる。彼女は、ごく親しい友人やお世話になった人を招待してもてなすためにもこの別荘を利用している。

今日もゲストルームにお客がある。類子は購入後、旅館の客室を大急ぎで改装した。畳敷の客間だったのを六つの洋室に変えた。外観は和風の旅館で、中はモダンな設備の整ったゲストハウスに生まれ変わった。知り合いの建築家に依頼して、好みの内装にしてもらったのだ。母の仕事は速い。

その六つの部屋には、華南子が一つずつ名前を付けた。『赤毛のアン』の中に出てくる花の名前から取った。「ジューン・ベル」「野ばら」「メイフラワー」「すもも」「アザミ」

「マリーゴールド」だ。

それを聞いた時、類子は腕組みをして嘆息した。

「やれやれ」

そばにいた安藤がクスッと笑った。

「先生、でも『雪の女王』だとか『六月の白百合《しらゆり》』とかじゃなくてまだよかったですよ」

長年、類子の右腕として働いている安藤も、『赤毛のアン』をかなり読み込んでいるようだ。

もう一度、クローバーの花束に鼻をくっつけた時、黒い高級車が華南子を追い抜いていった。車止めに停車した高級車を迎えるために、江守と安藤が家の中から出てきた。サングラスをかけた女性が降りてきた。女優の及川敦子《おいかわあつこ》だ。運転席から降りてきたのは、彼女の夫で映画監督の馬場準一朗《ばばじゅんいちろう》だった。

華南子が近づいていくと、敦子はサングラスを取って微笑《ほほえ》んだ。

「こんにちは、華南子ちゃん」

「こんにちは」

「学校はどう？　高等部に上がったんだったわね」

「楽しいです」

「それはよかったわ」

及川敦子も、華南子が通っている恵聖《けいせい》学園の卒業生なのだ。敦子は華南子の肩に手を置いて、家の中に入った。ロビーでは類子が待っていて、敦子に手を差し伸べた。外国の生活が板についている類子は、さりげなくそういう挨拶をする。

「よく来てくださったわね、敦子さん。平川《ひらかわ》さんと木谷《きたに》さんはもうお着きになっているわ」

「今日はお招きいただいてありがとうございます。先生」

「どうかごゆっくりしていってね」

江守が二人を二階に案内していった。

「華南子、早く着替えてきて。あと一時間でお夕食だから」

類子もここに着いた時とは別の洋服に着替えていた。光沢のあるタフタで仕立てられたシックなワンピースだ。そんな母は、来年六十歳になるとは思えない。落ち着きがあって、なおかつ華やいで見える。何より、自信に溢《あふ》れていた。そんな母が華南子は大好きだった。

華南子が西村類子の娘だと、クラスメイトは皆知っていて羨ましがった。裕福だしこうして有名人とも交際するし、海外にも連れていってもらえるし、ということなのだろう。が、華南子は自分の生き方を貫いてきて、年を重ねてもなおかつ美しい母が自慢なのだった。

華南子は大急ぎで自室に戻った。そして摘んできたクローバーを透明なコップに挿して窓辺に飾った。

食堂に会したのは、敦子と馬場監督の夫婦、それから脚本家の平川ゆりあと、実業家の木谷洋治《ようじ》だ。類子と華南子、末席には安藤も着席している。お客は類子がプライベートで親しく付き合っている面々だ。母がこの別荘に招待するのは、気心の知れた間柄の人々だけと決めている。

女優や監督、脚本家と付き合いがあるのは、類子が駆け出しの頃、映画やドラマの衣裳《いしよう》の仕事をしていたからだ。その頃からの付き合いだから、相当古い関係だろう。

華南子はテーブル越しに四人を見渡した。華南子の視線を受け止めて、にっこり笑い返してきた及川敦子は類子とそう変わらない年齢だし、一番若い平川ももうすぐ五十歳といったところか。皆、第一線で活躍している人だから、どこか毅然《きぜん》としたたたずまいをしている。だが、場は和やかだ。少しだけ都会から外れた場所で、くつろいでいる雰囲気が伝わってくる。

華南子は、母のアトリエで仕立てた細かい花柄のワンピースの襟元を直した。今日初めて手を通したので、似合っているかどうか気になる。この洗練された人々の中にいるとなおさらだ。

江守と、もう一人の家政婦の内村《うちむら》が、料理を運んできた。お客が来た時は、料理人を雇っている。今日は懐石料理だから、日本料理店から誰かを来させたのだろう。

馬場が昨今の映画業界のことを話題にしている。若い俳優たちは、ひたむきだけど遊びがない。だから伸びがないのだ、などと言っている。

「あなたが遊びを教えるわけにもいかないでしょうからね」

横から敦子が茶々を入れる。

「その遊びじゃないよ」馬場は苦笑する。「いっぱいいっぱいでゆとりがないってことさ」

「わかりますよ。若い者を指導するのは難しい」

ホテルチェーンのオーナーである木谷が頷《うなず》く。

「敦子さんの言う遊びも大事よ。それがないと、世間が狭くなるのよ」

平川が山菜の黄身酢和《きみすあ》えを口に運びながら言った。

「そうそう。遊んでる子は視野が広くて反応がいいわよ」

敦子がまた茶化すようなことを言って「ファッション界ではどう？」と類子に振った。

「そうねえ」

類子は考える素振りをする。もう彼女の中では答えは出ているはずだ。母は頭の回転が速い。それでもちらりと馬場に視線を送って微笑んだ。

「遊んでるかどうかは知らないけど、いろんなことを経験している子は呑《の》み込みが早いわね。それと野心ね」

「類子先生ならではの深い言葉ね」敦子が焼き湯葉《ゆば》を箸で持ち上げた。べっこうソースがてらりと光る。「先生はとにかく行動の人だから。体を動かし、手を動かし、やってみてから考えるのよ。それでここまでの地位を築いたわけ」

類子は頬にちょっと手をやって「ふふん」と笑った。

「随分失敗もしたわよ」

「それもあなたは糧《かて》にしてきたんでしょう」

木谷が穏やかな声で割り込んだ。銀髪に通されたきれいな櫛目《くしめ》を見ながら、華南子は小エビと卵白の寒天寄せをつるりと呑み込んだ。大人の会話に口を挟むことはできない。母に命じられた通り、黙って行儀よくしているしかない。

木谷が所有するホテルの制服は、すべて類子のデザインを採用している。類子のお得意さんではあるが、客というよりは気を許した友人どうしという関係だ。華南子も何度も食事を共にしてきた。ここにいる全員が、類子のこれまでの生き様を見てきた人たちなのだ。類子という人の根底には、職人気質《かたぎ》があって、ファッションデザイナーと呼ばれるよりも服飾デザイナーと呼ばれることを好むことも。

江守と内村が、静かにテーブルの上の八寸《はっすん》の皿を下げていった。

類子の中の職人気質は、着物の仕立てをしていた母親から受け継いだものだ。もう亡くなってしまったが、華南子も祖母の物静かだが、丁寧な作業とものを作り上げるためのこだわりの姿勢を記憶している。

祖父の体が弱くて、祖母が手仕事で子ども四人を育てあげたと聞いた。末っ子である類子は早くから手に職を付けたいと考えていたという。祖母が「これからは洋裁の時代だ」と言って、なけなしの貯金を取り崩して洋裁学校へ行かせたのに、類子は一年も経《た》たずにそこをやめてしまった。

「あそこは花嫁学校だ」と類子は言ったらしい。「もう洋裁学校で習うことはない」と、実地の勉強をすることを選んだ。新宿にあった流行《はや》りの洋裁店に勝手に就職を決めてきたのが、類子のデザイナーとしての第一歩だった。

そういうことを、華南子は母自身からではなく、雑誌のインタビュー記事で読んだ。一度自伝を書かないかという話があったそうだが、類子は無下にそれを断った。

「自分の人生を人目にさらすなんて、ぞっとするわね。今の私がすべてよ」

その印象的な言葉は華南子も憶《おぼ》えている。

とにかく洋裁店でデザインから裁断、縫製、布地の仕入れ、それに店の経営方法までじっくり学んだ。その時代のことを人に話す時、類子は「お針子《はりこ》をしていた」と言うのだ。職人であったということを強調しているのだろう。

母の人生について、華南子も大雑把《おおざっぱ》なところは理解していた。聞く気がなくても、そういう情報は否《いや》でも耳に入ってきた。

輸入服地を取り入れて流行を先取りする洋裁店は、まずまず繁盛していた。その関係で映画やテレビドラマの衣裳の仕事が舞い込んできた。しかし本来の店の仕事が忙しいので、オーナーはそういった仕事を全部、器用な類子にまかせた。たぶん、その頃に類子はデビューしたての及川敦子とも知り合ったのだ。センスのよさと機転が利《き》くことで、西村類子は注目されるようになった。

その後は独立し、映像業界の関係でできた人脈を頼って仕事を続けてきた類子だったが、やがてパリでコレクションを発表するまでになった。新進気鋭の映画人との付き合いの中、類子は常に一般女性の洋装について考えていた。日本では、女性が着る服というと、男の目から見た美を意識したものだった。窮屈でも動きにくくても、扱いにくくても、美しければそれでいいという固定観念に縛られていた。類子はそれを打破したかったのだろう。

特別のおしゃれをしていくパーティだけではなく、街着や仕事着、普段着にまで濃《こま》やかな気を配った洋服を作りたかった。それこそが女性主体のファッション、着たい服を自分で選ぶということだという主張は、一般女性たちに大いに受け入れられた。

三十代半ばには、類子はフランスやアメリカ、イギリス、イタリア、中国と世界を飛び回る服飾デザイナーとなった。華南子を産んだのは、類子が四十三歳の時で、世間をあっと驚かせた。男性顔負けの活躍をする西村類子が子を持つなんて、誰も予想をしていなかった。それも未婚のまま母になったのだ。

当然のごとく人々は、相手の男性捜しを始めた。しかしすべては徒労に終わった。類子はその手の質問には一切答えなかったし、マスコミの探索もうまくいかなかった。華南子の存在は知られていたが、写真などは出回らなかった。人々の憶測だけが飛び交い、類子の毅然とした態度に阻まれて、やがて騒ぎは収束していったということだった。

旬のお造りの盛り合わせが出た。木谷が優雅にそれを口に運ぶのを、正面に座った華南子は見ていた。彼も当時、華南子の父親ではないかと取り沙汰された一人なのだ。類子は華南子にさえ、父親について語らなかった。そのことに今も華南子はわだかまりを持っている。しかし、母が「あなたに父親はいないのよ。そう思って生きていきなさい」と言った言葉には、すんなりと馴染《なじ》んだ。

類子という人はそういう人だ。男なんかには頼らない。男だけでなく、自分を縛り付けようとするすべてのものを拒むのだ。その精神性は、華南子にはよくわかっていた。洋裁学校を花嫁学校だと決めつけて退学した時から、母の生き方は決まっていた。

もし男性とそういうロマンティックな瞬間があったとしても、誰かと結婚して共に生きようなどとは思わなかったに違いない。だから自分には父親はいない。母がパートナーとして選ばなかった男性は、父親でもなんでもない。そう自分を納得させてきたのだった。

母が言った「失敗もした」ことの最たるものが、男性とそんな関係に陥ったことだったのかもしれない。しかし、それがなければ自分は生まれなかったわけだ。母の失敗の中に自分が生まれたことが含まれていないことは、よくわかっていた。母は続けてこう言ったのだ。

「でも子どもは欲しかったの。もう子どもが産めるぎりぎりの年だったからね。妊娠がわかった時には嬉しかったし、あなたが生まれた時は、もっと嬉しかった」

それが嘘《うそ》でないのは身をもって知っている。母は華南子を大事にしているし、全身全霊で愛してくれている。たとえ仕事で家を空けることが多くても、時代を先取りする服飾デザイナーだともてはやされても、類子はまぎれもなく華南子の母親だった。それで充分だった。この世には、母親だけに育てられている子はたくさんいる。自分もその中の一人に過ぎない。そう思うことにした。

アワビに雲丹《うに》ソースのかかったものが出て、お客たちはアワビの大きさと柔らかさに感嘆の声を上げた。

東中野《ひがしなかの》にある恵聖学園は、小学部から大学まで続く私立の女子校だ。かなり偏差値の高い学校だし、競争率も高い。受験の時は、両親と本人が揃《そろ》っての面接もある。だから一人親家庭の子は不利だと言われたりもする。夫婦の仲が破綻しているのに、子どものお受験が終わるまで、離婚せずにいる親もいるくらいだ。

「ばかばかしい」その話を聞いた時、類子は一言で切り捨てた。「親が一人で不足だというなら、そんな学校に行かなくていいわ」

華南子に最適な学校をと、自分でそこを選んだくせに、母はそんなことを言った。

それでも華南子は合格した。一人親であるということが合格の妨げにはならなかったのか、それとも西村類子という有名人の娘であるということが功を奏したのか、よくはわからなかったが、とにかく華南子は恵聖学園の生徒になった。

確かに両親が揃っていない家庭の子は少数派だったが、そんなことは気にならなかった。学校生活は楽しかった。大学は別の場所にキャンパスがあったから、高等部に上がるということが、学園という凝縮された世界の中では、ヒエラルキーの上位に立つことだった。

同時に同級生たちは、様々な色分けがなされるようになる。もともと自由闊達《じゆうかったつ》を旨《むね》とする校風だったから、特異な才能を発揮する者や、留学を目指す者、教師に議論を吹っかける変わり者もいたし、いろいろだった。特許を取って起業しようと画策するクラスメイトもいたし、ボランティアに精を出すグループもいた。

デートクラブに出入りして援助交際をしているらしいと噂《うわさ》される生徒もいた。一応は厳しい校則で生徒たちを管理していて、流行りの「たまごっち」を校内に持ち込んだりすると、すぐさま取り上げられるような学校だったのに、教師の目をすり抜けて、そんなことをしている子もいたのだ。

そんな中にあって、華南子は目立たない真面目な生徒だった。友人たちも同じような子が多かった。それでも将来を見据えて、何をしたいとか、どんな勉強を続けたいとか、話題に上るようになってきた。

「ねえ、私、デザイナーになりたいの。華南子のお母さんの会社に入れてもらえないかな?」

そんなことを言われて面食らうこともあった。

華南子自身は母の跡を継ぎたいとか、デザイナーになりたいとかは思わなかった。きっと違う職業に就くだろうとは思ったが、それが何なのかはわからなかった。第一、類子が華南子をデザイナーにしようなどとは考えていないのは、子どもの時分からわかっていた。

自分の仕事の内容を、詳しく娘に話すこともなかったし、そこに親しむように仕向けることもなかった。彼女が日々向き合っている女性の美について語ることはなかったが、生活態度や立ち居振る舞いは厳しくしつけられた。国際的に活躍し、世界の一流と呼ばれる人々と交際する母が、仕事から学んだ教育法なのだろう。

華南子はそれに素直に従いながら、服飾デザイナーという仕事は、母だからこそ務まるものだと納得していた。これは世代間で受け継がれるものではないのだ。

母の仕事振りを見ていると、ますますその感が強くなった。アトリエでモデルの体に布を当て、型紙もないままに立体裁断していく様子は見事だった。布の特性を生かして、体の形や動きにフィットする洋服を作り上げていく。布地の流れ、素材の組み合わせ、プリント柄の見せ方、モデルの顔の映え方などを一瞬で読み取り、仕立て上げるのだ。それはもう感性としかいいようのないものだった。スタッフや弟子たちが、そんな母の手仕事を食い入るように見詰めている。仮縫いまで終えて、モデルがポーズを取ってみせると、人々は嘆息するのだった。

華南子は、自分というものを一番手っ取り早い方法で表現するしかなかった。要するに勉学に打ち込むことだ。これはあれこれ考えたり悩んだりすることなく取り組める唯一のものだった。将来の夢も方向性も見いだせない華南子には、一番合っている方法だ。だから学校の成績はよかった。常に学年の十番以内にいた。

類子に成績表を見せても「あら、頑張ったじゃない」としか言われなかったが、それでもよかった。西村類子の娘でいるために、ただ特色のないつまらない人間になってしまわないために、そうするしかなかったのだ。

華南子の一番の親友は、梶本《かじもと》真央《まお》という子だった。高等部に上がって彼女が茶道部に入ったので、華南子も釣られて入った。彼女の家は、深川《ふかがわ》にある老舗の和菓子屋だった。明治時代から続く伝統的な店だという。真央は一人っ子だったので、その店を継ぐつもりなのだと言った。茶道用のお菓子も作っているので、茶の道を習っておきたいのだと。

「井《い》ずみ屋《や》」というその和菓子屋に華南子も行ったことがあった。真央の両親も働いてい

だという。その様子も珍しくて見学させてもらった。子どもの頃から手伝いをしていると

る職人も、下町気質のざっくばらんな人々だった。真央は作業場で和菓子作りも手伝うの

だという。その様子も珍しくて見学させてもらった。子どもの頃から手伝いをしていると

いう真央は手際がよかった。練り切りの細工もうまいものだ。父親と並んであんを布巾《ふきん》で絞ったり、木べらで形を整えたりすると、魔法のようにアジサイや蓮《はす》の花を象《かたど》った練り切りが生まれてくるのだった。

「真央ちゃん、すごい。そんな器用なこと、よくできるね」

目を丸くして言う華南子に、真央はちょっと得意そうに微笑んだ。隣で白い上っ張りを着た父親もふくよかな顔をほころばせている。

真央は作業台の上に自分の右手を置いた。

「ほら。だって私とお父さんの手は同じ形をしているんだもん」

真央に促されて、父親も粉だらけの手を、真央の手に並べて置いた。大きさは違うが、本当にそっくりな形をしていた。横幅があって肉厚で、親指の付け根がぐっと広がっている。よく見たら爪の形も同じだった。

「ね？　お祖父《じい》ちゃんも同じ手をしてたの。これは井ずみ屋の手なんだよ」

「へええ、だからお菓子を上手に作れるのか」

家に帰ってから、そっくりだった親子の手を思い出した。

布を触る母の手は、長い指をしている。華奢《きゃしゃ》だけれどしっかりしていて、力強い。しな

やかで流れるように動く。華南子の手とは、全然違っている。右手を自分の目の高さまで持ってきてみた。ふっくらとした指だ。爪も丸い。今まで親子でも違っていて当たり前だと思っていた。

でも――この手はどこから来たんだろう。

母の手でなければ、父親から来たのだろうか。その人のお父さんやお母さんもこんな手をしていたのだろうか。

父親に会いたいわけじゃない。でも私は片方のルーツをなくしている。自分はどこから来て、これからどんな人生を歩むのだろう。その手がかりを半分なくしているのだ。その時、初めて思った。

ものごころがついた頃は、当然のように「私のお父さんは誰？　どうして私にはお父さんがいないの？」と口にしていた。

それに対して類子は「お父さんはいたけど、お母さんとは一緒に暮らしていないの」と素っ気なく、また率直に答えていた。もちろん、そんなことで幼子が納得するわけもない。

「どうして？　どうしてお母さんはお父さんと一緒にいないの？」

「よそのおうちにはお父さんがいるじゃない」

「華南子、お父さんに会いたい」

そんなことを何度も繰り返していた気がする。

そういう質問を投げかけられることを、類子はとうに予想していたようで、邪険にせずにいちいち答えてくれていた。

「もちろん、華南子のお父さんはちゃんといるのよ。でもお母さんとは別れてしまったの。だからこの家にお父さんは住んでいないの」

「本当はお父さんとお母さんが揃っているとよかったわね。でもよそのおうちとうちは違うの」

「お父さんが今どこにいるか、お母さんも知らないの」

何度も繰り返されたやり取りの末に、華南子もこれが不毛な質問なのだなと理解した。どうしたって母から満足のいく答えを引き出すことはできない。成長するにつれ、母という人のこともわかってきた。ばりばり仕事をする母は、家庭に納まるということなどできないのだ。よその家のお母さんは、仕事をしていても長期間家を空けたりしない。家政婦さんに子どもの面倒や家事全般をまかせたりもしない。うちはよそとは違うのだ。父親がいないことも含めて。

そしてたどり着いた結論が、母がパートナーとして選ばなかった男性は、自分の父親でもなんでもないということだった。強い母には、パートナーなんか必要ないのだ。それなら、自分もそれに従うしかない。私の肉親は母しかいないのだから。

だが高校生になってから、自分の中に押し込めていた疑問が湧き出してきた。幼い頃の疑問とはだいぶ違った形で。

父親が誰か知りたいのではない。母との間に何があったかも興味がない。ただ自分のルーツを確かめておきたいのだ。その人がどんな性格で、どんなことを考えているのか。どんな職に就いているのか。どんな家庭で育ったのか。どういうところが秀でていて、何が苦手なのか。好きなものは何か。自分と似たところはあるのか。

その情報が欠けたままでは、自分が何者なのかわからない。自分の未来像も描けない気がした。そこを知る権利は自分にはあると思った。

だが、今さら母には訊《き》けない。幼い頃のやり取りで、母はもう答えを与えたつもりでいる。大きくなった娘がまたぞろ同じ質問を持ち出しても、まともに答えるとは思えなかった。類子という人は、やると決めたことはやるし、無駄だと判断したことはきっぱりと切り捨てていく。それが今の西村類子を作り上げてきたのだ。

高等部の一年から二年にかけて、華南子の背はぐんと伸びた。手脚もすんなりとしてスタイルがよくなった。類子はどちらかというと小柄だった。自分の体格は、母から受け継いだものではない。これも父方から来たものではないか。華南子は一人、そんなことを思った。真央にも打ち明けられない悩みだった。

二年生の時、小さな事件が起こった。どこかの写真雑誌が、学校の制服を着て歩く華南子の写真を隠し撮りして載せたのだ。もちろん、顔はモザイクをかけてわからないように細工してあった。

記事にはこう書いてあった。ファッションデザイナーの西村類子の娘は、十七歳になった。父親について類子は未《いま》だに口を閉ざしたままで、母娘《おやこ》が暮らす邸宅にも男の影はない。類子は、娘の父親とは一切関係を断っているようだ。

推測だらけのいい加減な記事だった。しかしその記事のせいで、華南子は校内で注目されるようになった。生徒たちの保護者が、有名人である西村類子が未婚で出産した時の衝撃と騒動を思い出したのだ。その当時、類子の相手として名前が挙がった男性のことまで面白半分に我が子に伝えた親もいた。

実業家の木谷洋治を始めとした数人の男性の名前が、華南子の周辺で囁《ささや》かれた。ある日、華南子は上級生に呼び止められた。

「あなたのお父さんが舞台演出家の三浦万佐夫《みうらまさお》だって本当なの？」

彼は十七年前に類子のファッションショーの演出を手掛けていて、親密な関係だったと噂されていたらしい。

威圧的な上級生の前で怯《おび》え切った華南子は一言も答えられず、その場から逃げるのが精一杯だった。

その顛末《てんまつ》を聞いて、類子は憤慨した。

彼女の仕事は速かった。安藤に命じて雑誌の出版社に正式に抗議した。未成年の子どもを隠し撮りすることは、報道倫理に反するものであり、教育的に鑑《かんが》みても決して許されることではない。これ以上、西村華南子に近寄るなら、警察に通報する。そういうことを厳しい言葉で告げる安藤の様子は、容易に想像できた。彼女は類子の有能な秘書であり、信奉者だった。尊敬するデザイナー、西村類子の領域を侵す者を決して許さない。

ルイコ・ニシムラのオフィスには、出版社からの丁重な詫《わ》びが届いたそうだ。

それから、恵聖学園にも類子自身が乗り込んでいって、つまらない噂話が広がらないよう対処して欲しいと申し入れた。

その騒動が一段落《いちだんらく》した後、華南子は類子に連れられて奥多摩の別荘へ向かった。たった一晩だけの滞在だが、その一晩を捻出するために、類子はあらゆるスケジュールを調整したに違いない。華南子は夏休みに入ったばかりだった。江守を世田谷の家に残してきたということは、華南子と向き合って話をするためなのだろうということもわかった。華南子の実の父親について。

なぜなら、上級生に詰め寄られた華南子は母に問うたのだった。

「私、その三浦万佐夫さんって人に似てるの？」と。

その時は、類子は何も答えなかった。難しい顔をして考え込んでいただけだった。

珍しく類子が料理をした。普段は江守にまかせっきりだが、各国の料理を食べ歩いている母は、素材を生かした美味《おい》しい料理を手早く作る。その日は二人で、ラムチョップのグリルと蒸し野菜のサラダを作った。それに絹ごし豆腐を別荘の近くの豆腐屋で買った。

「まあ、和洋折衷というところかな」

類子はテーブルに着きながら、そう言った。母の顔にも口調にも、たいした変化は表れていないようだ。食事中は、華南子の成績のことや茶道部での活動のことなどを話した。一学期の成績も優秀で、学校生活にも問題はなく、母が特に注文をつけるようなことはないはずだ。華南子は問われたことに言葉少なに答えながら、母が本題に触れるのを待った。

食欲はあまりなかったが、無理をして料理をお腹《なか》に詰め込んだ。

その話に移ったのは、二人で後片付けをして、ダイニングからリビングのソファに移動してからだった。

「あなたにはお父さんはいないって言ったでしょ？」

単刀直入に類子は切り出した。

「ええ、でも――」

その一言で片付けられるのではないかと、華南子は慌てた。

「まあ、お聞きなさい」類子は落ち着き払って言った。「その意味を今から説明するから」

二人の間のテーブルには香り高い紅茶の入ったカップが置いてあった。類子がパリのお気に入りの店で買ってくるものだ。茶葉をポットでじっくり蒸らす。正確な時間を計るために専用の砂時計まで買ってある。何でも手際よく素早くやるのが類子の手法だが、紅茶だけは時間をかけて淹《い》れる。

「これをあなたに伝えていなかったのは、悪かったと思っているの」

母の言葉に、華南子はかすかに震えた。これから語られることはただ父親の名前を明かすというような単純なことではない。本能的にそう思った。

「あなたを産んだ時、私は四十三歳だった」

紅茶を一口、口に含んで、類子は遠くを見るような目つきをした。

「あの頃にはもう一応安定したポジションにいたわね。それまではのし上がるのに必死だったけど」

母の口から「のし上がる」などという生々しい言葉が出たことに、華南子は少なからず驚いた。彼女は、才能と地道な努力で今日の地位を築いたと思っていた。でも考えれば、男性優位の世界で地位を不動のものにするには、それだけでは不充分なのかもしれない。他人を押しのけてでもという気概が必要なのだ。素早くそんなことを考えたが、華南子は黙って頷いたきりだった。

「毎年パリコレにも出品していたし、ニューヨークを始めとして、海外のブティックに私のデザインの服を置いてもらえるようになった。セレブの顧客もついた。まあまあの成功は収めたと言っていいわね」

　どこか山の方で、アオバズクが「ほう、ほう」と鳴いた。この別荘にいると、アオバズクの鳴き声を案外近くで聞くことができるのだが、一度も姿を見かけたことはない。ほんのちょっとの間、類子は夜行性の鳥の鳴き声に耳を傾けるように黙った。

「お金も入ってきて、安定した生活を送れるようになったわ。何より私が望んだ、自分のデザインした服を大勢の人に喜んで着てもらえるようになった。お針子をやっていた時、夢見た場所まで上りつめたと思ったわね」

　類子は小さくため息をついた。カップに手を伸ばしたが、結局膝の上に戻した。

「独立してからはとにかく仕事仕事で、男の人と付き合おうなんて思いもしなかった。私たちの年代では稀有《けう》な生き方だとはわかっていたわ。女は結婚して子どもを産むのが当たり前だと思われていたから。当たり前の生き方をせず、男性のデザイナーと張り合う私に向けられた誹謗中傷《ひぼうちゅうしょう》も多かった。でもそんなことでへこたれるわけにはいかなかったの。わかるでしょ？　一回走り出したら、止まるってことは敗北するってことだからね。この業界では」

　こんな話を、母は華南子にしたことがなかった。仕事のことには、娘も立ち入らせなかった。真面目な顔をしていた類子が、ふっと笑った。

「男って、クリエイティブで芸術的な仕事でも、自分の力をたのんで悦に入っていることがあるのよ。まったくくだらないことだけど。女が自分に先んじるとなったら、腹も立てるし、嫉妬もする。醜くて見ていられない。お母さんが駆け出しの頃はね、女が発揮する才能を潰すためにはやっぱり力で抑えつけるのが一番だって単純に考える男が多かった。映画の衣裳の仕事をまかされるようになった後、無理やり体の関係を結ぼうとしたり、唐突に結婚の申し込みをしてきたりするトンチンカンな男にうんざりしたものよ」

大きなガラスの花瓶に挿したテッポウユリから漂ってくる強い香りで、華南子は息が詰まりそうになった。

「そんなことで女を支配できると思っているのよ。ばかばかしいでしょ？」

——随分失敗もしたわよ。

ずっと前、お客の前で言った母の言葉を思い出した。かつてはそういう力に屈して、たいして思い入れのない男性と関係を持続させたことがあったのかもしれない。

しかし、類子が次に口にしたことは、華南子の想像を超えていた。

「で、私は男なんかに頼らずに生きていくことを選んだわけ。ただ能動的な生殖能力が備わっているという生き物におもねることなくね。だから、そういうものに頼らず子どもを得ようと決心したの。四十歳を超えてからね。どうしても子どもが欲しかったから」

類子はソファの背もたれに肘をつき、頭にちょっと手を添えた。そのままの姿勢で娘の顔をまともに見詰めてくる。華南子は落ち着かない気分になって、座り直した。

「私は精子を提供してもらったの」

さもないことのように、母は言った。一瞬意味がわからなかった。「セイシ」という言葉が、頭の中で変換できなかった。ぽかんとした顔をしていたのだろう。類子は説明を始めた。

子どもを望んでも得られないカップルのうち、半数近くは男性の側にその原因がある。すなわち精子を作りだせないか極端に少ないかで、パートナーを妊娠させることができないのだ。男性側に不妊がある場合の治療法の一つとして、第三者の精子を用いた人工授精を行う方法があるという。

この治療法をＤＩ（提供精子人工授精）というらしい。日本の場合は、この治療を受けられるのは婚姻している夫婦でなければならないとなっている。だが、類子は独身者にも施術をしてくれる病院を手を尽くして探し出し、精子提供を受けたのだと言った。

そういうことを語る類子は、努めて感情を抑えているのか、淡々としていた。

華南子はあまりの事実に言葉もない。頭もうまく働かなかった。この話題を母が持ち出した時、実の父について教えてくれるものだと思っていた。いや、類子のことだ。

「付き合ってはみたけれど、ろくな男じゃなかったわ。だから、結婚しようとは思わなかったの。そういう事情だからその人はあなたの父親でもなんでもない。知らなくていいわ」と冷たく言い放つこともあり得る。そんなふうに華南子は想像していた。

その方がどんなによかったろう。たとえ名前も知り得ない、会うこともかなわないとしても、自分には確かに父親が存在していたのだと実感できる。類子が「知らなくていい」と言えば、無理に詮索しようとは思わなかっただろう。自分が生まれるに至った事情さえわかれば、それで気持ちは収められる。

でも母は自分を産むために、第三者から精子をもらっただけなのだ。そこには人間としての父親は存在しない。うまくいかなかったにしても、束の間《つかま》母がその人と交流したということもない。精子という遺伝情報を携えた物質を買い求めて、自分の体の中で卵子と結合させただけなのだ。

そうやって生まれた自分は何なのだろう。

またアオバズクの鳴き声がした。さっき聞いた声とは違い、ひどく不吉な響きだった。そう自覚した途端、自分を取り巻く世界がすっかり変わってしまったと感じた。

突然涙が溢れてきた。頬を伝って落ちる涙を、どうしようもなかった。

正面に座っていた類子が驚いて目を見張った。

「まあ！　何で泣くの？　泣くことなんかないわよ。あなたは私の娘に違いないんだから。それはこれからも少しも変わらないわ」

類子は華南子の隣に来て、娘の頭を抱き寄せた。そして優しく揺さぶった。

「今までもお母さんと二人でやってきたじゃない。この家には父親の影なんか、初めからなかったでしょ？　それで何か不足があった？」

　いや、なかった。類子が仕事に没頭して家を空けることが多くても、彼女の愛情を疑ったことなどなかった。忙しくても、母が自分のことを忘れたわけではないとわかっていた。仕事よりも、娘が大事だというメッセージは充分に伝わってきた。だからこそ、父親不在の家で、華南子は幸せに暮らしてこられたのだ。すべては類子のおかげだった。

　でも――、でも何かが変わった。もう元には戻れない。それだけは確かだった。


　別荘から帰ってきて、類子はまた仕事に戻った。

　それでも毎日家には帰ってきた。華南子のことが心配で、少し仕事の量をセーブしたのかもしれない。華南子は平静を装っていた。母と食卓を囲み、今までと変わりない会話をした。

　それでも思春期に自分の出自を知って動揺する娘のことを、母が気遣っているのはわかった。

「今まであなたが生まれた経緯を黙っていて悪かったわ」

　時折、類子はふっとそんなことを口走った。何でも率直に話そうと決めたらしい。

「隠すって気持ちはなかったの。そんなこと、重大なことだと思わなかったから」

でも重大なことだわ、私にとっては。そう思ったが、口には出さなかった。

「四十歳を超えた時、このまま子どもを持たずにいたら、後悔するかもって考えたの。その気持ちは日に日に大きくなってきた。子どもを産むなら今しかないって」

でも男の人とそういう関係になるのは想像できなかった。ずっと一人で頑張ってきたから。男に頼らず生きようって決めて。そう続ける類子を、母らしいとは思った。

子どもが欲しいと思ったら、それを実現する力を母は持っているのだ。それを行使しただけだ。お金もある。子育てをする環境も整えようと思えばできる。華南子が幼い頃は、江守の他に、保育士の資格を持った育児専任の家政婦もいた。母も彼女らにまかせっ放しということはなかった。いつも風のように飛んで帰り、華南子を抱き上げて頬ずりしたものだ。好きな料理を作って食べさせてくれたし、遊んでもくれた。決して派手なことはせず、近くの公園や児童館や動物園などへ出かけた。娘のために割いた時間は膨大なものだった。当時は気がつかなかったが、あの頃、母が抱え込んでいた仕事量を考えると、かなり無理をしていたはずだ。

いつだって華南子中心で家は回っていた気がする。類子は華南子の言うことに耳を傾けて、子どもだからといってないがしろにはしなかった。ちゃんと華南子の意見を尊重してくれた。その上で華南子をただ甘やかすだけではなく、間違ったことは正してくれたし、厳しくしつけてくれた。類子は常に娘に愛情深く接していた。そして心から子育てを楽しんでいた。一人親家庭であることの不利益や不都合などを、華南子は感じたことがなかった。

だからこそ、華南子は母を愛していた。母が娘を愛しているのと同じに。

それでもやっぱり違うのだ。自分が人間的な交流も、愛情の交感もなく生まれた子だと知った後は、体の奥に冷たく鋭利な棘《とげ》を突き立てられた気がする。そしてそれは随分前からあって、漠然とした違和感を覚えていたことに今さらながら気づいた。

華南子は、こっそり提供精子人工授精のことを調べてみた。日本での取り組みはかなり早いようだった。提供精子を用いた人工授精は一九四八年に初めて行われた。まだ「家」という共同体が重んじられ、跡継《あとつぎ》を得るという目的が大きかった時代だ。戦争で傷ついて帰ってきた夫が、生殖能力を失っているという特殊な事情に直面した家族もあった。「家」を存続させるためにそうした治療法が用いられたということだ。提供精子人工授精によって授かった子どもは、当然のことながら夫婦の戸籍に入れられた。父親と子どもに遺伝的なつながりはないわけだが、それはうまく隠された。

医療者の向き合い方も同じだったようだ。精子提供者は匿名性が固く守られた。家族を作り上げる生殖に第三者が関与するということは、個々の心情に照らしても、また社会的にも受け入れ難かったため、子どもの将来を配慮して、真実は伏せられたのだった。

その時から五十年が経《た》った今では、提供精子人工授精で生まれた子どもは一万人に迫る数らしい。「らしい」というのは、正確な把握ができていないからだ。どれほどの病院でこの施術が行われたか、正確には管理されてはいないのだ。だからこそ、類子のような単身者も提供精子人工授精を受けることができたということだろう。

　その詳細を、華南子はもう母に尋ねることはしなかった。

　今まで父親が誰かわからないという不安定さを抱えていた。自分がどんな人の血を引いているのか、母とどんないきさつがあったのか、その部分がすっぽりと抜け落ちていると思っていた。自分の半分が失われたような気がしていた。しかし、その部分からは目を逸《そ》らしていた。母が充分にその欠落部分を補ってくれていると思っていた。

　それが事実を知らされた後では、大きく変わった。医療技術によって生み出された自分はどういう存在なのだろう。生物学的な父親は、ただ自分の精子を提供しただけで、子を生《な》したとも思っていない。ちっぽけな精子が誰かの卵子と結びつき、ヒトとして生きて物事を考え、笑ったり悩んだりしていることも知らない。気にもかけていないだろう。

　自分が何者なのかわからなくなった。今までしっかりした地面だと思っていたものが、ぐずぐずと崩れ去っていく頼りなさと恐怖に、背筋が凍った。

　もし雑誌記者が働きかけてこなかったら、母はこの事実をずっと隠し通したのだろうか。類子に対する信頼も、確たるものではなくなった。母は人生の成功者だ。ずっと時代の先端を走ってきた女性デザイナーが四十の声を聞いた時、ふと足を緩めた。自分の人生を見渡してみた時、一つだけ手に入らなかったものに気がついた。我が子というものに。

男と懇意になるのは好まない。でも子どもは欲しい。そんな傲慢《ごうまん》で短絡的な欲望を、金と地位を使って満たした。類子の手前勝手な望みをかなえたのが、提供精子人工授精という技術だ。

類子はまさに、自分の人生をデザインしたのだ。自分は母の人生を完璧なものにするための小道具だったのではないか。

アイデンティティを喪失したと同時に、母と二人きりで安定していた家庭も、夢のように消え去った気がした。いや、そこに安寧を感じていたのも、錯覚だったのかもしれない。

それでも類子に怒りをぶつけたり、自分の思いの丈《たけ》を吐露したりすることはしなかった。母は、華南子の生まれた過程を率直に語ったことで、ことはうまく収まったと思っている。さっぱりした性格の類子は、表面上は変わりなく生活している娘の姿を見て安心したようだ。豪華ホテルでのファッションショーの準備のためにニューヨークへ旅立っていった。

「いいわね。あなたが私の娘であることには変わりはないんだから。出版社にも釘《くぎ》を刺しておいたし、何も心配することないわ」

家を出る時に母はそう言って、ぎゅっと華南子を抱き締めた。

「うん、わかってる」

華南子もそう応じた。いつものように微笑みもした。類子は、もう隠し事はなくなって晴れ晴れした様子だった。オフィスのスタッフが運転する車にさっと乗って、安藤と一緒に行ってしまった。

今は華南子の方が隠し持ったものがあるということに気づかないで。

華南子の心に芽生えたもの。それは自分が存在している理由や価値を、どうにかして確認したいという欲求だった。どこの誰とも知れない男性の体内にあったちっぽけな精子と類子の卵子が他人の手によって結合させられ、頼んだわけでもないのに、自分は生まれさせられたのだ。類子にどんなに愛されようとも、その事実は変わらない。

提供精子人工授精という技術は、誰かの都合のために行われる生殖医療であるという一面を持っている。そしてそれは生まれ出る子どもの気持ちをまったく無視している。

華南子は恵聖女子大には進学しなかった。

都内の国立大学を受験し、合格した。娘の選択を、類子はすんなりと受け入れた。華南子の学力があれば、もっとレベルの高い大学へも行けたとは思うが、そんな不満も口にしなかった。母は常に娘の意向を最優先してくれるのだ。それが華南子の、母へのささやかな反抗であると気づいているのかいないのか。

合格祝いに二人でヨーロッパを旅行しようと言った母の提案を、華南子は断った。それでもたいして気にはしていなかった。

「あら、そう。まあ、ヨーロッパなんていつでも行けるものね」

そんなふうに言ったきりだった。

練馬区《ねりま》桜台《さくらだい》にある大学へは毎日電車で通った。高校時代の友人たちと別れ、新しい生活が始まった。自宅通学だったが、母とは距離を置きたかった。まだわだかまりはあったが、そこに拘泥《こうでい》していてはつまらないとも思った。

母は母、自分は自分だと思うようにした。自分がこの世に生まれた理由は、自分で探せばいいと気持ちを切り替えた。新しい大学、新しい友人、新しい未来を手に入れるのだ。誰かに与えられたものではなく。今まで恵聖学園の中の小さな世界しか知らなかった。これからたくさんのことを経験して自分を高めようと決心していた。

華南子が進学したのは経済学部で、それも自分の殻を破りたいと思ったからだ。いつまでもお嬢様ではない。いつかは自分で起業できるくらいの力を付けたいと思ったのだった。最初のガイダンスで隣になった女の子と親しくなった。兼藤紗綾《かねとうさや》という名前の子で、広島から進学したのだと言った。地方出身者というだけで、華南子にとっては物珍しい存在だった。ちょっと乱暴に聞こえる広島の訛《なま》りが、面白かった。

「広島じゃあ、『とっても』ってことを『ぶち』って言うんだよ。『これ、ぶちうまい』とか」

私はブスだから、「ぶちブス」なんだよ、と言って笑わせた。

手入れしていない紗綾の眉は濃く、両目は細かったが、それほど不細工というわけではない。笑うと愛嬌《あいきょう》があった。

「華南子は美人でいいねえ」と気楽に言ったりもした。気のいい子だった。何よりいいのは、西村類子が誰か知らないということだった。恵聖学園では、小学生からの付き合いの子ばかりで、たいていの友人が華南子の母親が、有名な服飾デザイナーだと知っていた。娘である華南子は、常に偉大な母の名前とセットで憶えられていた。

ところがここには知り合いはいない。黙っていれば、誰もそれに気づかないのだった。そういう感覚も新鮮だった。ようやく母から離れられた気がした。自分の出自について思い悩む時間がなくなった。大学では、華南子は自由だった。そして多くのことを学んだ。

紗綾は、親からの仕送りが乏しいので、アルバイトをしないと生活費が足りないのだと言った。学業を終えると、アルバイト先へ向かう生活だった。彼女は、西村類子は知らなかったが、華南子の家が裕福なのはなんとなく察したようだった。

それでも「華南子はバイトしなくて済むからいいねえ」とは言わなかった。自分は自分、友人は友人と割り切っていて、羨んだりもしなかった。さばさばした性格だった。そういうところが好もしかった。紗綾だけでなく、家庭環境の違う同級生がたくさんいて、それだけでも華南子には目新しかった。

紗綾がアルバイトしているのは、チェーン展開している居酒屋で、もう一人の友人の川《かわ》添《ぞえ》由奈《ゆうな》と一緒に食事をしにいったりもした。まだ早い時間で、そう混んでいなかったから、紗綾がテーブルに来て、おしゃべりをした。フロアを行き来している男性を見て、由奈が「あれ、あの人」と指差した。「あの人、うちの大学の学生だよね」

振り返った紗綾が「ああ」と言った。「そうだよ」

「早川《はやかわ》ゼミの人でしょう。四年生で、すごく成績がいいんだよ。論文書いて賞をもらったりしたって、掲示板に出てたよ。きっと卒業する時は、最優秀学生で表彰されると思う。あの人もここでバイトしてんだ」

「うん、バイトだけどフロアマネージャーをまかされてんの。仕事ができるから。頭もいいんだね。道理で授業でわからなかったとことか、教えてくれると思った」

紗綾はその学生に経済学の講義でわからないところを教えてもらっているのだと言った。

「え？　勉強教えてもらってんの？　紗綾、いいなあ」由奈は、てきぱきと客をあしらっていく上級生を眺めて言った。

「今度紹介してよ」

「ああ、でもあの人、忙しいんだよ。アルバイトいくつか掛け持ちしていて。学費も生活費も自分で稼いでるんだから。それに就職活動もしないといけないしね」

「何？　紗綾、狙ってるとか？」

紗綾は「まっさかあ！」と言って顔の前で手を振った。「あの人はね、親切で優しいの。だけどそれだけ。誰に対してもね」

早川ゼミの学生は、背が高くて見栄えのいい男だった。由奈は、大学に入ったからには絶対に彼を作るのだと息巻いている子だった。キャンパスを歩いていても、男性を物色しているようで、華南子の方が気恥ずかしくなる時があった。

しかし、その学生と親しくなったのは、華南子の方が先だった。

華南子の大学の教育学部で、美術課程を教えている教授の作品展を一人で見にいった時のことだった。彼は主に彫刻を教えていて、教えを乞うた学生の作品も出品されているとのことだった。その学生の一人からチケットをもらったのだ。

「彫刻に興味ある？」といきなり問われた。新入生のガイダンスの手伝いをしていた二年生の男子学生だった。面食らって黙っていると、チケットを押し付けられた。

「見にきてよ。吉本《よしもと》先生は有名な木彫《もくちょう》作家でもあるんだよ」

木彫と聞いて、ただ木を彫って何かを作るんだとしか思わなかった。それでもまたあの教育学部の学生に会った時に感想を問われたら困るので、授業のない時間に会場へ足を運んだのだった。

女子校にずっと通っていた華南子は、男子との付き合い方どころか、口のきき方もよくわからなかった。紗綾や由奈と一緒に行動し、彼女らに倣って少しずつ慣れているところだった。それでも生来の内気さが勝って、自分から積極的にアプローチすることはなかった。紗綾は広告研究会、由奈はボート部にさっさと所属したのに対して、華南子はサークルにも入っていなかった。

自分を変えよう、母と距離を置こうと思って選んだ国立大学だったのに、当初の目標通りに、ことはうまく運ばなかった。

押し切られて会場へ向かった華南子だったが、高層ビルの一角にあるギャラリーに足を踏み入れた途端、まろやかな木肌と美しい造形に目を奪われた。一本の丸太から彫りだしたような等身大の少女像や、妊婦の裸体像、深い皺《しわ》の刻み込まれた老婆の半身像など、見る者を圧倒する作品ばかりだった。

しんと静まり返った会場内には、木の香りが充満している。その香りを吸い込むと、体の隅々までいきわたり、脳がリラックスするのだ。奥多摩の森の中を想起する。いや、プリンスエドワード島の「樺《かば》の道」か。大学生になった華南子は、自分の少女趣味にそっと頬を赤らめた。

順路に沿って作品を見て回っていると時間を忘れた。吉本教授の作品は、ほとんどが人物を象ったもので、見ているうちに硬い木が、柔らかな皮膚に思えてくるから不思議だった。

躍動する槍《やり》投げの選手を模した作品の前で華南子は立ち止まった。肩の上に振り被《かぶ》った槍を、今しも投擲《とうてき》しようとする瞬間を切り取ったものだった。盛り上がった筋肉や、槍を握った指。それから投げる先を見据えて見開いた両目や食いしばった口。一瞬がそこに凝縮していた。

見とれてしまった華南子は、その場に釘付けになった。彼女の前で同じように作品を食い入るように見詰めている男性がいた。彼は少し離れて見ようとして後退した。後ろに華南子がいるのに気づかずに退《さ》がってきたものだから、華南子の左足を思い切り踏んづけた。

「あっ」

静謐《せいひつ》なギャラリーの中、二人の小さな声が重なり合った。

振り返った男の顔には見憶えがあった。紗綾と同じ居酒屋でアルバイトをしているという四年生の学生だった。

「すみません」

声を潜めて謝る相手も、華南子をどこかで見たと認識したような顔だった。

「あの、私、兼藤さんの友だちなんです。兼藤紗綾」

「ああ、この間店に来てくれた人だね」

面と向かって話したわけじゃないのに、彼は華南子の顔を憶えていたようだ。「頭のいい人」と言った紗綾の言葉が思い出された。

「西村華南子です」

そう言うと、向こうも「井川明良です」と答えた。

それから何となく二人であとの作品を見て回った。学生の作品が並んでいるコーナーでは、触れていいものもあった。拳や人の首から上などを象った習作だった。それを明良は嬉しそうに触っていた。木の感触を楽しんでいるようだった。

二人で肩を並べて、出口から外に出た。

「吉本先生の作品、初めて見ました。凄《すご》いですね。こんな彫刻見たの、初めてです」

感動を口にするのに、自分の語彙《ごい》の乏しさに情けなくなった。

「うん、そうなんだ。僕も先生の展覧会があると、毎回来るんだ。命のないものに、命を宿らせる力があるっていうか、そんな気がして」

まさにそれだと思った。

「それからストーリーがあるだろ。目の前にある作品から、いろんなことを想像できる」

「そうですね。手をつないだ幼い女の子の像があったでしょう？　あれなんかおしゃべりしている内容を想像しちゃった」

うふふと笑って、自分の行為に驚いた。自然に言葉が出てくる。初対面といってもいい人なのに。きっと吉本教授の木彫作品のおかげだろう。あれほどのものを見た後では、誰かと感動を分かち合いたくなる。

会場の外で、吉本の作品集を売っていた。明良は見本を手にしてパラパラとめくって見ている。華南子は作品集を買って帰ってじっくり見たいと思った。一番分厚いものを手にして、スタッフのところに持っていった。

紙袋に入れてもらった作品集を、大事に胸に抱えて明良のところに戻る。

「あの――」明良が言いにくそうに口を開いた。「それ、見終わったら、いつでもいいから貸してもらえないかな」

あっと思った。さっき言われて払った金額は、まずまずいい値だった。それでも華南子はこんな素晴らしい作品集なんだから当然だと思って払った。でも、普通の学生にとっては大金だ。そのことに思い至って、華南子はうつむいてしまった。

特にこの四年生の学生は、アルバイトで学費も生活費も捻出していると言っていなかったか。そういうことをまったく気にかけず、高価な作品集を彼の目前でさもないことのように買った自分を恥じた。

「あ、それなら先に読んで。私は後でいいですから」紙袋を明良にやや乱暴に差し出した。

「え？　いいよ、後で」

戸惑って押し返そうとする明良を見て、また自分は間違ったことをしたと気づいた。この人から見れば、自分は小遣いをふんだんにもらっている鼻持ちならない女の子に見えるだろう。不遜な態度に、きっと気を悪くしたに違いない。取り繕う術《すべ》も知らず、華南子はそのまま背を向けた。

一週間ほど経って、紗綾から声をかけられた。

「井川さんが、華南子に会いたいって。この前借りた本を返したいみたい」

「えっ！」華南子の隣で由奈が声を上げた。「うそ。華南子、井川さんと付き合ってんの？」

驚いて否定し、事情を説明した。

「いやいやいや。そういう偶然から恋が始まるってこともあるからねえ」

由奈はそんなふうに冷やかした。彼女自身は、ボート部に彼を作っていて、もう明良には興味がないようだった。

由奈の予想は当たった。

その後、井川明良から作品集を返してもらうという名目で会った。お礼にお茶でも奢《おご》るよ、という明良の申し出を、華南子は素直に受けた。こういうところで変に気を回す自分が嫌になったのだ。紗綾や由奈のように、さりげなく男子学生とも会話がしたかった。

午後の授業と授業の間のほんの一時間ほどだった。大方の単位を取ってしまっている明良は、昼間にもアルバイトを入れているらしく、忙しい合間を縫って時間を空けたのだとわかった。

「奨学金を早く返したいから、少しでもまとまったものを貯《た》めておこうと思って」

大学の近くのカフェのテラス席で向き合った華南子にそんなふうに言った。

「でも、あの、就職活動もあるんでしょ？」

四年生が就活で走り回っているということは、見聞きしていた。まだ華南子には遠いことに感じられたが。それに対して明良は、もう内定をもらっているんだと答えた。隠しもせずに教えてくれた就職先は、中堅の電子機器メーカーだった。昨今の半導体市場拡大によって急成長を遂げた企業で、華南子も名前は知っていた。そういう優れた企業から内定をもらうというのは、相当優秀な学生に限られるのだろう。今就活をしている学生からすれば、あこがれの企業に違いない。

それだけをさりげなく話した後は、吉本教授の作品展や木彫の話になった。明良は木彫りに対して思い入れがあるようだった。ノミやカンナの使い方にも通じている。吉本の作品のこんなところが好きだとか、あの部分をこんなふうに彫れるのはどういう道具を使ったのだとか、熱心に話していた。

テラス席のそばにニシキギが植えてあり、小さな黄緑色の花が咲いていた。華南子がふと見上げてその木の名前を口にすると、明良は嬉しそうに笑った。彼は木彫に興味があるせいで、素材である木材にも詳しいようだった。

「あれは秋になったら赤い実が生《な》るのよね。目立たないけど、可愛《かわい》らしい実が」

華南子はそう続けた。ニシキギは、もともとは山に自生する木で、奥多摩の山にもあった。別荘の近くの山を歩き回る時に黄緑の花も赤い実も見かけたものだ。だが、明良の前では、別荘のことを口にするのは憚《はばか》られた。

それからふと明良に問うた。

「井川さんは、自分では彫刻をしないんですか？　趣味ででも。そんなに熱心だし詳しいのに」

すると、明良はやや辛《つら》そうな表情を浮かべた。

「うん。僕はノミを持つ資格がないんだ。だから好きだけど、見るだけなんだ」

よく意味がわからなかった。だが華南子は、それ以上は踏み込むことはしなかった。

それ以外の会話は楽しかった。初めて面と向かって話す男性なのに、華南子は構えることもなく、次々と言葉が出てきた。自分でも驚くほどだった。華南子と明良はどこか共通するものがあって、なぜかひとつ飛びに通じていくという感覚が生まれた。不思議な感覚だった。今まで男でも女でも、こんな気持ちになったことはなかった。あっと言う間に時間が過ぎていった。

別れ際に自然にお互いの携帯番号を交換した。もっと彼のことが知りたいし、自分のこともわかってもらいたい。何より、また話をしたいと思った。

一年生の華南子は一般教養などの多くの授業に出席しなければならず、明良はアルバイトで忙しかったが、それでも何とか短い時間を作っては会った。話すうちに、華南子が有名なデザイナーの一人娘だということも伝えた。

明良はごく普通にそれを受け入れた。そんなこと、たいしたことではないという受け止め方をされ、華南子はほっとした。その通りだ。自分は母に所属するものではない。今まで西村類子の娘としてしか見られなかった自分に新しい価値が生まれた気がした。

明良が苦学生だということもわかったが、それに自分の気持ちが左右されないのと同じだった。彼には離婚してしまった両親がいて、今はそのどちらとも親しくしていないという事情を聞かされた。学費や生活費を貯めるために、二年間働いた。だから今の四年生よりも二歳年上なのだという。彼が苦労の末大学に進学し、その上で優秀な成績を収めているということは、華南子が明良を尊敬する材料にしかならなかった。

周囲の学生は、大学生活を楽しむことしか考えていなかった。適当に授業に出席して単位を取り、サークル活動や恋愛に勤《いそ》しむというふうな。そういう意味でも明良は特別だという気がした。

明良にどんどん惹《ひ》かれていった。どうして今まで離れていたのだろうと思うくらいだった。自分の片割れを見つけたような、そんな気持ちがした。同時に幸せな気分も味わった。明良も華南子と同じ気持ちでいることは伝わってきた。会うと話が弾み、時間が過ぎて別れる時間が来ると、寂しそうな顔をした。だが明良は、それ以上は踏み込んでこなかった。

次に会う約束をしないと、華南子は不安になった。約束がないと、そのまま終わってしまうような気がした。明良の気持ちがつかめなかった。

他に好きな人がいるというのではない。そういう次元ではなく、明良の生き方そのものに関わるものだという気がした。自分自身を律しているというか、楽しむことを自分に禁じているという雰囲気があった。そのあり様は、彼にどこか謎めいた暗さをまとわりつかせているのだった。

今まで会ったことのない種類の人物だった。が、華南子はそういうところも含めて明良に惹かれていった。

やきもきした期間を過ごした後、自分でも驚いたことに、こう尋ねた。

「井川さん、私のことをどう思っているんですか？」

明良は滑稽なほど狼狽《ろうばい》した。挙句に言ったことが、「ごめん」だった。

自分が拒否されたのだと思って華南子は少なからず傷ついた。今まで恋愛の一つもしてこなかったから、どういうふうに自分の気持ちを伝えたらいいのかわからなかったのだ。

「ごめん」明良は繰り返した。「何度も会ってくれる西村さんに甘えてたのかもしれない。会うとつい、時間が経つのも忘れて自分の気持ちを押し通してしまうんだ。でももし迷惑だったら――」

「井川さんの気持ちって？」

急いでそう訊かずにはおられなかった。

「僕は――」

真っすぐに見詰める明良の虹彩《こうさい》に、華南子は目を凝らした。この人の瞳は薄茶色だ。黄色がかってもいる。明良が言葉を探して逡巡《しゅんじゅん》している間に、いろんなことを考えた。アンの目は、光線や気分によって緑色にも灰色にも見えると描かれていた。その色ってどんな色だろうと想像したことを思い出した。でも明良の目の色も魅力的だ。なぜなら、私はこの人に恋をしているから。恋をした人のことは、何もかも好きになるのだ。それに今気がついた。

だから、そのままを口にした。

「私は井川さんに恋をしているんです」

明良は大きく目を見開いた。その途端、あの虹彩の色はハシバミ色だと華南子は気づいた。

緊張していたらしい明良の体から力が抜けていった。そっと両肩が下ろされた。そして言った。

「僕もだよ」

待ち焦がれた言葉だったはずなのに、華南子はさらに不安になった。この人は本心を言ったのだろうか。ただ私に合わせてくれただけではないのか。まだこの人の本質には届いていない。何か薄い膜に何重にも覆われている感じだ。そこにあるのに手が届かない。もどかしい思いがした。

明良は臆病というのではないが、女性と深く関わることに警戒心を抱いているようだ。初めて異性を好きになったというのに、そして相手からも同じ気持ちを告白されたというのに、この苦しさは何だろう。

華南子はそんな不安を無理やり自分の中に押し込めた。それほど明良が好きだったのだ。自分が精子提供で生まれたと知った時、深い喪失感を味わった。自分が存在している理由や意味がわからなくなった。しかし恋をするということは、失った自分の存在価値を取り戻すことに他ならなかった。誰かを求めるという気持ちは、生きているという実感につながった。

長い夏休みの間も、二人はしょっちゅう会っていた。華南子は、別荘に行く時間を極力減らして都内にいたがった。少しでも彼に近づきたかった。彼のすべてを知りたかった。明良の方は、華南子を拒まない代わりに、華南子が近寄ろうとすると、すっと身を引く。そのちょっとした距離感に、華南子は消沈したりもどかしい思いを抱いたりした。

「華南子にはボーイフレンドができたのよ」

避暑を兼ねて別荘に滞在する類子は、娘のことを、そんなふうに客に言った。大事な客を招待した時は、仕方なく華南子も別荘についていった。

「そりゃあそうだね。華南子ちゃんはそういう年頃だもの」

その時は、脚本家の平川ゆりあが夫婦で来ていた。夫である俳優の八代剛太郎《やしろごうたろう》が言った。

馬場監督が仕事で来られなかった及川敦子は、八代の軽薄な言葉にちょっと口を歪《ゆが》めた。

「青春を謳歌《おうか》しているってわけだ」八代はさらに古臭いことを言った。

「どんな彼なの？」

平川ゆりあが尋ねてくるのに、華南子は軽く微笑んだだけで答えなかった。

「ボーイフレンドくらいできて当然でしょ？　共学の大学へ行ったんだから。それも含めてたくさんのことを経験するといいわ」

そう言ったのは、海外の生地の輸入業を営んでいる弓岡《ゆみおか》まい子《こ》だった。彼女が世界中で見つけてくる生地に、類子は大いに助けられている。

「類子先生は会ったことないの？」

華南子から答えを引き出せなかったゆりあが、類子に向かって言った。シャンパングラスを口に持っていきかけた類子は、笑って首を振った。

「華南子ちゃんのボーイフレンドにいちいち会っていたらきりがないわよ」まい子が混ぜっ返した。「類子さんは、華南子ちゃんの自由を尊重しているんだから」

「華南子ちゃん、お母さんはおおらかだからね。大いに恋をするといいよ」

少しばかり酔った八代がだみ声を上げ、品のない笑い方をした。

「さあ、もうそれくらいにしとかないと、華南子ちゃんがへそを曲げるわよ」

敦子の一声で、その話は打ち切りになった。

華南子はテーブルの端で、談笑する類子を見詰めた。

明良はただのボーイフレンドとは違う。今まで会った誰よりも愛《いと》しい人だ。

お母さんには――、シャンパンをくいっとあおった類子の白い喉を見ながら思う。お母さんにはわからないでしょうね。男性と睦《むつ》むこともなく、ただ子どもが欲しいと思ったら、どこかの男の精子をもらってくるような人には。

子どもというのは、男女が愛し合った末に生まれてくるものだ。明良という対象ができて初めて、それが実感としてわかった。母が取った方法は間違っている。男女の濃《こま》やかな愛情の交感の末に生まれた子は、この世に存在する意味がある。愛されて慈しんで育てられる。その何もかもの過程を飛び越して、類子は華南子という娘を得たのだ。その不条理に気づきもしない。自分だけが愛していれば、娘は満足すると思っている。

私は母とは違う生き方をする。愛する人と結ばれて、その結果として子どもを得るのだ。生まれた子は大事にしよう。ひと時だって寂しい思いはさせない。たくさんの子どもを産んで、賑《にぎ》やかな家庭を築きあげよう。

付き合い始めたばかりなのに、もうそんなことを華南子は考えていた。

しかしかなりの間、明良とはそういう関係にはならなかった。

　穏やかに季節は過ぎていった。明良とはつましいデートを重ねた。本屋を見て回ったり、石神井《しゃくじい》公園をぶらぶら歩いて池の鯉《こい》にパン屑《くず》を投げてやったり、「としまえん」でメリーゴーラウンドに乗ったりした。そういう時、自然に手をつないだりしたが、それだけだった。

　デートは明良という人を覆っている薄い膜を、一枚一枚剝ぎとっていくような過程だった。近づけば近づくほど、華南子は明良からは離れられないと思った。たとえ最後に残ったわずかな距離が縮められなかったにしても、やっぱりこの人のそばにいたい。そう切実に思った。

　相変わらず明良はバイトで忙しかった。もう後期の授業料も納めてあるのに、少しでも早く借りた奨学金を返したいからと、明良は言った。この家庭環境の違いが、自分たちを遠ざけているとは思いたくなかった。それでも華南子は居心地の悪い思いをした。裕福な母に養われ、今まで何の疑問も持たなかった自分を蔑《さげす》んだ。

　そう思うと同時に、もっと明良と親密になりたいと望むのだった。なぜ彼は、二人の間を深めることに消極的なのだろう。由奈は、ボート部の彼ともう体の関係を持っていた。それを隠しもせずに友人たちに語った。愛し合う恋人どうしなら、それは当然の成り行きなのだろう。特に男にとって、好きになった相手の体を求めることはしごく当たり前なのだ。由奈の話を聞くまでもなく、華南子は思った。そしてそんなことを四六時中考えている自分を嫌悪した。

紗綾と明良がバイトをしている居酒屋に、華南子は時折由奈と訪れた。華南子が行っても明良は仕事に励んでいて、無駄話をしに来ることもなかったが、由奈が気を利かせたつもりか、華南子を誘うのだ。別の友人が一緒の時もあった。たいていは紗綾とちょっとだけ話し、食事をして、そう長居をすることなく二人は帰るのだった。アルコールを飲まないから、居酒屋に行ってもたいして売り上げには貢献できなかった。

秋も深まった頃に由奈と行った時も、遠くに明良の顔を見つけた。厨房《ちゅうぼう》とフロアを行ったり来たりする明良に自分から声をかけることはなかった。その日も同じだった。由奈が別の客席にいるボート部の友人と話し込み始めた。それで華南子は先に帰ることにした。紗綾と由奈に断って店を出た。ちらりと見渡したフロアに明良の姿はなかった。店の正面のドアから出て、ひょいと路地を覗《のぞ》いた時、暗がりに明良がいるのがわかった。裏口のそばに立って、誰かと話していた。裏口のドアから漏れる明かりに照らされて、向かい合う二人は、深刻な話をしているように見えた。相手は女性だった。

華南子は目を凝らした。自分とそう年は変わらない女性だということはわかった。ただ華南子の方に背を向けているので、顔はよく見えなかった。しばらく言葉を交わした後、明良はポケットに手を突っ込んで、何枚かのお札を取り出した。明良はそれを女性に渡す。女性は一度はそれを押し返したが、明良は受け取らず、女性の手を自分の手で包み込んだ。何かを言って聞かせるように、握った手に力を込める。そのやり取りがひどく意味深で親密に見えた。

自分の知らない彼の顔を見たと思った。あの女性はどういう人なのだろう。お金を渡すという行為が、特別な関係を物語っている気がした。それも人目を避けるようにして。第一、華南子は一度もそんな女性の存在を、明良から聞いたことはなかった。

ショックだった。やっぱり自分は彼の本当の姿を知らないのだ。明良には慎重に隠している顔があって、もしかしたらあの人はそれを知っているのかもしれなかった。

華南子が踵《きびす》を返そうとした時、明良が顔を上げて路地の入口を見た。明良の様子を見て、女性も振り返った。短めのボブにした髪の毛が、顔のそばでくるんと回った。その場で立ちすくんでしまった華南子を、不思議そうに見詰めている。店のロゴが入ったエプロンをかけた明良が、路地の入口に向かって足を踏み出した。狭い路地ですれ違う時、女性の肩をそっと押した。女性は明良の意図を汲《く》み取って、すっと体を避《よ》ける。

二人の仕草に、華南子はさらに傷ついた。明良とこの人はどんな関係なのだろう。そもそも私は彼にとって何なのだろう。いくら手を伸ばしても、その都度一歩遠ざかる明良の本心はどこにあるのだろう。自分が到達できない部分に、あの女の人は触れているのではないか。明良とあの人は、深いところで結びついている。たとえば精神で。あるいは体で。

一瞬の間に様々な思いが湧いてきて、華南子の心を押し流した。

明良が路地の入口まで来る前に、華南子は走り出した。なぜ逃げるのか、自分でもわからなかった。

「華南子！」

明良が一言だけ叫んだ。ようやくそう呼んでくれるようになっていたのに。初めて呼ばれた時は嬉しかった。こうやって穏やかに関係を育てていこうと望んでいた。

あの人のことは、明良はどう呼ぶのだろうか。私が詰められない明良とのほんの少しの距離を、彼女はいとも簡単に越えてぴったりくっついている。たぶん、私が彼と出会う随分前から。ある確信を持って華南子は考えた。

振り返らずに走った。悔しく情けなくて涙が出た。抑えつけられない感情を華南子は持て余した。駅まで駆けて、息を整え、ホームに一人で立った時、それが嫉妬という感情だとようやく気づいた。そんな醜い感情にがんじがらめになることがあるとは、自分でも驚きだった。たった一人の人を手に入れられなくて、地団太《じだんだ》を踏む自分もまた醜いと思った。

誰かに恋するとは、苦しいことだと初めて知った。

明良から会いたいと連絡があったのを、何度か断った。自分の気持ちが整理できなかった。しかし、このままなし崩しに離れてしまうのも、きまりが悪い。そう思って会うことにした。そういうやり取りをした後、明良の方からこうやってしつこく誘いが来ることが珍しいのだと思い至った。いつだって携帯電話に連絡を入れるのは華南子の方からで、明良はそれに応じるだけだった。

——あの人はね、親切で優しいの。だけどそれだけ。誰に対してもね。

紗綾の言葉が蘇《よみがえ》ってきた。

「なんだ。のぼせ上がっていたのは、私だけだったんだ」

独りごちて笑った。笑ったそばから胸が痛んだ。やっぱり明良とは別れられないと思う。これほど愛しい人には、もう二度と会えないだろう。二人、どこかで引き合っているという感覚はまだ失われていなかった。

石神井公園で待ち合わせた。一人ポツンと池のそばのベンチに座っている明良を遠くから見た時、せつない気持ちになった。家を出る時は、どんなことを言われても受け入れようと決心していた。たとえこれで二人の間が終わりになっても、見苦しい態度は見せまいと思っていた。しかし、その気持ちが揺らいだ。離れてしまうなんて考えられない。明良に嫌われても、それでもそばにいたい。

こんなに頑《かたく》なで一徹な気持ちに囚《とら》われるとは信じられなかった。今まで華南子は、自分の意思を強固に押し通すことはなかった。母を含めた周りには、物わかりのいい素直な人間だと思われていたし、自分でもそう思っていた。

　でもこれだけは譲れない。

　その勢いを駆って、華南子は明良に向かって歩いた。きゅっと口を結び、青白い顔をしていたと思う。池の方を向いていた明良が、頭《こうべ》を回《めぐ》らせて華南子を見た。明るい秋の光の中、目をそっと細める。見慣れたその表情からは、彼の優しさが透けて見えた。誰にでも優しくしてしまうのなら、それでもいい。でも「誰にでも」の中に私を入れないで。私はこの人の「特別な」存在になりたい。

　明良の隣に腰を下ろした。しばらく二人は黙って池を眺めていた。鯉の背びれが水面《みなも》に描く波紋や、甲羅《こうら》干しをしているイシガメが、首を伸ばす様子を。

「千沙のことだけど――」

　明良が口を開いた。千沙？　あの人のこともそんなふうに呼ぶんだ。

「ええ」さりげないふうを装ったが、声はきっと震えている。

「そうだな。どこから話したらいいか……」

　ああ、これから私は決定的なことを聞かされる。明良という人の真ん中を突き通っている物語を。優しくて親切で、でも誰にも心を開かない、この人の真実を突きつけられるのだ。そして私は拒絶されるに違いない。

　ベビーカーを押した若い夫婦が、ベンチの後ろを通りかかった。ベビーカーの中では、まるまると太った赤ん坊がぐっすりと眠っていて、夫婦は穏やかに話しながら通り過ぎた。

あんな未来を、明良との間に夢見ていた。彼と出会ってまだ数か月だが、未来はどんなふうにも思い描けた。結婚して、次々に子どもが生まれて、その子たちが巣立っていって、また二人になって――。そんな想像でどれだけ楽しんだか。だが崩れ去るのは一瞬なのだ。不穏な気配を感じ取ったように、池の中の岩に並んでいたイシガメが、申し合わせたように次々と池に滑り込んでいった。そのささやかな水音に耳をそばだてた後、華南子は覚悟を決めて、明良に向かい合った。

明良はまず、自分の父親について語った。

日本人の父とアメリカ人の母との間に生まれた見栄えのいいハーフの男。彼は女性関係にだらしなく、多くの女性の間を渡り歩く生活をしていたこと。母方の祖母が亡くなった後、中学生の明良を引き取っても、その生活態度は改まらなかった。のみならず、生活能力もなかった。よって明良は父について、父を養ってくれる女性の家を転々としたこと。やがてそんないい加減で放埒《ほうらつ》な父を嫌悪するようになった。

「僕は絶対に父のようにはならないと決心した。父は、女性には優しくていい顔だけをする。でもその実、誰も愛したりはしていなかった。自分に都合のいい相手にだけ取り入って彼女が望むことをしてやるけど、それは要するに自分のためなんだ」

高校卒業後、そんなふらふらした父から離れて、自立したのだと明良は語った。大学へ進学する時も、父親には頼らなかった。彼が用意する金は、女が差し出した金だとわかっていたからだ。

「それから、千沙のこと――」

華南子は身を硬くした。明良が千沙という女の人と知り合ったいきさつは、壮絶だった。高校時代の明良は、父親に反発して夜の街を徘徊《はいかい》するようになった。そこで千沙と知り合った。歌舞伎町で援助交際をして小遣い稼ぎをする十代から二十代の女性たち。そこに十四歳の千沙が入り込んできた。

援交仲間のリーダー格の女性が千沙をかまったので、痩せてびくびくしていた千沙は、しだいに夜の路上に居つくようになった。家を飛び出してきたという千沙を、初めは明良もたいして気にしていなかった。歌舞伎町では家出してきた子は珍しくなかった。

そのうち、千沙は歌舞伎町から消えた。母親の許《もと》に戻ったのだという。心配して訪ねたリーダー格の女性と明良に、千沙はもう大丈夫だと言ったらしい。千沙は母親の情夫によって、児童ポルノの餌食《えじき》にされていたのだった。福祉関係者が入って情夫を追い出してくれたという千沙の言葉を、二人は信じた。

しかし実際は違っていた。高校をもう少しで卒業するという時、ふとしたことから明良はある児童ポルノのサイトで千沙を見つけた。背中に夜叉《やしゃ》の刺青《いれずみ》をされてポーズをとらされている惨《むご》い写真だった。

「それで俺――、いや、僕は、すっかり頭に血が上ってしまって」

明良は膝の上に置いた拳に力を込めた。初めて彼が感情を露《あら》わにするところを見たと思った。明良は、一時身を寄せていた指物師《さしものし》の作業場から、ノミを一本持ち出した。それで男を脅して、千沙を連れ出すつもりだった。

「でも、思った通りにはうまくいかなかった。僕は千沙の母親の情夫ともみ合いになって、彼を刺してしまったんだ」

華南子は思わず両手を口に持っていった。自分の意思に逆らって、喉から細い叫びが飛び出しそうだった。逆に明良はすっと感情の波を押し込めた。

「僕は人を傷つけた。大事な職人の道具で」

「ああ――」

以前、明良が言った言葉の意味がようやく理解できた。

――僕はノミを持つ資格がないんだ。

明良は逮捕された。その後、少年鑑別所に送致された。情夫も傷の手当を受けた後、逮捕された。千沙母子は、今度こそ本当に福祉施設に保護された。

「千沙の母親には、知的障がいがある。だから、今も千沙が働いて生活費を稼いでいるんだ。でも、なかなか大変でね」

「だから明良さんが援助してあげているんですか？」

「援助？　まあ、そんなたいしたことじゃないんだけど。僕もそんなに余裕があるわけじやないから」

　でも、千沙がまたおかしな世界に足を踏み入れないようにそれだけは気を配っているんだと、明良は言った。

「女性が手っ取り早くお金を稼ぐ方法は、いくらでもある。その受け皿も底なしだ。嫌と言うほど、そういう場面を見てきたから。千沙もそこは身に沁《し》みているはずなんだけど、でも、切羽詰《せっぱつ》まったらどうなるか――」

　あまりのことに、華南子は言葉を失った。この人が住む世界は、私が生きてきた世界とは大きくかけ離れている。今までそんな世界があるとは知らずに生きてきた。自分がどれほど世間知らずで、安穏と生きてきたかがわかった。

　池の対岸の喬木《きようぼく》で、モズが鋭い鳴き声を上げた。秋の澄んだ大気の中、それは一直線に華南子の耳に届いた。華南子はすっと背筋を伸ばした。もう一つだけ訊かなければならないことがあった。

「大切な人なのね？　明良さんにとって千沙さんは」

　覚悟を決めていたはずなのに、答えを聞くのが怖かった。千沙は華南子より前にこの人に出会い、この人の心に深く入り込んでいた。厳然とした事実の重さ。果たして受け止められるだろうか。

　明良は目を伏せた。

「そうだ。大切な人だよ。歌舞伎町で出会った時、あいつを助けると僕は言った。でも助けられなかった。自分のことにかまけているうちに、千沙はさらにひどい地獄に落ちていた。だからあのろくでもない男を刺した。そのことは後悔してないよ、今も。だから今度は目を離さないと自分に誓ったんだ」

でも、と明良は続けた。

「千沙とはそれだけの関係だ。僕には兄弟がいないけど、もしいたら、千沙みたいな妹だと思う。向こうはもう大人になったんだから、いい加減放っておいて欲しいと思っているんじゃないかな。いつまでも世話を焼く兄貴ぶった男をうっとうしがっているよ」

明良はすっと顔を上げた。真っすぐに華南子を見詰める。華南子も見返した。彼のハシバミ色の虹彩の中に、自分が映っているのがわかった。四分の一だけ、アメリカ人の血を引いた男。彼の過去の物語を聞いた後も、この人を愛しいと思う気持ちは少しも揺らがない。それだけは確かだった。

「華南子」

思わず「はい」と返事をした。

「華南子は僕にとってかけがえのない人だ。千沙を大切に思う気持ちとは全然違う。出会った時から、今まで会った誰とも違う特別な人だと感じた。会えば会うほどその気持ちは高まっていったんだ」

私と同じだ。私もそう感じていた。それを口にしようとしたが、うまく言葉にならなかった。これほどまでに人を恋しいと思ったことなんかない。言葉にしたら、ひどく陳腐なものになってしまう気がした。明良も同じように感じているのか、彼も口をつぐんだ。しばらく二人は見詰め合った。それで充分通じ合った。つまらない嫉妬心など無用だった。心が通じ合っていると感じられた。華南子の中に平安と充足が満ちてくるのがわかった。

「僕は父のようにはならない」ポツリと明良が言った。「大切な人は大切に扱う。たった一人の人を」

華南子は手を伸ばして明良の手を取った。

「もう充分に大切にしてもらっているわ」

明良はおずおずと華南子の手をくるみ込み、弱々しい笑みを浮かべた。明良との間にあった最後の距離がなくなったと、華南子は感じた。

翌年、明良は大学を卒業して、電子機器メーカーに入社した。営業職という忙しい仕事の合間を縫って、華南子と会ってくれた。二人は強固につながっていた。自然な流れで体も重ねた。就職してから移り住んだ明良の狭いマンションへ華南子は何度も足を運んだ。

もう明良の方も変に気を回して拒んだりしなかった。女と見れば誰とでも深い関係になっていた父親とは、違った愛し方ができると自信がついたようだった。

明良の部屋はものが少なく、殺風景だった。そこを少しずつ整えていくのが、華南子の楽しみだった。お金をかければいくらでも快適な空間にすることができる。でもそんなことはしたくはなかった。知恵と工夫で幸せな家庭を作り上げていった「アンの夢の家」を思い描いた。

千沙にも会った。病弱な母親を養うために、二つの職を掛け持ちしている千沙は、バイタリティ溢れる女性だった。おおらかで八面玲瓏《はちめんれいろう》で、一見苦労をしているようには見えなかった。華南子よりも二つ年上だけれど、可愛いところもあった。すぐに二人は打ち解けて、「華南ちゃん」「千沙ちゃん」と呼び合うようになった。

「明良に華南ちゃんみたいな恋人ができて嬉しいよ」屈託なく千沙は言った。「あの人はまるで不器用なんだ。ふと知り合ったあたしなんか放っておいてもよかったのに、あたしを助けようとうちに乗り込んでくるんだもの。明良が人を傷つけたのは、あたしのせい。自分も他人に助けられたから、そうするのが当然だと思ったんだろうね」

千沙は、父親に反発した明良をただの隣人だった人が声をかけてくれて、家に住まわせてくれたのだと言った。指物師だった隣人の大事な道具であるノミを持ち出して、傷害事件を起こしてしまったという。そのことを明良は今も後悔していると。きちんと詫びる前に、その人は亡くなってしまったらしい。

明良が口にした「大事な職人の道具」の由来がわかった。そうやって少しずつ明良のことを知ると、華南子はますます彼に惹かれていくのだった。

「華南子ちゃんは随分大人になったわね」

そう及川敦子に言われたりした。類子は、華南子が付き合っている男が、「ただのボーイフレンド」ではないと気づいたようだった。それでも海外に友人も多く、視野も広くて寛容な精神の持ち主である類子は、娘が誰と付き合おうが無関心で、自由にまかせてくれると思っていた。

しばらくイタリアに滞在していた類子が帰ってきた晩のことだった。江守が自室に下がった時、類子は居間のソファに腰を下ろすと言った。

「華南子、あの男はだめよ」

意味がわからず、華南子はその場に突っ立っていた。母がミラノで土産に買ってきてくれたフェイスアップパウダーを手にしていた。きれいなコンパクトに入ったそれに見とれていた時だった。

「井川明良」すっと背中が冷えた。「あの人のことを調べさせたわ」

「どうしてそんなことを！」

全部を聞く前に華南子は叫んだ。類子は動じなかった。淡々と明良の生い立ちや家庭環境のことを口にした。つらつらと並べられる明良の身の上のことを聞きながら、華南子は体が怒りで震えた。最後に類子は決定的なことを口にした。

「彼、人を刺して少年鑑別所に入っていたことがあるのよ」

「知ってるわ」

「知ってる? それなのにあなた、そんな危険な人と付き合ってるの?」

いかにも呆《あき》れたように、類子は首を振った。

「お母さん」華南子は母の隣に腰を下ろした。「明良さんは危険な人じゃないわ。確かに傷害事件を起こしたけれど、それには事情があるの」

「人を傷つけたという事実がすべてよ」類子はにべもなく言った。「とにかくあの男はだめ。別れなさい」

「決めつけないで。明良さんに会ってよ。そしたらわかるから」

「会う必要はないわ。あの人はあなたにはふさわしくない。それだけは確かよ」

母がそんなに狭い料簡《りょうけん》の人だとは思わなかった。己の力で業界トップに上りつめた自由で闊達な女性のはずだった。こんなふうに一つの面だけを見て、人となりを判断する人ではないと思っていた。

華南子も必死だった。ここで退《ひ》くわけにはいかない。もう母の言いなりにはならない。明良と別れるなんて考えられなかった。しかし類子も頑固だった。華南子が掻《か》き口説《くど》く言葉には冷淡だった。明良が苦労しているだけに優しさを持ち合わせていること、大学を卒業する時に最優秀学生で表彰されたこと、誰もが羨むような将来性のある企業に就職したことを持ち出しても、考えを曲げなかった。

とうとう華南子は叫んだ。

「お母さんにはわからないんだわ！　だって人を愛したことなんてないんでしょ？　子どもが欲しいと思ったら、赤の他人から精子をもらって作るような人だもの」

類子はもたれていたソファの背から身を起こした。そして目にいっぱい涙を溜《た》めた娘に向き合った。

「あるわ。私にも、愛しい人があったの。それこそ身を焦がすほどその人に恋したわ」

意外な告白に、華南子は面食らって黙り込んだ。

「まだ若かった頃のことよ。お針子をしていた時、ある人と愛し合うようになった。私は夢中だったわね。その人と一緒になることを夢見ていた。仕事も辞めて家庭に入ろうと思っていたの。あの頃は当然のことだったから」

そんなことが母の人生に起こっていたなんて。この人は――、と華南子は目の前の母親を見返した。深く刻み込まれた皺が却《かえ》って美点となっている顔や、ぴんと伸ばした背や、膝の上に重ねられた美しい指を持つ手を。

この人は、ただ冷酷で合理的なだけの人ではなかった。それはもう充分知っているではないか。留守がちな類子だったが、子どもの教育には手を抜かなかった。厳しいしつけも、たっぷりの愛情に裏打ちされたものだった。この強い母に守られて華南子は、安泰に暮らしてこられたのだった。

「私が働いていた洋裁店の近くの会社に勤めるサラリーマンだった。大学も出ていて、会社では出世頭だった。私はその人と結ばれることを望んだ。そういう未来を疑わなかった。だから私はその人の子を身ごもったわ」

あまりにさらりと言うものだから、聞き間違えたのかと思った。

「でも私の妊娠を知ると、彼は戸惑った。その人も私もまだ若かったから、説得されて子どもは諦めた。愛する人の子を産みたかったけど、どうしようもなかったの。きちんと家庭を持ってから、望んだ子どもを受け入れようと気持ちを切り替えた」

淡々と類子は語った。こんなことでもなかったら、娘にも打ち明けることのなかった話を。しかし、男は手ひどい裏切り行為に及んだ。類子が堕胎した後、男の気持ちは冷めていった。心も体も傷ついた類子が、男に頼るようになったことを疎んじた。しばらく会わずにいた間に、男は別の女性に心を移した。そして結婚して家庭を持った。

初めから類子と一緒になる気などなかったのだった。お針子の女は、体《てい》よく捨てられたわけだ。

「性欲のはけ口にされただけ」と、類子は激することもなく続けた。

男が去っていった後、類子は一時は死ぬことを考えるほど落ち込み、仕事もままならなくなった。そんな時、映画の衣裳の仕事が転がり込んできた。誰もが嫌がった仕事にもう一度だけ懸けてみようかと類子は思ったのだという。

「だからね、四十歳を過ぎて子どもを持ちたいと思った時に、こう思ったの。これは私だけの子だ。私が産んで私が育てる。男なんて介在させないって」

「それはお母さんの生き方よ。私は違う。私は明良さんと結婚して、子どもを産んで――」

「私の生き方を押し付けようとしてるわけじゃないわ。ただあなたには失敗して欲しくないのよ」

「失敗――？　彼と結婚することが失敗なの？」

「華南子、男と女は違うのよ。愛し方がね。その人が愛しているのは、あなたの体かもしれない」

「ひどい！」

もうそれ以上、母と話したくはなかった。ソファから乱暴に立ち上がると、自室に駆け込んで泣いた。

一晩中泣いたせいで、翌朝は最悪の気分だった。最悪の気分ではあったが、体の内側から力が湧いてくるのを感じた。不思議な感覚だった。私はもう『赤毛のアン』の世界にあこがれる少女じゃない。自分の人生は自分で切り開いていく。母がそうしたように。そう気持ちを切り替えると、類子のことも理解できるようになった。彼女は不幸だった。愛する人の子をもうけることができなかったのだから。でもその経験があったからこそ、今の地位を手に入れられたのではないか。

階下に下りていって、類子に「おはよう」と挨拶した。母も何事もなかったように挨拶を返した。不満はあるが、娘の選んだ生き方を尊重しようとはしてくれている。母はいつでもそうだった。

以来、華南子が明良と付き合っていることに口を挟むことはなかった。

営業で全国を飛び回りながら、明良はやりがいを感じているようだった。学生の時のようにちょっとした時間を作って会うということもなかなかできなくなった。一年半ほど大阪支社に転勤になったこともある。それでも二人は順調に愛を育んでいった。

千沙には、コック見習いの陽平という恋人ができた。たまに陽平が練習で作る料理を試食させられた。飲食店がお休みの日に、オーナーが厨房を貸してくれるのだった。駆け出しコックの陽平の料理は味が定まらず、薄かったり、大味だったりした。肉料理だけはいけるな、と明良は肉だけをより分けて食べた。

「もっと野菜を食べろって、カメなら言うね」

華南子の知らない明良と千沙だけの知り合いの名前が出ても、もう不快ではなかった。

　華南子が大学を卒業する頃には、二人とも結婚を意識していた。大学で経済学を学んだ華南子を、類子は自分のブランドの会社に入れて、経理などの後方部門を担当させようとしていた。それに素直に従ったのは、いずれ明良と結婚するつもりだったからだ。

　母が望むなら、彼女の右腕になって会社経営を支えて、同時に家庭も持ちたいと思っていた。明良と交際を始めて、もう三年が経とうとしていたが、彼を類子に会わせたことはなかった。黙認という形で穏便に認めてくれているというのは、華南子の楽観的な判断だった。もし類子が明良を気に入らなかったら、決定的なことが起こる気がした。それが怖かった。

　しかし結婚という具体的な将来設計を見据えて、このままずるずると過ごしてもいいことはないと思い始めた。それとなく明良と会って欲しいと匂わせても、類子はやんわりと拒絶する。そのうち自然消滅すると期待しているのかもしれない。そうではないということを伝えるには、どうしても二人を会わせる必要があった。

　明良が堅実な電子機器メーカーに勤めて、営業マンとして同期入社の中では抜きん出た成績を収めているということは、類子も知っていた。でも彼女の性格上、そんなことは何のアピールにもならない。男社会だったファッション業界で、腕一本で奮闘してきた類子だ。自分のブランド会社を切り盛りもしている。人を使うことにも、人間性を見抜くことにも長《た》けている。

長い間悩んだ末に、率直に明良と結婚したいのだと母親に伝えた。どうしても祝福してもらいたいから、彼に会って欲しいと懇願した。

「いいわ」口をへの字に曲げた類子は不機嫌に言った。「でも時間がないの。今はイタリアのファッション誌で発表する作品をせっせと仕上げているから」

あながち嘘ではなかった。類子はアトリエに入り浸りで、夜遅くまで打ち合わせや裁断や仮縫いの指導をしていた。

「なんならアトリエの方に来てもらってもいいわ」

それを聞いて華南子は落胆した。仕事場に明良を呼びつけておいて、わざと邪険にするのか。ファッションのことには疎い明良に引け目を感じさせようとするのか。どちらにしても娘の結婚話には乗り気でないということだ。明良にもそれを知らしめようとする意図が透けて見えた。

「いいさ。行くよ」気楽に言った明良の言葉に、さらに消沈した。

どうしたってうまくいくとは思えなかった。仕事の片手間で娘の恋人に会おうとする母と、その意味をよく理解していない彼とが会って、いい方向にことが進むわけがない。要するに類子は、明良を萎縮させて追い返したいのだ。

一月の寒い日の午後、華南子はルイコ・ニシムラのアトリエで明良を待った。

アトリエ内は緊張感でぴりぴりしていた。作業台には布地が広げられ、裁断の真っ最中だ。裁断師と呼ばれる専門の職人が、ツイードやカシミア、オーガンジーやシフォンなどの布地にそれぞれ向かい合っていた。誰も隅っこに座った華南子の方を見向きもしない。

類子はといえば、少し離れたところで、ハウスモデルを立たせて仮縫いに没頭していた。母の手首にはめられたピンクッションから、次々とピンが抜かれていくのを、華南子は情けない気分で眺めていた。類子のそばには安藤がぴったりとくっついていて、何かを書き取ったり、どこかに電話をかけたりしていた。

こんな場違いなところに明良を呼びよせた母を憎んだ。華南子自身、逃げ出したい気持ちだった。その時、ガラス窓の向こうに、通りを渡って来る明良の姿が見えた。営業マンとしてもう板についたスーツ姿だ。

明良はそっとドアを押して入ってきた。その場の雰囲気を即座に感じ取った彼は、華南子のそばに来て、椅子に腰を下ろした。仕事に没頭する類子に挨拶をすることさえ、憚られた様子だ。アトリエ内には、類子が短い言葉で指示を出す以外の話し声はない。衣擦《きぬず》れの音、ハサミの音、類子に命じられてスタッフが走り回る硬い足音。皆、それぞれの仕事に集中している。まさにプロ集団だ。類子は作業中に音楽をかけることすら嫌がった。

スタッフたちも明良や華南子に注意を払わない。緊迫した時間が流れていく。華南子は横目で明良を見た。さぞ退屈しているだろうと思ったのだ。しかし、彼は目を輝かせて裁断師の仕事を見ている。広い作業台の奥の壁際に追いやられていることも意に介していないようだ。仮縫いをする類子の方に視線を移すこともない。

型紙が当てられ、チャコで印がつけられ、裁ちバサミで布が裁断されていくことの、何が面白いのだろうと華南子は訝《いぶか》しく思った。そうやってほぼ一時間半、作業が続けられた。これは類子の嫌がらせに違いないと思い始めた頃、類子がパンパンと手を叩《たた》いた。

「オーケイ！　じゃあ、一休みしましょう」

ハウスモデルは、しつけ糸の目立つドレスを身にまとって、それでも姿勢よく立っていた。類子が後ろに安藤を従えて、カツカツと靴音を立ててやって来た。明良は立ち上がった。

「あなたが井川さん？　華南子から話は聞いてるわ」

明良はそつなく挨拶をした。営業職で秀でた成績を残す彼は、堂々としていた。スーツは高級品とはいかないが、彼をひとかどの人物に見せていた。これで少しは明良を見直してくれたら、と祈るような気持ちで華南子は母を見た。しかし、類子はそんなことで気持ちを翻《ひるがえ》すような人ではない。腕組みをして、明良を頭の先からつま先までじろりと見やった。

休憩をしている人々は、談笑しながらも部屋の隅のやり取りに神経を集中させているのがわかった。どう見ても、華南子が意中の人を母親に紹介する図にしか見えないはずだ。

「こんなところに呼びつけてごめんなさい。ここを離れるわけにはいかないものだから。

あなたには退屈だったでしょうね」

心のこもらない言葉を、類子は娘の恋人に投げつけた。

「いいえ」

明良は屈託のない笑みを浮かべた。常に華南子を魅了する笑みではあるが、母の頑なな心には届かないだろう。華南子の心配をよそに、明良は言葉を継いだ。

「いいえ、全然。とても楽しかったです」

「何が？」

蔑むような物言いに、華南子の方が身が縮む思いだった。

「ハサミがとてもよく切れたので。あれはよく研《と》がれていますね。素晴らしい道具を使う職人は、いい仕事をします。ここはいい仕事場だと思いました」

背中で聞いていたらしい女性スタッフが「ぷっ」と噴き出した。華南子はかっと顔が熱くなるのを感じた。類子は黙って明良を見詰めて立っていた。それからほっと息をつくと、作業台の上の裁ちバサミを取り上げた。

「その通りよ。ここで使うハサミは私の気に入った研ぎ屋に出すよう言ってあるの。ものを作る職人が道具の手入れを怠るとろくなことにならない」

「わかります」

華南子は、明良が指物師のところから持ち出したノミのことを思った。その職人も丁寧に道具を研いでいたに違いない。それを明良は近くで見ていたのだろう。その人はどんな人だったのだろう。明良とどんな交流があったのだろう。華南子は初めてそんなことを思った。

「使ってみる?」

驚いたことに、類子は裁ちバサミを明良に差し出した。明良は首を振った。

「いいえ。大事な道具は他人が触ってはいけませんから」

類子は静かにハサミを台の上に戻した。

「悪いけど、今日はもう帰ってくれるかしら。忙しくてお相手ができそうにないから」

「わかりました」

すっかりしょげた華南子を尻目に、類子は仮縫いの場所に戻っていった。少し離れたところにいた安藤がやって来て囁いた。

「どうやら彼は先生のお眼鏡《めがね》にかなったようね」

お針子から身を起こした類子は、道具、特にハサミを大事に扱っていた。そのことは華南子も知っていた。海外に行って留守をする間にスタッフに命じて研ぎ屋に出し、帰って来たらまず切れ味を確かめた。手に馴染んだ自分専用のハサミは誰にも触らせなかった。

外部から来た人物が、作業台の上の類子のハサミを「ちょっと貸してください」などといって紙や紐《ひも》を切ろうとしたら、ひどく怒って取り上げた。その人物はもう二度とアトリエに出入りはできなかった。そういう場面を華南子は見たことがあった。

だから自分のものではないにしても、プロの裁断師が使っていた裁ちバサミを明良に差し出したということの意味を、そして使い手を尊重してそれを断った明良の行為を類子が認めたのだということを、華南子も理解した。

「さあ、始めるわよ！」

遠くで類子がまた手を鳴らした。


華南子は大学を卒業した。母の会社に入って、デザインではなく、実務を引き受けることになった。同時に明良と華南子の結婚話は現実味を帯びてきた。

類子は明良が努力家だと認めたし、何より明良という人柄を気に入ってくれた。一度そうなれば、彼女はつまらないことに拘泥することはなかった。自分の中にある揺るぎない基準に従って行動するのだ。それはもう何十年と彼女を支えてきたやり方だった。

明良は同年代のサラリーマンよりは収入がよかったが、奨学金の返済もあり、裕福な暮らしはできそうになかった。結婚式に割く費用もそれほどない。そんなことは華南子は気にならなかった。明良と一緒になれるなら、結婚式も挙げないでいいとさえ思った。

「結婚式くらい挙げなさい」

類子の資産をもってすれば、娘夫婦の生活を援助することくらい、どうってことはない。娘婿《むすめむこ》になるはずの明良の奨学金だって難なく返してやれるはずだ。だが、彼女はそうはしなかった。本当の苦労を知っている類子は、身の丈に合った生活をすることが重要だと考えていた。

だから贅沢《ぜいたく》な披露宴をすることに何の価値も見いださなかったが、身内だけでの結婚式をするように勧めた。類子がデザインしたウェディングドレスを娘にどうしても着させたいと、それだけにはこだわった。既にいくつかのデザインを考えているようだった。数枚のデザイン画を華南子は見せてもらった。

夢のようだった。大学で出会った人との初恋を実らせて結婚するなんて信じられない。長い間忘れていたアンに自分を重ね合わせた。この世で一番幸せな人物が自分のような気がした。森の中の小さな教会で、小ぢんまりと行われる結婚式のことを思い描いた。

しかし、まずは一歩ずつ手続きを踏まなければならない。結婚式のことは母にまかせておけば大丈夫だろう。明良を類子に引き合わせて結婚の許しを得たのだから、明良の親をまったく無視するわけにはいかないと思った。離婚してしまった彼の両親のせめてどちらかには、華南子も挨拶をしておきたかった。今は疎遠になってしまっているかもしれないが、愛する人を産んでくれた人たちだ。

明良は気が進まない様子だった。千葉県船橋市に住んでいる実母とは、年に一度電話で話せばいい方だと言った。北海道の小樽《おたる》に住んでいる父親とはもっと疎遠だ。以前に明良の父親のことは聞いた。明良との間にある確執も理解しているつもりだった。裕一郎という名前の父親は、小樽へは三年ほど前に移り住んだらしい。そこで小料理屋を経営する女性と暮らしているのだと明良は言いにくそうに言った。

二人には、結婚するということだけ自分が伝える、それだけで充分だと明良は言い張った。

「どちらも僕のことには無関心だから」

特に寂しそうな顔もせず、明良は言った。華南子もそれ以上は強くは言い出せなかった。複雑な家族関係を掻き混ぜるのも気が引けた。

だが、話は意外な方向に進んだ。明良の母親の梢が、華南子と類子に会いたいと言ってきたのだ。明良は困惑していた。よくよく話を聞くと、梢の義理の娘の一人が、アパレル関係の仕事についていて、西村類子に会いたいと切望しているということだった。まさか義理の兄弟である明良が、有名な服飾デザイナーの娘と結婚するとは思わなかったのだろう。紀佳《のりか》という名の娘は、すっかり舞い上がっているという。

明良は事情を呑み込むと、げんなりしていた。

「断ろう。そんな興味本位で会いに来るなんて」

ところが、類子が会うことを承知した。娘婿になる男の肉親に会っておきたいと思ったのか。向こうが会いたいというのなら、拒む理由はないというような軽い調子でそれを受けた。

とんとん拍子に話が進んで、成城の家で会うことになった。明良が梢と紀佳を連れてきた。類子は特に構えたりはしなかったが、華南子はやはり緊張した。さっさと再婚して離れていった梢には、彼は特に深い感情を持っていないようだった。それでも華南子にとっては義理の母となる人だ。類子のように、相手を観察して人間性を見てみようというような余裕はない。相手に自分がどう思われるかということが気になった。

しかしやって来たのは、地味でおどおどした感じの女性だった。成城の豪邸に招かれたという時点で、もう気後れしてしまっている感があった。きっと娘にせっつかれて、足を運んだのだろう。アパレル会社に勤めているという紀佳は、精一杯のおしゃれをして来ている様子が窺《うかが》えたが、それがあだになって却ってみすぼらしく見えた。ぎすぎすと痩せて、狡猾《こうかつ》なキツネのような風貌だ。何年も前に買ったスーツを引っ張り出して着てきたような梢といい、シックでゴージャスな設《しつら》えの応接間では浮いていた。

彼らに向かい合って、華南子はほっと肩の力を抜いた。

明良も普段会わない二人を前にして、口が重かった。どんなふうに接したらいいか迷っているというふうだ。紀佳だけがよくしゃべった。彼女は服飾に興味があり、どうしてもアパレルメーカーに就職したかったのだと言った。好きな仕事に没頭するあまり、結婚する機会を失った。厳しい業界だが、続けていてよかった。まさか西村類子さんと親戚になれるなんて夢にも思っていなかったと、立て板に水を流すような調子でしゃべり続けた。類子はにこりともしなかった。華南子の視線の端に、顔を不快そうに歪めた明良が入り込んできた。梢はバツが悪そうにうつむいた。この勝気な娘に振り回されていることが窺えた。

「明良さんは幸せね。華南子さんみたいなお嬢さんと結婚できて」

紀佳がオホホと取って付けたような笑い方をした。梢は、紅茶と焼き菓子を持ってきた江守にまで丁寧に会釈した。そして類子の顔色を窺うように上目遣いで見た。早くこの居心地の悪い場から去りたいと考えているようでもあった。紀佳から知らされるまで、この人は西村類子のことなど、たいして知らなかったのだろうなと華南子は思った。息子のことさえ、普段は頭の片隅にもないのだ。

「これから、お付き合いをよろしくお願いします」

紀佳に言われて、類子は「こちらこそ」とそつなく答えたものの、心がこもっていないのは明らかだった。やや興味を持って会ってはみたものの、親密に付き合うに足る人物ではないと早々に裁定を下したのだ。

この人たちが明良にとって家族だとは到底思えなかった。華南子は胸が痛かった。これからは自分がいつもそばにいよう。子どももたくさん作って、温かい家庭を作ろう。そう密《ひそ》かに決心した。

付き合いだして四年。明良とは安らかで馴れ親しんだ肉体関係が続いていた。最初の頃の激しさは影を潜め、お互いの愛情の発露のようなごく当たり前の行為になっていた。今は避妊をしているが、結婚したらすぐにでも子どもが欲しかった。

どうにも沈鬱《ちんうつ》な空気を、紀佳も感じ取ったようだ。

「お母さん、あの写真を――」

梢は「ああ」と言ってバッグの中に手を突っ込んだ。

「明良の子どもの頃の写真があったものだから。この子の父親も一緒に写っている――」

テーブルの上に置いた写真を、梢はすっと類子と華南子の方に滑らせた。華南子は台紙に入った古い家族写真に目を凝らした。写真館で撮ったもののようだ。明良はまた渋い顔をした。これも紀佳の発案なのだろう。少しでも類子の気を引くものを持参したかったのか。五歳くらいの明良を真ん中にして、両親が笑っている写真だった。平穏で楽しそうな写真だった。

「この時は、もう私どもは離婚していたんです。裕一郎はアメリカに住んでいて、気まぐれに日本に戻っては私たちに会いに来ていて、それでこんな写真を――」

梢はくどくどと説明した。「元のさやに戻れないかとも思いましたが、とうとう――」

かつて明良が自分の父親のことを語った言葉が浮かんできた。

――女性に寄りかかって生きていくなんて軽蔑すべき男だと思うよ。ああはなりたくないとずっと思ってきた。でも、なぜかどうしても最後の最後は憎めないんだ。そういうところが女性を惹きつけてきたんだと思う。

だが今は、写真を見もしないでむっつりと黙り込んでいた。

華南子はじっくりと写真を眺めた。子どもの明良は裕一郎に抱かれている。二人の顔が近くなると、ますます目の色は同じに見えた。梢もすらりと背が高く、裕一郎に寄り添って微笑んでいる。今目の前にいる女性とは別人のように見えた。この人は、再婚してもそう幸せではなかったのだろうな。唐突に華南子はそんなことを思った。

裕一郎が明良の体の前に回した腕には刺青《タトゥー》が施されていた。錠前に挿すような古くてごつい形の鍵に、リボンが緩く巻き付いている図柄だ。リボンには何か文字が書かれてあった。それを読み取ろうと顔を近づける華南子に、明良は初めて口を開いた。

「アイリーン。父の母親の名前。アイルランド系アメリカ人だった」

「お母さんの名前を刻みつけているんだ」

「親父《おやじ》にとっての永遠の女性は、アイリーンだったということかな。それを示す証《あかし》がこれだ」

淡々とした明良の口調に、顔を上げた。永遠の女性――。この人にとってのそんな存在に私はなりたい。切実に思った。

次の瞬間、類子がさっと写真を手に取った。しばらく眺めてから、老眼鏡を持ってきた。銀色のつるに小粒のサファイアが埋め込まれたものだ。

「明良さんのお父さんはね――」

華南子の説明を、手を上げて制した。写真を摘《つ》まんだ類子の指が小さく震えているのを、華南子は不思議な気持ちで見詰めた。

「これは――」類子は裕一郎の腕に施された刺青を指した。

「アメリカ人は刺青をおしゃれの感覚で入れるのよ。特に変わったことじゃ――」

刺青を咎《とが》められたのかと思って急いで口を挟む華南子を、また手を上げて黙らせた。ざわりとした嫌な感覚が、華南子をひと撫《な》でした。

「アイリーン……」

その人の名前に何があるというのだろう。

類子は引きむしるように老眼鏡をはずした。そしてさっと立ち上がった。

「今日はこれで失礼するわ」

それだけを言って、自室に向かって歩いていってしまった。華南子と明良は、訳がわからず顔を見合わせた。紀佳はぽかんとし、梢は何か粗相をしたかのように肩をすぼませた。

それから四人同時にテーブルの上に投げ出された親子の写真に視線を移した。

幼い明良と裕一郎のハシバミ色の瞳が、人々を見返していた。

「明良さんとあなたは結婚できない」

類子からそう告げられたのは、四日後のことだった。どうしてもはずせない仕事に一日だけ出たきり、家に閉じこもっていた彼女が華南子を呼んだ。

いきなりそんなことを言われて、言葉が出ない。華南子はどんな表情をしたらいいのかもわからず、曖昧な笑みを浮かべた。

「何言ってるの？　お母さん」

趣味の悪い冗談なんか決して口にしない人だとわかっていたけれど、そう言うしかなかった。突っ立ったままの華南子をソファに座るよう促してから、類子は気持ちを落ち着けるように深く息を吸った。その仕草が、ますます華南子を不安にさせる。

「私があなたを産むために精子提供者《ドナー》から精子をもらったって言ったでしょ？」

「ええ」

「あれは日本じゃない。アメリカでのことなの」

華南子は湧き上がってくる悪い想像を無理やり退けた。

そんなはずはない。そんなはずは――。

「日本での精子提供は、病院で不妊治療の一環として行われていたの。未婚の女性にそうした施術をしてもらうのには、厳しい条件があった。だから私はアメリカの精子バンクを利用することにしたの」

頻繁に仕事でアメリカを訪れていた類子には、容易《たやす》いことだった。それでも子どもが欲しいと思いだしてから、慎重にそういう機関を比較研究した。そして選んだのが、ある精子バンクだった。そこのいいところは、ドナーと一回だけ面接させてもらえることだった。優秀な大学生や、若い研究者などを提供者として選び、その上で健康診断や病歴の調査も行っていたが、類子は、子どもの生物学的父親となる人物の性格や人間性を確かめたかったと言った。

いかにも類子らしい考えだった。母は、相対した人物を見抜く独自の物指しを持っていた。それゆえに明良を受け入れてくれたのだった。

「たった三十分と決められていたし、名前も伏せられていたけど、私にはそれで充分だった。ただ精子を人工授精してもらうだけじゃなく、確かな人間からもらったという感覚も欲しかったし」

「それで——?」

自分の声が遠くから聞こえてくる気がした。

「名前も知らない大学生と会ったわ。人種は東洋系と初めから希望してあったの。彼は父親が日本人で日本語もうまかった。陽気で話題も豊富で、聡明《そうめい》だった」

類子は一度言葉を切って、また深呼吸をした。いつも落ち着き払っている母の、そんな態度を見るのは初めてだった。

「もう二度と会わない人だった。子どもの父親だという認識もなかった。別に身体的特徴を憶えようとしたわけじゃない」

でも、類子の脳裏に焼き付いたのは、彼が左腕に施していた刺青だった。手の甲から前腕にかけて、大きな鍵にリボンが巻き付いている図。話題の一つとしてその刺青のことを、男は語った。これは自分と母とを結びつける絆《きずな》を表しているのだと。母の名前である「Eileen」と入れてもらったと。

「そんな」

華南子は自分の体に腕を回した。そうしていないと、体が震えてどうしようもなかった。

類子はソファの上で体を寄せて、娘の体を抱き締めた。

「ごめんなさい。でもそれが事実なのよ。あなたと明良さんは血がつながっている。兄妹《きょうだい》なのよ」

「そんなことってある？」

世界には、何十億という男女がいる。その中で血のつながった者どうしが知らずに出会って恋に落ち、結婚しようとする偶然の確率はどれくらいなのだろう。限りなくゼロに近いに違いない。でもそのゼロに近い確率が、自分の身に降りかかったわけだ。そんなことは信じられなかった。

「何かの間違いだわ」

ポツリと呟《つぶや》いた華南子を痛々しい目で類子は見た。

「いいえ、間違いない。私はその大学生からもらった精子で、一回で妊娠したんだから」

それでも類子はきっぱりと言った。

華南子は、この恐ろしい偶然を否定する何かを求めて想像を巡らせた。たとえば同じ図柄の刺青をしていた東洋系の男が二人いた可能性。人工授精の段階で、精子を取り違えた可能性。梢が別の男性との間に明良をもうけた可能性。何らかの手違いが起こり、産婦人科で赤ん坊が入れ替わった可能性まで。

そのどれかが明良の身の上に起こっていてくれることを、華南子は祈った。このままうやむやにしておくという手もある。明良にも知らせないで。しかし、類子がそんなことを許すわけがない。あの人は、娘が不幸になる選択肢をすべて取り除くだろう。その点に関しては容赦がないのはわかっていた。だからこそ、惨い事実を告げたのだ。

一日考え通して、とうとう明良にそのことを話した。華南子の沈痛な面持ちに、明良は何かよくないことが起こったとは察しただろう。だがこれは、彼が想像し得る範囲を超えている。華南子の話が終わると、明良は茫然《ぼうぜん》とした。それから一瞬、半笑いの表情さえ浮かべた。この驚愕《きょうがく》すべき事実を、自分に納得させることがまずできないでいるのだった。

彼が浮かべかけた笑みが、溶けるように消えていくのを、華南子は悲しい気持ちで眺めた。華南子自身もまだ泣けなかった。受け入れられないから泣けない。

しかし明良は、たちまち持ち前の不屈の精神で事実に向き合った。

「きっと君のお母さんの勘違いだ。親父が精子ドナーになるなんてまったくそぐわない行動だ」

彼はすぐさま小樽の裕一郎と連絡を取った。明良の力強い行動力に、華南子も気持ちを奮い立たせた。そうだ。あまりにできすぎたシナリオだ。結婚を目前にしてこんなことが起こるなんて到底信じられなかった。きっとずっと後になれば、笑い話になるような小さなエピソードに違いない。

だが、運命は残酷だった。裕一郎は、確かにアメリカにいた頃、頼まれて精子提供者になったことがあると答えた。アイリーンに言われて大学に入り直した時だった。

「人助けだと思って」と裕一郎は気楽に答えたという。その当時彼が所属していた大学は、東海岸にあるレベルの高い大学で、学生も優秀者揃いだった。そういうことで、精子バンクからドナーの依頼がきていたようだ。報酬もいくらかは受け取ったらしいが、ほとんどはボランティア精神に基づいて応じたという。裕一郎は十数回の提供をして、その都度面談にも応じたが、個々の顔はもう憶えていなかった。もちろん精子受容者《レシピエント》側の個人情報も伏せられていた。

「この話が大学を通じてあった時、ママにも背中を押されたよ。息子が困っている人の力になれて、誇らしげだった。それがどうかしたか？」

それを聞いた時の明良の心情は、どうだったろう。落胆、怒り、絶望、喪失、やりきれなさ。様々な感情に翻弄されたに違いない。詳しい事情を告げることなく、電話を切ったと言った。華南子にそれを告げる辛さの方が、明良の心を占めていたのだ。

しかし、事実は事実だ。努めて冷静に明良は語った。母、梢が裕一郎のことを「頼られたら断れないの。バカみたいだけど、人助けをしているんだって悦に入ってたわね」と昔言っていたことも付け加えた。

「すまない」

頭を下げる明良にむくむくと怒りが湧いた。

「何であなたが謝るの」

華南子はまだ諦められなかった。どうしても明良と結婚したかった。最後の手段として、二人のDNA検査をしてもらった。偶然を否定する可能性を、結果を待つ間もまた何度も思い浮かべた。しかし結果は無情そのものだった。明良と華南子の間に血縁関係がある可能性は九十七・五パーセントだった。

いきなり虚《うつ》ろな空間に放り込まれた気がした。結婚に向けて準備を進めている時は、何もかもが彩り豊かに見えていたのに、今はモノクロームに沈んでいる。食べ物の味もわからない。花の匂いもわからない。

おそらくは明良も同じ気持ちだったに違いないのに、もう相手を思いやる気持ちも余裕もない。仕事にも行けない。ただ日がな一日、暗い家の中にじっとこもっていた。事情を知らない江守が、おろおろと心配していた。その声も耳に入らなかった。明良から何度も連絡があったが、話をする気力もなかった。携帯電話の電源も切ってしまった。

これから先、何十年も続くはずだった明良との生活。アンとギルバートが築いたようなつましいけれど豊かな未来がすべて消えてしまった。

彼と重ねた肉の交わり。もうお互いを知り尽くし、行為によって得る高まりも多幸感も、日常の中に溶け込んでしまっていた。あれは禁じられた行為だった。誰を恨んだらいいのだろう。シングルマザーになろうとした類子か。安易な気持ちで精子ドナーになった裕一郎か。それとも彼の腕に名前が刻み込まれ、目印となったアイリーンか。

高校生の時、自分が精子提供によって生まれたと知った。その時、自分には人間としての父親は存在しないと悟った。その感覚は続いていた。裕一郎という生物学的な父を知ったわけだが、彼に人間的な膨らみは微塵《みじん》も感じられなかった。母とこの人との間にあるのは、合理的な売買契約だけだ。よって、裕一郎に対して人間的な感情も湧いてこない。

恨むとすれば、運命を恨むべきなのだろう。華南子がすんなりエスカレーター式に進学していれば明良と巡り合うこともなかったのだ。

答えの出ない堂々巡りの思考は、華南子をとことんまで疲弊させた。

類子は淡々と仕事を続けていた。それが母のやり方だとわかっていた。娘を気遣ってはいるが、仕事もおろそかにはできないし、したくないのだ。彼女の中ではもうきっぱりと決まりをつけたのだ。そんなふうに割り切った行動を取れる母の強さを羨んだ。たとえ心の中では懊悩《おうのう》していたとしても、類子はそれを外には出さない。

自分もいつまでもこうしているわけにはいかない。明良にもちゃんと別れを告げていない。母のように強くはなれないが、運命に負けるのは悔しかった。どうにかして人生を切り開いていかなければならない。それなのに、体は言うことをきかなかった。明良に連絡をしようと何度も携帯電話を取り上げるが、どうしても指が動かない。彼の声を聞くことが怖かった。心と体がバラバラになってしまったような気がした。そんな華南子の上を季節だけが虚《むな》しく通り過ぎていった。

華南子がようやく気持ちを切り替え始めたのは、恐ろしい事実を知ってから半年が経過してからだった。そんな時、安藤から連絡がきた。類子の様子がおかしいと言う。

「どういうこと？」

安藤が華南子に直接そんなことを言ってくることは今までなかった。

「先生らしくないんです。自分で出した指示を忘れたり、約束を反故《ほご》にしたり——」

デザイン帳を開いても、何も描けずぼうっとしていることもあると続けた。

「差し出がましいこととは思いましたが、どうにも心配で」

類子のそんな様子には、華南子は気づかなかった。家に帰ってきた母と顔を合わすのが苦痛で、大方は自室にこもっていたのだった。その日は、身支度をしてリビングで母を待った。安藤の運転する車で帰ってきた類子は、すぐに自室に入って着替えてきた。安藤にはそのまま帰ってもらった。

「お母さん、疲れているの？　安藤さんが心配していたわ」

率直にそう尋ねた。

「いいえ、そうじゃないわ。でも、そうね――」

視線を宙に泳がせる。母らしくない態度だった。いつでも自信に満ちていて、言いたいことは逡巡することなくすぐに口にした。

「時々物忘れをするけど、でもたいしたことじゃないわ。そのうちよくなるでしょ」

「私のこと？　私と明良さんとのことが原因？」

びくんと類子は体を震わせた。その反応に華南子の方が緊張する。

「いいえ――」

それから先の言葉が出ない。類子は不安げな視線を送ってくる。まるで道に迷った子どものような頼りなさそうな表情だ。華南子はつい腰を浮かした。よく見たら、母が着ている部屋着の取り合わせは変だった。誰かに誕生日にプレゼントしてもらった大柄なプリントのフリースに、細いレギンス。あの派手なフリースは母の好みではない。一度も袖を通したことがなかったのに。思わず母に寄っていって頭を抱き寄せた。いつもなら、そんなことをされるのを嫌う類子は、黙ってされるままになっていた。

この人はやはり苦しんでいたのだ。自分のせいで娘が不幸になったと思い込み、自分を責めていたのか。強いと見えたのは、弱さを見せないための裏返しの行為だった。そんな母の心情を思いやることがなかった。自分だけの悲しみにくれていて、目が開いていなかった。

「ごめんなさい」

半年前に母から言われた言葉を、そのまま返した。

類子のすべての仕事をキャンセルして、病院に連れていった。仕事の方は安藤が取り仕切ってくれ、華南子は母につきっきりだった。問診や検査の末、類子に下された診断は、軽度のうつ病だった。華南子の受けた衝撃は大きかった。ばりばり仕事をこなし、海外を飛び歩き、好奇心旺盛で、新しいデザインを取り入れるために常にアンテナを張り巡らしていた類子がそんな病気になるとは考えてもみなかった。

「食欲がなくなったり、夜眠れなかったりということはありませんか？」

医師の質問に訥々《とつとつ》と答える類子は、華南子が知っている母とは違っていた。最近の母の様子をよく知らない自分にも歯嚙《はが》みする思いだった。自分だけが不幸だと思い込み、殻に閉じこもっていて、常にバイタリティに溢れた母を過信して気を配ることがなかった。

「ここのところ、目がよく見えないのよ」

母の訴えに眼科を受診して、白内障も患っていることがわかった。手術を受けることにしてその準備をしている間に、今度は不整脈が現れた。検査をすると類子の場合は、脈が遅くなる徐脈《じょみゃく》というもので、もしかしたら胸にペースメーカーを埋め込まなければならないかもしれないと言われた。そういえば、時々頭がふらつくことがあったなどと類子は言った。そういうことを、娘にさえ訴えることがなかったのだ。

そんな不調も自分一人の裁量で、だましだましやってきたのか。今まで類子の体の中で息を潜めていた病魔が、いっぺんに牙《きば》を剝《む》いて襲いかかってきた感があった。

華南子は今さらながら、母に頼り切っていた自分を悔いた。

強くなろう。運命に押し倒され、ぺちゃんこにされてたまるものか。不思議なことに身の内側から力が溢れてきた。類子の体を労《いたわ》って、最もいい治療法を探った。そこに集中した。とにかく母には元気になってもらいたかった。

過程はどうあれ、自分を産んで育ててくれた人だ。母との生活に不満や不足を抱いたことはなかった。今度は自分がこの人を支えよう。華南子の決心が伝わったのか、類子も娘に頼るようになった。気力も衰えてきたので、仕事を完全に休むことにした。パリで定期的に発表していたコレクションからも身を引き、ルイコ・ニシムラブランドの会社も縮小した。ニューヨークを始めとした海外のブティックとの契約も打ち切った。すべては安藤がうまく始末してくれた。

世間では、西村類子の事実上の引退だと受け止められたようだ。七十歳に手が届く年齢になっていたし、体調不良の情報も広がって、残念だけれど仕方がないというような感想が流れた。

もうアトリエで仕事をすることのなくなった類子と華南子は、成城の家で穏やかに暮らしていた。年老いた江守と三人、変化のない生活だった。

ある日、類子が華南子に向かって言った。

「あなた、仕事をしなくちゃだめよ」

類子の財産はふんだんにあった。このままの生活を維持していくのに不足はない。華南子は、母の面倒をみながら地味に暮らしていくつもりだった。それが華南子の見いだした生きる指標だった。明良を失った後の――。

しかしそんな生き方を娘が選んだことを、類子は許せなかったようだ。

「その年で隠遁《いんとん》生活みたいな真似《まね》はやめてちょうだい。私のことはいいから、自分のことを考えなさい。いい？　結婚もして子どもも持ちなさい」

そんなことを言う母に、抗《あらが》いたい気持ちもあった。あんなことがあった後で、別の人と人生を歩んでいく気にはとてもならなかった。母の世話をして暮らそうと決めた時に、結婚することは諦めた。母にそんなことを言われて、改めて自分の気持ちを確かめてみると、明良以上の人が現れるとは思えなかった。

「いいの。私は誰とも結婚しない。もう決めたの」

「家庭を持とうとは思わないの？」

お母さんがしたように、自分の家庭や子どもをデザインして、思い通りのものを得たいとは思わないわ。そう言いたかったが、口には出さなかった。明良とうやむやに別れて以来、ささくれ立っていた気持ちが凪《な》いでいるのにも気がついた。

今は明良と出会えたことを素直に喜ぼうと思った。たとえ兄妹であろうと、愛しい人と巡り合ったことに変わりはないのだから。母という人と向き合い、自分と向き合い、様々なことを華南子は考えた。明良と血がつながっているとわかった時、数限りない男女がいる世界で、なぜ二人が出会ってしまったのか恨みたい気持ちだったが、今は少し違う思いを抱いていた。

二人が出会ったのは、必然ではなかったのか。お互いの存在も知らず、離れて暮らしていた兄と妹が出会ったことに、理由があるような気がした。それがどんな理由なのかはわからなかった。何かが引き合ったのか。まったく想像もしていなかった家族がいることを、神が知らしめたのか。あるいは明良の寂しい心が、妹を捜し当てたのか。

初めて近しく口をきいた時、明良とはどこか共通するものがあると感じた。自分の片割れを見つけたような気がしてどんどん惹かれていったのだった。それはお互いの中の同じDNAによるものだった。

以前は辛すぎて思い至らなかったことだ。自分には類子という母がいる。でも彼は独りぼっちだ。父とも母とも疎遠になって、今また華南子とも別れてしまった。あの人はこれからどうするのだろう。別の意味で明良を心配した。

自分も荒《すさ》んだ生活の中にいたのに、人を刺してまで千沙という子を助けた人。深夜徘徊をする明良を家に住まわせてくれた恩人の言葉を一途《いちず》に守って、木彫の道具を手にしない人。虐げられても挫《くじ》けることなく、果敢に人生に立ち向かっていった人。

無性に明良に会いたかった。でもそれは許されない。家族だけど、家族になれない。もう運命を呪うことはなかったが、ただただ寂しかった。

その寂しさを忘れるために、類子の世話に精を出した。常にしゃんと伸びていた類子の背中は、だんだん丸くなっていき、声にも張りがなくなった。素直に娘に弱みを見せる母が愛しかった。そしていつかこの人を失う時がくるのだと思った。そうなれば、自分も明良と同じように孤独に馴染むのだろう。

華南子がかつて夢見た家族の形は、雪が解けるようにはかなく消えてなくなってしまった。

明良から連絡がきたのは、衝撃的な事実を知って離れてしまってから一年が経った時だった。その間に類子はペースメーカーを埋め込む手術を受けたが、一度家の中で転倒し、大腿骨《だいたいこつ》を骨折してしまった。一か月ほど入院してリハビリにも励んだが、歩行には杖《つえ》が必要になった。自分にかかりきりになっている娘には、外に出て働くよう言いはしたが、かなり弱っていて、華南子を頼っていた。

電話から聞こえてきた明良の声に、華南子は感極まった。この声にどれほど癒《いや》されてきただろう。離れていた一年という月日が信じられなかった。

「ちょっと会って話さないか」

そう言われて、深く考えることなく「いいわ」と答えた。

ただ会いたかった。会って話すだけだ。それ以上のことは起こらない。起こらないことを確かめよう。そして今度こそすっきりと「さよなら」を言おう。それをしていなかったばかりに前を向けないのではないか。そんな気持ちになった。

「どこで？」

「石神井公園で」

そう答えた明良にそっと微笑んだ。千沙との仲を疑って、彼を問い詰めたのが、石神井公園だった。千沙にもずっと会っていない。あの素直で無邪気な人にも会いたかった。明良を取り巻く何もかもが懐かしかった。

あの時、石神井公園で明良は、僕は絶対に父のようにはならないと語気を強めたのだった。女性遍歴の多い父とは違って、ただ一人の人を愛すると。その相手は千沙ではなく、華南子だとはっきり告げられた。千沙は妹のような存在だと言った。だけど、実際は華南子が本当の妹だったわけだ。

あの秋の日がとても遠いことのように思えた。

始まりのあの場所でもう一回だけ会って、別れよう。これからは母だけを見詰めて生きよう。決してもう誰も愛さない。血がつながっていようがいまいが、自分にとっても明良がただ一度きりの恋の相手だった。

明るい光が溢れた新緑の公園。池のそばのベンチで、明良は華南子を待っていた。以前したように、華南子は少し離れた場所から彼を見詰めた。すっと伸びた背中。広い肩幅。憂いを帯びた横顔。何もかもが愛しかった。この人は長い間、私の恋人だったのだ。でも今は違う。彼の仕草、声、匂い——すべてが同じなのに、すべてが変わってしまった。

華南子はゆっくりと歩を進めた。明良が顔を上げて、近づいて来る華南子を見た。

「こんにちは」

ぎこちなく挨拶をした。あれほど親密に会っていた時、何という言葉でデートを始めていたのか、もう忘れてしまった。そうだ。もうこの人は遠い人なのだ。体の力がすっと抜けた。明良の隣に腰を下ろす。

「一年ぶり、かな？」

「そうね」

「少し痩せた？」

「ええ」ついうつむいてしまう。

「お母さん、どう？　あまり具合がよくないって聞いたけど」

「誰に？」驚いて見返した。

「安藤さんに」

安藤と明良が連絡を取り合っているとは知らなかった。ルイコ・ニシムラの会社は事業を縮小した。もはや新しい製品を生むことはないが、安藤が中心になってブランドは守っている。急に立ち消えになった華南子の結婚話を、安藤はどう思っているのだろう。明良はどこまでしゃべったのだろう。もうどうでもいいことだが、そんなことをふと思った。そしてもう恋人どうしではないのに、こうして明良と言葉を交わすことに、心を癒される自分を自覚した。

不思議だった。過去のあの熱情はどこを探してもないのに、あの日、この池のそばで、この人と離れてしまうなんて考えられないと思ったことが蘇ってきた。

「母はそうね、体はやっぱりだいぶ弱ったわね。でもまだまだ前向きで強情で高潔ってとこかな。人はそうそう変わるもんじゃないから」

話しだすと、後から後から言葉が溢れてきた。離れていた間に起こったこと、考えたことを素直に話した。これからは類子と二人だけで生きていこうと決めたことや、母は華南子の幸せを考えて仕事や家庭を持つことを勧めるけれど、これで自分は満足なのだということを。

「僕もいろんなことを考えたよ」ひと通りの話が終わると、明良が言った。「なんか、心の整理ができないで、混乱したまま会わなくなったから」

「どんなこと？」

「そうだな」明良は膝の上に置いた自分の手をじっと見詰めた。「このまま離れているのが正しいかどうか。僕らは」

何を言っているのか、よくわからなかった。今日はきっぱりとけじめをつけるためにここに来たのだ。もう二度と会わないことを確かめ合って別れようと。しかし華南子は、明良の次の言葉を待った。

「君はもう僕の恋人ではない」

「そうね」

「でも妹だ」

明良は真っすぐに華南子を見詰めた。あのハシバミ色の瞳が、自分に向けられている。

彼の言葉には反発を覚えるのに、心と体が溶けだしていくような感覚に襲われる。どんな関係であろうと、明良という人間性に触れている心地よさ。この人に恋する前に、これがあったから、心を許したのかもしれない。人と人との関わり合いの不思議さ。

「家族だ」絞り出すように明良が言った。それから、また自分の手に視線を移す。

「ずっと考えてた。家族として暮らせないかって」

「ばかなことを」思わず強い口調で言った。「どうしてそんなことが言えるの？　あなたと兄妹だってわかった時、どんな思いをしたか――」

感情が迸《ほとばし》って、言葉が詰まった。

「わかってる。僕も同じだ。君が妹だって知って辛かったよ。でも離れられないと思った。妹でもいいから、一緒にいたいって」

「そんなこと――。絶対に無理だわ」

「どうして？　兄妹が一緒にいるのがそんなにおかしなことかな？　君のお母さんも一緒に。僕らは――」明良はすっと息を吸い込んだ。「家族だから」

思わず華南子は両手で顔を覆った。

「ひどい人。まだ私を苦しめるの？　あなたと結婚したいとずっと思ってた。結婚して子どもを産んで、育てて、賑やかな家庭を作ろうって。でもそれは不可能になった。子どもはできない。私たちは親になれない」きっと顔を上げて明良を睨《にら》んだ。彼は怯《ひる》むことなく、華南子の視線を受け止めた。「思い描いていた家族は作れない。なら、離れていた方がましよ。何もかも忘れてしまった方が」

「親にはなれるよ」静かに明良は言った。「他人でも、家族になれる。実の子かどうかなんて関係ない。父親から見放された僕の面倒をみてくれた人は、まったくの他人だったよ。君が望むなら、そういう子育てはできるんじゃないかな。血がつながっていてもいなくてもいいんだ。君が僕の妹であるように」

なぜなら、私たちは離れてはいられないから。そう華南子は心の中で呟いた。

もう一度両手で顔を覆って、華南子は泣いた。長い間そうしていた。明良は黙ってそばに座っていた。泣いて、泣いて、気持ちが定まった。華南子は顔を上げて言った。

「一つだけ条件がある」

明良は「何？」というふうに片眉を上げた。

「彫刻を始めて。木彫を。あなたはそれをしたかったんでしょう？　もうノミを手にしていいわ。私たちの家で」

明良は半開きにした口を歪めた。泣いているのか、笑っているのか判別しにくい表情だった。

そのまた一年後に、青梅市の別荘に三人で移り住んだ。そこを改装してゲストハウスにしたのだ。兄妹でそこを経営するつもりだった。華南子はゲストハウスに「グリーンゲイブルズ」と名付けた。明良は会社を辞めた。成城の家は処分した。

華南子と明良の決断に、類子は異議を唱えた。どんどんことが進んでいく間、不機嫌なままだった。しかし、いざ別荘に居《きょ》を構えると、穏やかな表情を見せるようになり、自然に囲まれた奥多摩での生活を愛した。都心にいるよりも、避暑地として自分が選んだ土地にいる方が、精神的にも安定しているようだった。そこで親しい人々と交流した思い出が、類子を幸せな気分にさせるのだ。

ただ新しく迎えた家族である明良にはなかなか馴染めないようだった。息子でもない、娘婿でもない彼の位置づけに戸惑っていた。

類子が「明良さん」と呼ぶ時には、多分によそよそしさが混じっていた。

ゲストハウスにやってくる客には、華南子は明良のことを「兄です」と言い、明良は華南子を「妹なんです」と紹介した。以前の事情を知っている一部の人間には奇異に映っただろう。特に時々類子と打ち合わせに来る安藤には。だが賢明な彼女は、詮索することなく二人の関係性を受け入れた。

千沙にだけは本当のことを打ち明けた。彼女には知っていてもらいたかった。

話を聞いた千沙は、号泣した。明良という人物を深く理解し、華南子との出会いや恋を知っている彼女にとっては、大きな衝撃だったろう。

「嘘でしょう？　そんなのひどすぎる」

泣きじゃくる千沙を、華南子は慰めた。そうしているうちに、まだどこかに迷いがあった自分の心が定まってくるのがわかった。

「いいの。彼のことは兄として受け入れたのよ。私たち、家族になるために。母も入れて、新しい家族を作るの」

「華南ちゃん」

千沙は華南子にすがりついて泣いた。自分の代わりに泣いてくれる人がいることに、心が和んだ。嬉しかった。明良という人柄が、他人をここまで優しい気持ちにさせるのだ。彼についていこう。形は変わっても、寄り添っていこう。華南子の腹は据わった。

グリーンゲイブルズはまずまず繁盛した。明良は納屋を改装して、作業所をこしらえた。そこで木彫を始めた。大小揃ったノミのセットは、華南子がプレゼントしたものだ。明良が大事にしていたノミが一本欠けた道具箱は、作業所には持ち込んだが、それを使うことはなかった。使い込まれたノミを、時々手に取って眺めたり研いだりはするが、明良は決してそれを使わなかった。

明良が作る木彫は、はっきりとした形を彫りだすことなく、まろやかで滑らかな形だった。人の顔や、雲や木や動物。それらは見る人によって、また見る時の気分によって様々な形を取った。

「この中には忘れられたものがある」と、不思議な形の理由を問われた明良は説明した。「眺めているうちに、人は忘れたものが何だったか思い出すのさ」

煙《けむ》に巻くような答えを口にする。相手が「忘れる？」と問いかけると、いかにもおかしそうに笑って付け加えるのだ。

「そう。人は時々わざと忘れるんだ。忘れてた方が、見つけた時に嬉しいからね」

多くの人が、不思議な造形の中に何かを見いだすのか、明良の木彫は静かな人気を呼んだ。

三年経って、明良と華南子は里親になって子どもを育て始めた。きっかけは千沙だった。彼女は、かつて自分がそうだったような深夜徘徊を繰り返す少女たちに声かけをする活動を始めていた。その活動に賛同する人が少しずつ現れて、ＮＰＯを起《た》ち上げた。

「すごいエネルギーだ」明良は千沙のことを褒めた。「放っておけないんだな。ああいう子らを。自分もまったく見ず知らずの他人に助けられたから」

彼自身もそうだったはずだ。いったい都会の歓楽街では何が起こっていたのだろう。華南子の知り得ない世界だった。親族には見放されたのに、誰かが誰かに力を貸す。そんな仕組みが自然に出来上がっていたのか。

この世の中も捨てたものではないな、と華南子は思った。家族でなくても、血がつながっていなくてもできることはあるのだ。華南子と明良は夫婦にはなれなかった。でも親にはなれるかもしれない。千沙の話を聞いていて思った。

誰かが誰かに手を差し伸べるのに、身内だろうと他人だろうと関係ないと千沙は言った。

「私はママと一緒に福祉施設に保護された。その時は、大人なんか全然信用してなかったの。福祉施設の職員やケースワーカーや、児童心理司なんか、所詮公的機関の職員なんだから、仕事として割り切って適当なことしかしてくれないだろうって」

でも違った。福祉に携わる人の中に、心を砕いてくれる人が大勢いるとわかった。それまでの悲惨な体験から頑なだった千沙の心が前に向くまで、辛抱強く待ってくれる人がいた。だから千沙は、助けを求めている少女たちを探し出して「お節介」をする活動を始めたのだ。

明良と華南子が初めての里子を迎えたのは、その直後だった。試行錯誤しながら、自分たちも親になる勉強をした。驚いたことに、類子が迎え入れた子らを可愛がった。明良も華南子も子どもを持ったことがない。親の経験があるのは類子だけだった。彼女は受け入れた子どもらを甘やかさず厳しくしつけた。そしてそれ以上に愛した。まさに華南子を育てた方法と同じだった。

類子が生半可な気持ちで子を欲したのではないと、よく理解できた。自分は望まれて生まれてきたのだ。常に愛されているという実感があった。大人になってからもその感覚が華南子を支えてきたのだとわかった。どんなに辛いことに出会っても、幼い頃に愛された記憶が、人の人生を支え続ける。そういう機会を、引き取った子どもに与えてやりたかった。他人でもそれはできる。明良や千沙がそれを教えてくれた。

明良と華南子の兄妹は、多くの子の里親になった。グリーンゲイブルズと名付けた家は、ゲストハウスであると同時に、子どもたちの「家庭」になった。もう迷いはなかった。華南子はゲストハウスを切り盛りし、子どもたちを育てた。どんどん強くなっていった。自分の道を突き進んだ類子に倣って。

里親になった時、華南子は家の前に西洋サンザシを一本植えた。西洋サンザシ、すなわちメイフラワーだ。プリンスエドワード島でアンが愛した花とは違うのだが、メイフラワーという名前の花を植えたかった。イギリスからメイフラワー号に乗って新大陸を目指した人々と同じに、新しい門出にふさわしいと思ったのだ。

華南子の思いを知った明良が、穴を掘って植え付けてくれた。

メイフラワーの花言葉が「ただ一つの恋」だとは、たぶん明良も知らないだろう。

第四章　月の光の届く距離

　梅雨が明けると、グリーンゲイブルズには、たくさんの宿泊客がやって来るようになった。井川も華南子もてんてこ舞いだ。久登や未来は慣れたもので、家の手伝いをよくしている。

　いきおい、類子の世話や太一の保育園への送り迎えは美優にまかされるようになった。美優のお腹《なか》はどんどん大きくなってきた。前にかがもうとしてつっかえたり、今までさっさとできていたことにも時間がかかった。都内よりは涼しい奥多摩だといっても、やはり夏は夏だ。少し動くと汗がどんどん出た。息も上がる。ただ胎児が元気なのは嬉《うれ》しかった。早く出てきたいとでもいうように、お腹の中でさかんに動いている。

「無理しなくていいよ」

　華南子に言われるが、曲がりなりにもここで雇われているのだ。皆が忙しくしている時に休むことには抵抗があった。自分に割り当てられた仕事だけはちゃんとやりたかった。類子の扱いには慣れたが、太一に向き合うのは難しかった。

太一の方も、まだここの環境に慣れないでいるのだ。たった四歳なのだから仕方がないとは思う。どんな事情かは知らないが、家族から引き離されて児童相談所に保護された挙句、ここに連れてこられたのだ。彼の中では混乱が続いているのだろう。言葉もうまく出てこない。脚が不自由なことと併せて、もどかしい思いを抱いている様子が見て取れた。言葉で訴えられない分、乱暴で落ち着きのない態度を取るようだ。時々美優は、腹立ちまぎれに手を嚙《か》まれた。

そこまで理解しても、美優にはどうすることもできなかった。子どもの気持ちに寄りそうことは難しい。

華南子によると、遊び食べをしたり、手に嚙みついたり、保育園へ行きたがらなかったりするのは、新しい家族を試す行動らしい。わざと手こずらせ、問題を起こして親代わりの華南子や井川がどういう行動を取るのか、じっと見ているのだという。自分はここにいていいのか、愛されているのか、それを繰り返し確認せずにはいられないのだ。悲しい行動だと思う。本当の家族から捨てられたとでも思っているのか。

華南子たちはいくらでも試されてやっている。ここが安心していられる場所だと太一が納得するまで、好きなようにさせている。食べ物をぐちゃぐちゃにしても叱らないし、保育園に行きたがらなかったら休ませる。何も言わず、華南子はぎゅっと太一を抱き締めるし、井川は自分の作業所で遊ばせる。

きっと何度もこういう場面に出合ってきたのだろう。彼らは、本当の親以上にベテランの親だった。言葉を尽くさなくても、ここでは危険なことも怖いこともない。安心していい場所なのだと伝えている。

そんなあり様を見ていると、美優もいろんなことを考えた。子どもを産んで育てることは大変な作業だ。自分が産んだ子だから大丈夫だろう、一人親でもちゃんと育ててみせると思い込んでいたことが、何の根拠もないことなのだと自信がなくなってきた。

お腹の赤ちゃんは、母親の迷いも知らず、元気に動いている。妊娠したとわかった時、お腹の中に自分とは違う生命が宿ったことを、素直に受け入れられなかった。気味悪いとさえ思った。それとはまた別の怖さを、美優は感じた。強いて言うならば、親としての責任を自覚し、その重さに戦慄《せんりつ》しているのだ。

ただ可愛《かわい》い赤ん坊が生まれてくるだけではない。この子の人生を、親として担っていかなければならない。そんな覚悟が十七歳の自分にあるのか。妊娠してからの思いも、様々に揺れ動いている。

今、目の前にいる四歳の太一の心をつかむことも美優には難しい。子どもらしく泣き喚《わめ》くということもしない。そういうふうに感情を露《あら》わにしてくれたら、せめてこれは嫌なんだな、とかこっちなら大丈夫だな、と推測することもできるのに、彼は頑《かたく》なに口を閉ざしている。ただただ与えられた状況に耐えているという様子が伝わってくる。

「太一、帰ろう」

保育園に迎えにいって声をかけても、不機嫌に黙っている。ぎゅっと手をつなぐ。保育士さんが「バイバイ、太一君」と手を振るのにも、むっつりと視線を返しただけだ。園庭を横切りながら、この図はさぞかし奇異に映るだろうなと考えた。あまりに若すぎるお腹の大きな母親が、四歳の男の子の手を引いている様子は。

「今日は何して遊んだの？」

「お昼、何食べた？」

「真知子《まちこ》先生、バイバイって言ってくれたね」

答えはないとわかっているけれど、歩きながら話しかけた。華南子がすることに倣って。子育ては根気がいることだ。

つないだ手が汗ばんでくる。それでも太一は手を離そうとはしない。心細いけれど、誰にすがったらいいのかわからないという不安な気持ちが伝わってくる。手を差し伸べてくれた人を信用していいのかどうか疑っている気配もある。

美優は小さな太一を見下ろした。くっと引き結んだ唇。軽く寄せた眉。真っすぐ前だけを見据えている瞳。脚を軽く引きずるせいで、上下に揺れる肩。この子が大人を信用しなくなったのには、どんないきさつがあるのだろう。生まれてまだたった四年しか経《た》っていないというのに。

青梅街道は車の往来が多く、スピードも出ているので子連れで歩くのは危ない。美優はいつも住宅街の中の細い道を選んで行くようにしている。住宅街といってもそんなに建て込んでいるわけではない。敷地は広くゆったりとした家が多い。山手の方に青梅線が通っているのが見える。

「あ、電車だよ」

美優の声にも太一は無反応だ。一心に前を向いて歩いていく。

一軒の家の前を通った。ガレージのシャッターが開いていて、車の横に男性が一人立っていた。彼はゴルフバッグからゴルフクラブを取り出して手入れをしていた。美優たちが通った時、彼はその中の一本の握りを持って、軽く振った。ゴルフクラブがしゅっと風を切った。

その音に太一がびくんと震えた。男性は、もう一回スイングの練習をした。今度は腰を入れてやや本格的に。

太一が「ギャッ」と大きな声を出した。聞いたこともない大声だった。美優が見返す暇もなく、太一は美優の手を振り切って駆け出した。

「太一!」

太一は振り向かない。ガレージの中の男性が驚いて、逃げていく幼児を見ていた。美優は大急ぎで後を追った。だが、大きなお腹を抱えては急いで走れない。

「待って！　太一」

太一は一目散に駆けていく。不自由な脚を懸命に動かして、後ろ姿はどんどん遠ざかる。あのおとなしい子のどこにこんな瞬発力があったのかと思うほどの速さだった。そのうち、ひょいと道を曲がってしまい、姿が見えなくなった。青梅街道へ出たらどうしよう。車の前に飛び出してしまったら？　嫌な汗が全身に噴き出すが、美優はよたよたと走るのみだ。

「あら、どうしたの？」

いつも行く豆腐屋の女将《おかみ》さんが店から出てきた。血相を変えて走っていく美優に驚いている様子だ。

「太一を、太一を見ませんでしたか？」

「え？　太一ちゃん？　さあ、どうだったか。気がつかなかった」

「急に走り出しちゃって、追いかけてるんだけど――」

「大変！　そんな体で走ったりしたらダメよ」

グリーンゲイブルズの内情をよく知っている女将さんは、大急ぎでエプロンをはずした。

「どっちへ行ったの？」

太一が曲がった角を指し示す。小柄な女将さんは、すぐに走り出した。美優がその角まで来た時には、どちらの姿も見えなかった。息を整えながら、スマホを取り出した。華南子にかけようとしてやめた。もう少し捜してからにしよう。華南子も仕事に手を取られているはずだ。煩わせるわけにはいかない。太一だってそんなに遠くへ行くはずはない。すぐに見つかるはずだ。

だが、太一は見つからなかった。女将さんが近所の人にも声をかけてくれて、数人で捜したがどこにもいない。とうとう華南子に電話した。井川と華南子が軽自動車でやってきた。二人の顔を見ると、申し訳ない気持ちでいっぱいになった。

「ごめんなさい。ちゃんと手をつないでいたのに……」

「いいよ。とにかく捜さなくちゃ。きっと太一、その辺にいるわよ」

華南子はうなだれる美優を慰めた。その頃には、豆腐屋のご主人や息子さんまで出てきて捜索に加わってくれた。美優は保育園まで戻った。もしかしたら園に戻っているのではないかと考えたのだ。だが、そこにも太一はいなかった。心配した園長先生始め、保育士さんも出てきて手分けして捜した。

保育園のお友だちのところへ電話をかけて問い合わせてもくれた。かなり広範囲を総勢二十人近くで捜したけれど、どこにも太一の姿はない。美優はその場にへたり込んでしまった。

「あなたは帰って少し休みなさい」

華南子はいつになく厳しい口調で言った。井川の車に乗せられてグリーンゲイブルズまで帰った。井川はすぐにまた出ていった。自室に入って畳の上で横になったが、どうにも眠れたものではない。どうして太一はあんなに走り出してしまったのだろう。もっと強く手を握っていたら、振りほどかれることもなかったはずだ。いろんな思いが交錯した。

長い夏の日も暮れかかった。出かけていたお客さんが、部屋に戻って来る。今日も満室だ。階段を上っていく足音やおしゃべりする声が賑《にぎ》やかに響いていた。誰かがロビーで華南子を呼んでいる。美優は重い体を引きずるようにしてロビーまで出ていった。

「あれ？　華南子さんは？」

そう問うたのは、夏には必ずここへ来るという常連さんだった。

「すみません。ちょっと出かけていて――」

客は華南子にイタリアンレストランの夕食の予約を頼んでいたのだという。その確認に下りてきたらしい。

「えっと……」

カウンターの中に回り込んでスケジュール帳をめくっていると、外に井川の車が停《と》まって、華南子が降りてきた。車はそのまままた出ていく。美優は彼女の暗い表情を見て、まだ太一は見つからないのだと悟った。それでも華南子は入ってくるなり、きびきびと動き出した。レストランの予約は取れていて、お客は安心して出かけていった。

「まだ見つからないんですか？」

小声で訊《き》いた美優に小さく頷《うなず》いてみせる。

「兄さんが警察に届けたの。これから夜通し捜索してくれるって」

「どうしよう……」

両手で口を押さえた美優の肩を、華南子は軽く抱く。

「大丈夫よ。あの子、情緒不安定だからね。どこか小さな隙間《すきま》にでも入り込んでじっとしているのよ」

「でも――」

華南子はまだ点《つ》いていなかった門灯を点けた。

「自分でふらっと帰って来るってこともあるしね」

そんなことはありそうになかった。ダイニングには、類子と久登、未来が揃《そろ》っていて、華南子の帰りを待っていた。華南子は極力落ち着いた様子で、太一がいなくなったことを三人に告げた。久登と未来は驚いて、捜しに出ようとした。それを華南子は押しとどめた。

「子どもが夜に歩き回ったって危ないだけよ。家にいなさい。大丈夫。おじさんや警察や消防団の人が捜してくれているから」

「太一、どうしちゃったんだろ？」

未来が体をよじるようにして言った。それからポツンと「ほんとのお母さんに会いたかったんだよ」と続けた。それを聞いた久登は「そんなことあるか」とぶすっと一言言った。それを聞いて未来は「うわーん」と泣き始めた。華南子が寄っていって抱き締める。母親に抱かれた未来は、それでも泣き止《や》まなかった。華南子は未来の髪の毛を黙って撫《な》でてやっている。

類子は一言も発しなかったが、難しい顔をして考え込んでいた。

誰もが家族の一員の心配をしている。まだここに来て数か月しか経っていない太一でも、大事な家族なのだ。美優は居ても立ってもいられない気持ちになった。

あの子、誰かにどこかに連れていかれたんじゃないだろうか。多摩川に落ちて流されていったんじゃないだろうか。今まさに電車の線路を歩いているかもしれない。

そう考える自分もまた太一を大事に思っているのだ。他人だけど、人を思いやるってこういうことで、そんな気持ちになるってことが家族の始まりなんだ。ここはそうやって家族の関係が知らず知らずのうちに萌芽《ほうが》し、育っていく場所だ。

グリーンゲイブルズってそういうところだ。ようやくわかった。

お腹の赤ん坊が、同調するみたいにぐぐっと動いた。

太一は見つからなかった。長い夜が明けて、宿泊客向けの朝食を作りながら、誰もが黙り込んでいた。華南子と久登と美優とで、それぞれのゲストルームに朝食を運んだ。井川は帰って来ていないようだ。

類子も含めて朝食のテーブルに着いた時に、井川は戻ってきた。ダイニングルームに入って来るなり、首を振った。それで答えはわかった。

「あの子、電車に乗ったんじゃないかしら」

「それはあるかもしれない。これだけ捜しても見つからないということは」

疲れ果てた井川は、どっかりと椅子に腰を下ろした。その仕草を、久登と未来が不安そうに見詰めた。

「さあ、まあご飯を食べましょう。あなたたち、学校に行かなきゃ」

「えー！」未来が声を上げた。「学校なんか行きたくない。未来も太一を捜す」

「僕も」

久登も同調した。

「ありがとう。でもたくさんの人が捜してくれているからね。きっと今日は見つかるわ」

「でも泣いてるよ、太一。迷子になって」

言いすがる未来を、井川がなだめた。

久登と未来は納得し難い顔をしながらも、朝食を食べて登校していった。

片付けが終わり、類子を居室まで送り届けると、美優はダイニングに戻ってきた。

「すみませんでした。私がちゃんとしていなかったから」

井川と華南子に頭を下げた。

「いいのよ。美優ちゃんのせいじゃない。お豆腐屋の奥さんが言ってた。美優ちゃん、一生懸命走って追いかけてたって」

華南子に座るように促され、テーブルに着いた。

「太一、どうして急に走り出したのかしら。何か変わったことでもあった？」

華南子は、美優を責める口調にならないよう、心を砕いているようだった。それでも美優はうつむいてしまう。

「別に何も……」

いつもと変わらない帰路だった。電車が通ったけど、太一は注意を払わなかった。家々の庭木では、蟬《せみ》が鳴き始めていた。誰にも会わなかった。空は晴れていて、相変わらず暑くて――。

シャッターが上がったガレージの前を通った。そうだ。あの時だった。太一が大きな声で叫んだのだった。

「太一が大きな声を出したんです。突然。『ギャッ』って」

井川と華南子が顔を見合わせた。

「どうしてかな？　何で太一はそんな声を出したんだろう」

井川がゆっくりと尋ねた。美優は記憶を探った。

「あの――、男の人がゴルフクラブを振ってたんです。ガレージの中で。大きく振り回す感じで二回、しゅっ、しゅって。ああ、そうでした。それを見た途端、太一が叫んで走り出したんです」

テーブルの向こうで井川と華南子が素早く目配せをしたのがわかった。井川はさっと立ち上がった。

「じゃあ、僕はまた捜索に加わってくる」

地域の住民も今日は参加してくれるらしい。長年、里親をしているグリーンゲイブルズのことは、地域社会でも広く受け入れられているようだ。警察は範囲を広げて青梅線沿線、それから多摩川に沿って下流域を捜してくれるという。

「どうしよう。太一、川に落ちてたりしたら」

井川が出ていってから、美優は涙が溢《あふ》れてきた。

「大丈夫。一人で川には近づかないように言ってあるから」

華南子は慰めてくれたが、あの取り乱しようを見たら、そんな注意なんか忘れてしまって川に向かっていきそうな気がした。次々に悪い想像が湧いてくる。山の中に迷い込んだということもあり得る。この辺りの山は深い。四歳の子が山の中で迷ってしまったら、到底自力では戻って来られないだろう。

井川からは時折華南子に連絡があるようだったが、芳《かんば》しい進展はないとわかった。お昼にも井川は帰って来なかった。類子も含めて三人とも食欲がない。それぞれの思いにふけっている。美優が類子の車椅子を押してダイニングを出ようとしたら、合図して車椅子を止めさせた。そして振り返って言った。

「華南子、温かいコンソメスープを用意しておきなさい。太一が帰って来た時のために」

テーブルに着いたままの華南子は、驚いたように目を上げたが、素直に「はい」と返事をした。出入りの加工業者さんがくれる形の悪い野菜をくたくたに煮て濾《こ》したコンソメスープだけは、太一はよく飲んだ。

類子の予言は当たった。

久登と未来が大急ぎで学校から帰って来たのに合わせるように、太一が見つかったとの連絡が入った。その報を聞いて、未来はまた「うわーん」と泣いた。あまりの安堵感《あんどかん》に、美優も泣きたくなった。

「どこで？　どこで見つかったの？　太一」

男の子らしく感情を抑えた声で久登が尋ねた。

「横田《よこた》基地の近くの畑の中にいたんだって」

これも目に涙を溜《た》めた華南子が答える。

「横田基地？　じゃあ、やっぱり電車に乗ったんだ」

乗降客に紛れて切符もなしで、太一は電車に乗ったということだ。あの幼い子はどこへ行こうとしたのか。あるいは、何から逃げようとしたのか。畑の中にある農具入れの小屋の中に潜り込んでいたらしい。持ち主が戸を開けて、腰を抜かさんばかりに驚いたという。警察に届けると、すぐにそれは太一だとわかった。青梅市の警察から行方不明者として連絡がいっていたのだ。

迎えに行ってくれた警察官によって、太一はパトカーに乗せられてグリーンゲイブルズに戻ってきた。警察官に抱かれてパトカーを降りてきた太一は、緊張した青白い顔をしていた。知らない警察官の手で、どこかへ連れていかれるとでも思っていたのか。井川と華南子を見ると、警察官の肩越しに手を伸ばした。華南子が駆け寄って抱き取った。その時には、太一はもう泣きじゃくっていた。その背中を井川が撫でてやっている。華南子も太一の肩に顔を埋《うず》めて泣いているようだった。少し離れたところからそれを見ていた美優には、二人が紛れもないお父さんとお母さんに見えた。

「えっ、えっ、えっ」としゃくり上げる太一は、さっきまでの顔とは打って変わって、安心しきっているようだ。そこへ未来が駆け寄る。久登は類子の車椅子を押して近づいた。警察官も一歩下がって家族の再会を眺めていた。

不思議な光景だと美優は思った。微笑《ほほえ》んで見ている警察官には知りようがないだろう。どう見ても、夫婦とその子ども三人、それと祖母にしか見えないけれど、この家族には複雑な事情がある。奇跡のようにつながってここにいる人々なのだ。

「拝島《はいじま》駅で降りたようです。そこで大勢の人が降りたから、押し出されるみたいに」

警察官が説明した。それから一人で畑まで歩いていって、小屋の中で夜明かしした。外に出るのが怖かったのか、翌日もそのまま夕方まで居続けた。見つけられた時は、ひどく怯《おび》えていたようだったと警察官は語った。窓のある小屋で、風通しもよかったのが幸いした。太一は、保育園に持っていっていた水筒のお茶を飲んで、動かずにじっとしていたようだ。そのせいで、脱水症も起こさずに比較的元気そうだった。

井川と華南子は警察官に何度も礼を言った。パトカーが行ってしまうと、華南子は太一をもう一度ぎゅっと抱き締めた。

「お腹が空《す》いたでしょう、太一。おばあちゃんに言われてコンソメスープを作ってあるからね」

美優のそばを通る時、太一は華南子の首に両腕をしっかりと回していた。もう絶対に放すもんかというように。井川はそんな二人を見送ってから出ていった。一緒に捜してくれた人たちに報告とお礼を言うために。久登と未来も家の中に入っていった。美優が類子の車椅子をくるりと回すと、類子はにこりともせずに言った。

「ほらね、あの子は戻って来ると思ってたよ。よそへなんか行くもんか」

宿泊客が部屋に戻って来て、グリーンゲイブルズは賑やかになった。奥のダイニングルームでも、夕食が始まった。相変わらず太一は黙ったままだ。華南子も井川も特に太一に問い質《ただ》したりはしなかった。久登も未来もいつもと変わらない。

しかし向かいに座る美優からは、太一の表情が変わったように思えた。どこがどうと言い表すのは難しいのだが、落ち着いて見える。安心感、充足感、心強さ、子どもらしい伸びやかさ。迷った挙句に知らない人に囲まれて心細かったから、馴染《なじ》んだ場所に帰って来られてほっとしたのだろう。

ここが自分の「家」だと認識したのか。気がついたら、今日は食べ物を粗末にしていない。黙々と口に運んでいる。

「あー、やっぱり太一、お腹空いてたんだねえ」

未来が嬉しそうに言った。

「未来、人のことはいいから、ちゃんと前を向いて食べなさい」

類子にぴしゃりと言われて、未来は首をすくめた。

美優自身もほっとしている。あのまま太一の行方がわからなかったらどうしようと、気を揉《も》んでいたのだ。あんなに遠くまで行っているとは思わなかったが、川に流されたのでも車に轢《ひ》かれたのでもなくてよかった。太一を見失った自分を責める気持ちもあった。お腹が大きくなって、繁忙期なのにゲストハウスの手伝いはあまりできなくなっていた。だから家族の世話だけは頑張ってやろうと思っていた。それなのにこんな失態を演じたのでは、太一の送り迎えさえさせてもらえなくなるかもしれない。

子どもたちも類子も自分の部屋に引き揚げた後、美優はダイニングに残った井川と華南子に頭を下げた。

「本当にすみません。今度からは太一のこと、きっと気をつけますから、今まで通り送り迎えをさせてもらえますか？」

「まあ、お座りなさい」

華南子は、梅シロップのソーダ割を作ってコップに注いでくれる。しゅんとうなだれて座っている美優を、じっと眺めた。

「もちろん、今まで通り、美優ちゃんに太一のことはおまかせするわ」

ね？　というように井川に同調を求めた。優しい目をした兄は、頷く。

「あのね、太一が急に走って逃げたのには理由があるの。美優ちゃんは何も悪くないのよ」

「え？」

「昨日、保育園からの帰り、ゴルフクラブを振り回す男の人を太一は見たんだろ？」

今度は井川が口を開いた。美優に説明しようと二人で申し合わせていたようだ。

「そうです」

「あれで太一はパニックになったんだ」

意味がわからず、美優は首を傾《かし》げた。井川と華南子はまた目を見交わした。華南子が小さく咳払《せきばら》いをした。

「太一は脚が不自由でしょう？　あれはね、実のお父さんからゴルフクラブで脚をひどく打ちすえられたからなの。骨折するくらい」

コップに伸ばしかけた手が止まった。そのまま両手を口に持っていく。

「そんな――、そんなこと」

「痛かったでしょうね。泣き叫んだと思うわ。でも傷ついたあの子を、誰も病院に連れていこうとはしなかった。お母さんも暴力的な夫を恐れていたから」

それで太一の脚の骨は、おかしな具合にねじれてしまった。夜昼なく続く泣き声に気づいた近隣住民からの通報で、児相の職員が何度か訪問したのを、両親は拒んだ。児相が太一を保護した時には、脚が元に戻るには手遅れだった。

「だからね、太一はゴルフクラブが怖いのよ。でもあれほどとは思わなかった。私たちも迂闊《うかつ》だったわ。もう少し気をつけてやっていればよかった」

「子どもが心に受けた傷は、なかなか治らないものなんだ。ゴルフクラブを振る人が突然視界に飛び込んできて、フラッシュバックが起こったんだろう。あれで殴りかかってくる父親の映像がね」

言葉もなかった。太一が一人でそんな恐怖に耐えていたなんて。たった四歳の子が。

「美優ちゃんには、このことを知っておいてもらおうって、二人で相談したの」

華南子がコップを手で包み込みながら言った。

「あなたには今、太一の面倒をみてもらっているから。忙しい私の代わりにお母さん役を引き受けてもらってる。あの子には常にそばにいて、声には出さなくても大丈夫だよっていう信号を送ってあげる人が必要なの」

「そしてもうすぐ、赤ちゃんの本当のお母さんになるしね」

井川が言葉を継いだ。華南子とまた目を合わす。この二人の間に存在する揺らぐことのない信頼関係、濃《こま》やかな愛情。それがあるからこそ、グリーンゲイブルズは「家庭」として機能している。

森の奥から、アオバズクの優しい鳴き声が聞こえてきた。「ほう、ほう」という声に美優は耳を傾けた。

私の赤ちゃん――この子に幸せな思いをさせてあげられるのだろうか。


久登と太一が以前いた児童養護施設からは、里親支援専門相談員という人が毎月訪ねて来ていた。花岡《はなおか》という名前の中年の男性相談員だった。里親になる時に井川と華南子は一緒に研修も受けたらしいが、実際の生活においてはいろいろな問題に直面する。子ども一人一人の事情も性格も違っている。子どもが施設にいた時のことをよく知っている相談員が、委託里親を訪問して支援を行っているとのことだった。特に太一はまだここに来て日が浅いので、花岡は頻繁に様子を見に来ているようだった。華南子も彼には何かと頼っていて、難しい太一の扱いについて相談していた。

ただし、花岡が太一に声をかけても、太一は用心深く後退る《あとずさ》だけだった。太一は児童養護施設でも誰にも心を開いていなかったと知れた。

しかし今回は、立川児童相談所から職員がやって来た。北村《きたむら》という里親家庭担当の五十代の女性職員だった。彼女は花岡と一緒に来たこともあった。児相と養護施設の里親支援専門相談員は、連携しながら里親家庭をサポートしているとのことだ。

太一が一晩行方不明になったということは、華南子からも警察からも児相に伝えられた。こういう場合は、ただちに児相が介入するのだそうだ。北村は詳しい事情を調べるために足を運んで来たというわけだ。ちょうどゲストハウスの仕事が一段落《いちだんらく》した午後のことで、ダイニングルームで類子を含めて四人でお茶をしていた時のことだった。華南子は北村をその中に誘った。北村もざっくばらんな様子で応じた。

華南子が紅茶を淹《い》れた。類子の好みのフランス製のもので、都内の高級食材店でしか取り扱っていないのだ。類子はこれしか飲まないので、華南子や井川が都心に出た時に買ってくるという。北村もそれを知っているから、香りを楽しんでからゆっくりと紅茶を口に含んだ。華南子が、自分で焼いたマドレーヌを盛った皿を、すっと北村の前に滑らせた。

「家に戻って来てからの太一君の様子はどう?」

「落ち着いていますよ。いなくなった時は随分心配したけど、あの事件は、あの子にとっていい方向に働いたんじゃないかな」

井川が椅子にゆったりともたれかかって言った。それはどういう？　というふうに北村が視線を投げかけたのに、彼は微笑んだ。

「太一は走り回って電車にまで乗って、気がついたら独りぼっちになってた。通りすがりの人に助けを求めることもできなかった。あの子はずっと大人を怖がってたから。そのことを僕らも理解しているつもりでした。でも難しい背景を持った彼に、こっちもどこか遠慮してたところがあって踏み込めないでいたんです」

「そうね。わざとぐずったり、お行儀悪くしたり、あんまり口をきかなかったり、あの子なりに全身で抵抗をしていましたから」

華南子も付け足した。それから、太一がなぜパニックに陥って逃げ出したかを北村に説明した。

「そうだったの。あの子には酷なことだったわね」

太一は、実の親から引き離された後、病院、児相の一時保護所、児童養護施設と転々とした挙句、里子としてグリーンゲイブルズに来たのだという。目まぐるしく環境が変わる中、太一は誰が自分を守ってくれるのか、誰に信頼を寄せたらいいのかわからず、孤独感や疎外感に苛《さいな》まれていたのだ。特定の安定した依存対象者と絆《きずな》を結ぶことができなかった子どもは、ちょっとしたことで動揺したり、問題行動を起こしたりするという。

北村は、美優に視線を移した。江藤と同じ立川児相に所属している彼女は、太一と同じ委託先に身を寄せる美優の抱えた事情も、おおまかに把握しているのだった。前に一度花岡と一緒に来た時も、声をかけてくれた。

「美優ちゃんには、太一のこと、詳しく話してなかったから仕方がないことなの。でも私がついていっても同じだったでしょうね」

華南子が庇《かば》ってくれた。

「でもね、太一も太一なりに何かを感じ取ったと思うんだ。畑の中の小さな小屋で一晩明かして、すごく怖かっただろう。誰か助けに来てくれないかと一心に願っていたと思う。ゴルフクラブを振り上げる父親の映像が、繰り返し頭に浮かんでいたかもしれない。あんなに怖くて痛い思いをしたことを、あの子は記憶の奥底に閉じ込めていたんじゃないかな。それが溢れ出してきて、恐怖に震えてた」

井川は、怯えて泣く太一を見ているように痛々しい顔をした。北村は、紅茶のカップから立ち昇る湯気を見ながら頷いている。

「そして、ここに帰って来たわけ」朗らかな声で華南子は言った。「戻って来た時、あの子、大泣きして私にすがりついてきたわ」

あれ以来、太一は井川と華南子に心を許したようだ。言葉も少しずつ出るようになった。

きっとここそが自分の帰る場所だと認識したのだろう。この二人にどっぷりと依存してもいいのだと理解したということだ。太一がくぐり抜けてきた悲惨な境遇を思うと、胸が塞がる思いだった。

「そう。それならよかったわ」

北村もほっと肩の力を抜いた。

「ご心配をおかけしてすみません」

井川が頭を下げたのに合わせて、美優も同じようにした。もう二度と太一には怖い思いをさせまいと思う。これも新たな感覚だ。今まで幼児のことなど、気にしたことがなかった。予期せぬ妊娠をして家を追い出されて、自分は不幸だとばかり思っていた。でもこれがあったからこそ、いろいろな人と出会えた。あのまま高校生でいたら、四歳の太一という子を知ることもなかったし、彼の身の上も知らなかった。こんなことが世の中にあるということにすら思い至らなかったろう。

「じゃあ、問題はないのね？　今まで通り太一君を受け入れてもらえるんですね？」

井川と華南子は声を揃えて「もちろんです」と答えた。

「児相の方はどうかな？　今回のことが里親としての養育の継続に何か差し支えがありますか？」

井川の問いに、北村はちょっと顔を曇らせた。

「子育てが難しい環境だと児相が『不調《ふちょう》』の判断を下すことはありますね。太一君のような幼い子どもが逃げ出したりしたら特に。だからこそ、私が事情を聞きにきたんですよ。今回はまる一日行方がわからなかったし、警察も介入したでしょう」

井川と華南子も暗い顔をした。

「知ってます。養育関係が適切でないと児相が判断したら、委託措置が解除になることもあるんでしょ？　その場合は児童養護施設に戻したり、別の里親さんを探すことになるんですよね。徹が問題行動を起こしていた時にそういうことを聞きました」

そんなこともあるのか。美優は、自分の責任のような気がしていたたまれない気持ちになった。

「冗談じゃないよ！」

それまで黙って聞いていた類子が声を荒らげた。一同はぎょっとして、車椅子の老女の方を見た。

「太一はうちの子だよ。どこにもやらない」

類子が手にしたカップから紅茶がこぼれた。

「大丈夫ですよ。そんなことにはなりません」北村が立ち上がっていって、類子の肩を抱いた。「徹君だって、結局はこの家に戻って来たじゃないですか。皆さんが親身になって子どものことを考えてくださっていることは、よくわかっていますから」

北村は井川と華南子の方を振り返った。華南子が類子に寄っていって、手から優しくカップを取り上げた。

「お母さんも、とても子どもたちを可愛がってくれているんです。どの子も自分の孫みたいに思って。ね？」

類子はほうっと息を吐いた。激昂《げきこう》していた気持ちを収めようとするみたいに。そして疲れたようにぐったりと車椅子の背にもたれかかった。

「ごめんなさい。私がつまらないことを言ったから、お母さんを興奮させてしまったわね」

北村が申し訳なさそうに言った。

「いいんです。母は私たちの強いサポーターなの。母がいてくれて本当に助かっているんです。子どもたちもおばあちゃんを大事にするし、言うことをよく聞くんですよ」

「僕らは三人でワンチームなんだ。僕も華南子も子どもを持たなかったから、母に頼っているところは大いにあるよ」

華南子と井川は口々にそんなことを言った。類子はそんな二人を力なく見やった。

「美優ちゃん、おばあちゃんを部屋へ連れていってくれる？」

「はい」

美優は急いで立って、車椅子の後ろに回り、ストッパーを外した。

「美優ちゃん、ほんとにお腹が大きくなったわねえ」北村に言われて、美優はマタニティウェアの下の自分のお腹を見下ろした。「いつだっけ？　予定日は」

「九月二十七日です」

「もうすぐね。江藤さんに聞いたわ。マタニティハウスでお産をするんでしょ？」

「はい」

美優は車椅子を力を入れて押した。それ以上、出産のことに触れられたくなかった。廊下をずんずんと歩く。お産が近づくにつれ、また心が揺れ始めていた。今は二週間に一度、青梅市の産婦人科を受診している。この前、エコー検査で見た赤ん坊の画像を思い出した。表情も豊かになり、眠ったり目を開けたりしている様子が見て取れた。見ているうちににっこりと微笑んだように思えて、はっとした。指もさかんに動かしている。口のところに持っていって指吸いをするような仕草もしていた。

「もう記憶も感情もあるのよ」

医師にそう言われて驚いた。

「ほんとに？」

恐る恐る訊くと、彼女は大きく頷いた。

「外の音も聞いてるし、生まれた後のことも想像してるかも。だから、いっぱいしゃべりかけてあげてね」

「わかりました」

そう答えたけれど、どんなふうに赤ん坊に話しかけたらいいのかわからなかった。自分と子どもの未来が描けなかった。だから、今もお腹を撫でてやるだけだ。

妊娠を知ってからの三か月間、いろんな思いに翻弄された。最初の衝撃が去ると、意地でもこの子を産んでやると悲壮《ひそう》な決心をした。十七歳で母親になる覚悟を決めたと思った。誰も助けてくれないなら、自分一人で産んで育てると。そのためには強くならないとだめだと思い、自分を奮い立たせた。

しかし、その気持ちも時折挫折した。千沙やケースワーカーに出会って、どうにかその道筋が立ったと思ったが、やっぱり心細かった。とても一人では育てられないと思ったり、お腹を蹴ってくる子に逆に励まされたりした。グリーンゲイブルズに来て、環境は整った。落ち着いて出産に臨めるようになって、その点は安心したけれど、その先のことまでは考えられなかった。どんどん大きくなる子に「どうする？　どうする？」と急《せ》かされている気がした。

ここに意思を持った子が宿っているのだ。人格を持つ人間が。初めて胎動を感じた時、嬉しいというよりも不気味だったことを憶《おぼ》えている。今はまた違う思いで、お腹の中の子が怖い。この子は生まれた途端に、全身全霊で自分に寄りかかってくるのだ。飢えないように食べさせてやり、凍えないように着させてやり、二人で住むところを見つけて暮らしていかなければならない。

手助けしてくれる人はいない。シングルマザーで子育てするとはそういうことだ。たった十七歳で、学業は半ばで放り出し、世間のことにも疎く、これといって才能もない。そんな環境でまっとうな子育てができるのだろうか。今は「私の赤ちゃん」などと気安く考えているけれど、生まれた子は、人形じゃない。いつでもにこにこと笑って、幸せそうになどしてくれない。泣き喚いて口をきいて、やがて自分の考えで行動するようになる。

それはぞっとするほど怖いことだ。

グリーンゲイブルズに来て、いろんな形の親子関係があることを知った。その経験は、今から家族を作ろうとする美優を励ましもしたし、臆病にもした。これからは二人分の満足や幸福を考えなければならない。それが責任というものなのだろう。自分のことだけを考えていればよかった時期はもうすぐ終わる。

生まれ出た小さな生命を抱いた時、自分はどんな気持ちになるのだろう。

考え事をして車椅子を押していたので、類子の部屋に入る時、ステップを柱にぶつけてしまった。

「あ、ごめんなさい」

不満げに振り返った類子に美優は謝った。

「やれやれ」

車椅子のアームにすがって立ち上がった類子は、自分でベッドに移った。美優は素早く車椅子を壁際に持っていった。

「あんた、親になるのが怖くなったんだろう」

類子は鋭く美優の心を読んだ。そしてあの美しい指をぴんと伸ばして、ベッドサイドのスツールに座るように示した。

「一人で子育てできるか不安になったのかい？」

美優が小さく頷くと、類子は「ふふん」と鼻先で笑った。

「そんなこと、考えるだけ無駄ってもんだ」

ぴしりと言い切る。認知症の症状が出ていても、人の本来の人格というものは変わらないものだ。言葉はそぎ落とされて研《と》ぎ澄まされる。本質を突く言葉が真っすぐに飛び出してくる。そのことを、この二か月ほどで美優は類子から学んだ。

「子どもってそんなに弱いもんじゃないよ。子どもはね、自分で自分を育てる力を持っているんだ」

美優は目を大きく開いて、ベッドに腰かけた老女を見た。巻きスカートから覗《のぞ》く脚は細く、肩は骨ばっている。首には縮緬《ちりめん》のような縦皺《たてじわ》が浮かんでいる。奥まった瞳は、重く垂れさがった瞼《まぶた》で半分しか開いていないように見える。だが言葉は、狙いすました弾丸のように放たれる。美優の心臓目がけて。

「いいかい。親が守って育ててやらなければならないなんて気張ることはないんだよ。子どもの人生は子どものものなんだからね」

「ただいまー」

玄関で未来の元気な声がした。その声に、類子はふっと微笑んだ。

「まあね、あんたはまず無事に赤ん坊を産むことだね。産んでも親、育てても親だよ」

それからちょっと遠くを見るような目をした。

「華南子なんて、子どもを産んだこともないのに、立派な親の顔しているもんね。呆《あき》れたもんだ」

その口調はやや寂しそうでもあった。類子は言いたいことを言ってしまうと、ベッドに横になった。それきり、口を開かなかった。

夏休みが始まった。

グリーンゲイブルズは、連日満室だった。未来も久登もよく働いた。

保育園には夏休みはなかったので、太一は毎日保育園に通っている。送り迎えは美優の仕事だ。今度こそは太一の手を離すまいと、ぐっと握りしめて通った。例のゴルフクラブを手入れする人の家は避けて通るようにした。

しかし太一は、もうパニックに陥って走り出したりはしそうになかった。口数は相変わらず少ないが、表情が明るくなった。保育園の先生にもそう言われた。家では華南子に甘え、井川の作業所で遊んでいる。井川は、木切れを与えて簡単な細工の仕方を教えたりしている。

久登や未来が相手をすると、嬉しそうにしている。類子の車椅子を押そうとしたりもする。人の手に噛みつくという行動も収まった。

この子は、自分の居場所がわかったのだと思った。ここにいていいんだと理屈ではなく感覚で理解した。びくついたり遠慮したり、萎縮したりしなくていい。ここには自分を傷つける者はいない。だからもう誰も試さなくていいのだ。

――子どもはね、自分で自分を育てる力を持っているんだ。

類子の言葉は正しかった。

立川児童相談所の江藤がやって来た。軽自動車から降りた彼女は、大きなバッグを提げていた。太った彼女は、荷物をふうふう言いながら運んできた。彼女はバッグをロビーの床に置くと、ハンカチを出して汗を拭った。

華南子が奥へ誘った。荷物は久登に運ばせた。

ダイニングテーブルに着き、美優の淹れた麦茶を飲むと、やっと一息ついた顔をした。

美優は、久登が運んできたバッグをじっと見た。見憶えのあるチェックの柄だ。家にこれと同じ柄のものがあった。ぼんやりとそんなことを考えていると、江藤はテーブルにコップを置いた。

「ああ、暑いわねえ」

それから美優の視線をたどってから付け加えた。

「この荷物、あなたのお母さんから」

「えっ？」

江藤はもう一口麦茶を飲んだ。

「美優ちゃん、来月末にはマタニティハウスに入らないといけないのよ。お産まで一か月になるからね。そのこと、おうちの方にも知らせたの。そしたらお母さんがこれをあなたにって持って来られたの」

もう一回バッグをまじまじと見詰めた。道理で見たことのあるバッグだと思った。これは母が旅行に行く時に使っていたものだ。

「開けてみたら？」

華南子に促されてバッグに近づき、ファスナーを開いた。

前開きのゆったりしたパジャマが三セット、授乳用ブラやショーツなど、それからたくさんのタオル、ガーゼ、スリッパもあった。入院用に準備されたもののようだ。黙って次々と取り出す美優を、華南子も江藤も黙って見ていた。一番下に、新生児用の肌着やベビー服がまとめて入っていた。それを広げてみた。クリーム色や白、薄いブルーなど、男女どちらでも着せられるものだった。あれから母には連絡を取っていない。女の子が生まれるのだということを、母は知らない。

小さな小さなソックスが出てきた。あまりの小ささに摘《つ》まんだ指先が震えた。この中に入れる足はどんなに小さいんだろう。赤ん坊を抱く自分を想像した。

「可愛いわねえ」テーブルの向こうから、華南子が覗き込む。「未来がうちに来た時のことを思い出すわ」

「急なことに、迷わず受け入れてくれたのは、華南子さんだけだったわね。あの時はお世話になりました」

江藤の言葉に、華南子はうふふと笑った。

「夢中だったのよ。私が引き受けないと、どうなるんだろうって一途《いちず》に思い込んじゃって。母も兄も反対したんだけど」

それから美優に向かって言った。

「お母さんが入院の準備をしてくださったのね。さすが経験者ね。何が必要か、よくわかっていらっしゃるわね」

未来の時は、何を買ったらいいのかわからなくて江藤さんにいちいち訊いたのよね、と続けた。

マタニティ用品やベビー服を一つずつ買い求める母の姿を想像してみた。どんな気持ちで買い物をしたのだろう。男の子だろうか、女の子だろうかと考えながら選んだのか。

「お父さんには内緒で届けてくれたみたいなの」

江藤が遠慮がちに言った。

ソックスを膝の上に置いた。まだ父は娘が出産することを許せないでいるのだ。当たり前だ。慈しんで育ててきた一人娘がいきなり妊娠したのだから。

今まではそこまで思い至らなかった。ただ激怒する父とそれに同調する母に抗《あらが》って、家を飛び出した。それなら自分で産んで育てると頑なに思い込んだ。これしか自分には残されていないと思っていた。だが、果たしてそうだろうか。あの時は、生まれてくる子のことなんか一つも考えていなかったのだ。自分の意地だけであんな行動を取ってしまった。

「美優ちゃん」

江藤に声をかけられて我に返った。

「お母さんに連絡してみたら?」黙っている美優に畳みかける。「出産用品のお礼を言うだけでもいいから」

「わかりました」

美優はバッグの中身を丁寧に畳んでしまった。そしてバッグを提げて自室に戻った。スマホを取り出し、じっと見詰めた。スマホの使用料を払ってくれているのは父だ。今はどこにもかけることがないが、美優も大事に持っていた。こまめに充電もしていた。父名義のものだから、向こうで解約してもいいのに、それをしないのは、美優からの連絡を待っているからだろうか。母も、また父も。

長い間迷った挙句、貴子の番号にかけた。昼間なら、父は仕事にでかけているはずだ。コールが何度も鳴らないうちに、母が出た。

「もしもし、お母さん？」

ひゅっと息を吸う気配がした。

「美優なの？」

「今日、江藤さんからバッグをもらった」

「そう」

「出産用品、揃えてくれてありがとう」

「ええ」

ごくごく短い貴子の答えに胸が詰まった。母も迷っているのだ。

「もうすぐお産なのね。江藤さんに聞いた」

「うん」

「お母さん、行ってあげたいけど、でも無理なのよ」

「わかってる」

「頑張るのよ、美優」

「お母さん」

「何？」

「心配しなくていいよ。私はね、お母さんになるんだからね」

母は黙り込んだ。母、娘、孫——親になると、それぞれの立場を明確にする名前が付く。私はお母さんの娘なのに、お母さんになる。私が子どもを産んだら、両親は祖父母になる。不思議だ。この世に生まれ落ちる小さな命が、私たちの関係も変えていく。

「だからね、強くなるよ」

「美優」

湿った息を感じた。貴子は泣いているのかもしれない。何の涙だろう。いよいよ娘と決別する涙か。娘が強くなったことを喜んでいるのか。それとも初めての孫のことを考えて感極まったのか。

「じゃあ、さよなら。また連絡するよ」

母の返事を待たず通話を切った。

待ち受け画面の白い砂浜の景色をじっと見詰めた。ここには准也とのツーショットを表示させていたのだが、別れてからすぐに風景画に切り換えた。サンプル画像として入っていたどこともしれない海岸の写真だった。適当に選んだから、ろくに見ていなかった。砂浜には、誰かの足跡が点々とついていた。一つは大きく、一つは小さい。人物はどこにも映っていないのに、手をつなぎ合った母と子がここを通った気がした。

マタニティハウスには、江藤が付き添って行ってくれるそうだ。

それまではグリーンゲイブルズで働ける。江藤は、出産後はどうするのか、それをしきりに気にしていた。産後三か月ほどはマタニティハウスで面倒をみてくれるらしい。でもそれから先のことがある。今の美優は、出産のことで頭がいっぱいで、その先のことまでは考えられない。江藤が親身になって考えてくれているのはよくわかった。グリーンゲイブルズに何度も足を運んでくれて解決策を一緒に練ってくれる。しかし、彼女と話せば話すほど、美優の心は揺れ動いた。

「とにかく、私たちは最後までサポートするからね、安心してね」

毎回、江藤はそう励ましてくれる。

美優のような境遇の女性を、「特定妊婦」というのだと江藤は説明した。「出産後の養育について出産前において支援を行うことが特に必要と認められる妊婦」と、児童福祉法に定められているらしい。予期せぬ妊娠をした若年妊婦ということで、美優は東京都や青梅市や児童相談所からサポートを受けられるということだ。

マタニティハウスを出た後、婦人保護施設に入所する手もあると江藤は言った。親族や友人に頼れない、経済的にも精神的にも安定していない母親とその子を受け入れてくれる施設だという。これは東京都の措置施設で、区市町村の福祉事務所が窓口になっているから、美優がその気になれば、江藤が手続きを進めてくれるようだ。

「でもね、美優ちゃんにはちゃんとしたご両親もおうちもあるんだから、そこに帰るのが一番いいと思うのよ」

そう言われてうつむいてしまう。赤ん坊を抱いて帰ってきた娘を、父が受け入れるとは到底思えなかった。一人で産んで、一人で育てると言い放って家を出てきたのだ。今さら帰る気にもならなかった。弱々しく首を振ってうつむいてしまった美優に、江藤も顔を曇らせた。

美優の部屋で向かい合っていた江藤は、畳の上をにじり寄ってきた。

「あなたや生まれる赤ちゃんのことは、児相の中でも皆、気にかけていてね。この前会議で話し合ったの。これは一つの提案として聞いて欲しいんだけど――」美優の顔を覗き込むようにして言った。「特別養子縁組という方法もあるのよ」

「赤ちゃんを養子に出すってこと？」

思わず顔を上げる。美優が妊娠しもう中絶できないとわかった時、父と母がこっそり出産させて、生まれた子は養護施設に預けるか、どこかへ養子に出せばいいと言ったことを思い出した。生まれてくる子を消し去ってしまうようなやり口に反感を覚えたことも。

「だめ。そんなの」

「いいから、話だけ聞いて。ね？」

噛んで含めるように言われて仕方なく耳を傾けた。

特別養子縁組とは、家庭環境に恵まれないで生まれてきた子に、恒久的に家庭を与えようという考え方に基づいて作られた制度だという。普通養子縁組では、戸籍に「養子」「養女」と記載されるが、特別養子縁組では、「長男」「長女」と記載される。したがって、特別養子縁組が成立した時点で、実親との関係は終了するということだ。

そのため、新生児で養子として迎え入れられる子どもが多い。そうすれば、スムーズに親子関係が構築されるからだ。

「この世には、突然予期しない妊娠をしてしまった人がいる。でももう一方では、どんなに望んでも子どもに恵まれない人がいる。そこをうまく取り持つのが、特別養子縁組なの」

優しく説く江藤の言葉が、耳を素通りしていった。

「そんなのいやだ。私はこの子を産んで育てるって決めたんだから」

食ってかかるように言った。たぶん、目には戸惑いと同時に怒りが浮かんでいただろう。

だが江藤は怯《ひる》まなかった。

「美優ちゃん」やや厳しい声を出す。「今一番に考えなければならないのは、お腹の中の赤ちゃんの幸せよ。何がこの子にとって最良のことか、考えて選択するのも、母親の役目だと思う」

それからまた元の温和な表情に戻った。手を伸ばして、美優の膝をトントンと叩《たた》く。

「結論は今すぐに出さなくていいわ。ただこのことも頭の隅に置いておいて」

江藤が帰っていっても、じっと美優は考え込んでいた。

お腹の子にちゃんと人格が備わっていて、生まれた途端にその子の人生が始まるということを、頭ではわかっているつもりだった。でも本当はわかっていなかった。初めて千沙に会った時にそのことを指摘されたのに、聞き流していた。今まで自分が考えていたのは、自分がどうしたいかということだけだった。ただ子どもをちゃんと産んで立派に育てたいと。でもそれは自分のわがままだったのではないか。母親の思いに振り回される子どもは幸せなのだろうか。

そういうことに気づきもしなかった。そんな自分を恥じた。

八月になってすぐ、千沙が陽平と一緒にやって来た。

迎えに出た美優を、少し離れてつくづく眺める。

「お腹が大きくなったでしょう?」

美優は自分から話しかけた。

「ううん。そうじゃなくて——」ようやく一歩二歩と近づいてきながら、千沙は微笑んだ。

「顔が違ってきたなあって」

「どんなふうに？」

「大人になった。いや、違うな。いやいや、しっかりした感じになってきたんだけど——」

「何言ってんだ？」

陽平が茶化す。

「まあるい顔してる。前はもっと何て言うか、とげとげしてたもの。まあるくてしなやかで……なんか、雄々しい」

「それ、美優ちゃんみたいな女の子に言う言葉か？」

陽平は笑い転げた。

千沙はうーんと唸《うな》ってから「私、語彙《ごい》が乏しいからなあ」と続けた。

「でもいい顔してるってこと」

「私、千沙ちゃんの言いたいこと、わかる！」華南子が横から口を挟んだ。「美優ちゃん、うちに来た時は暗くておどおどしてたけど、今は全然違う。内側から輝いてるって感じ」

「ええ？　それってどんな顔なんだろう」

戸惑った美優の言葉に、千沙はふふふっと笑った。

「今、明良が彫ったあの女の子の顔を見ればわかるよ。きっとぴしっと前を向いて堂々とした顔に見えると思う。それが今のあなたの顔だよ」

それだけ言うと、千沙は美優のそばを通り抜け、奥から飛び出してきた未来と抱き合った。

その晩は、庭でバーベキューをした。宿泊客も何人かが参加したので、賑やかだった。子どもたちは花火をした。久登が火を点けてやった花火を、太一もこわごわ手にした。ひと際大きく燃え上がると、大きな声を出してはしゃいだ。赤や黄色の花火に照らされた太一の笑い顔を見ると、美優も嬉しくなった。

井川が作った木製のテーブルで、大人たちは談笑していた。華南子は眠そうになった類子を部屋まで送っていった。

千沙が、手首のブレスレットをくるりと回して言った。

「ねえ、憶えてる？　美優ちゃん。六月にビルの屋上で出会った麻奈美ちゃんとサクラちゃんの姉妹」

忘れるはずがない。あの時、自分が何をしようとしていたかも。あの屋上で千沙に会わなかったら、自分はここにはいなかった。お腹の子もろとも死んでいたか、それとも底なしの東京の夜の街に呑《の》み込まれていたかだ。

――ねえ、何か食べるもの持ってない？

　いや、あの時声をかけてくれたサクラこそが、美優と赤ん坊を救ったのかもしれない。親に捨てられて、姉と二人、ビルの屋上の階段室に住みついていた子。自分が置かれた悲惨な境遇にびくともしない強靭《きょうじん》な精神の持ち主。あの時、死の方向に引っ張られようとしていた惰弱《だじゃく》な女子高生を、あの子は見事に生の方に引き戻したのだ。

　花火をする子どもらが「きゃあ！」と歓声を上げ、その声にはっとする。正面に千沙の顔があった。目と目の間隔がちょっと開いているのが魅力的な女性。頬杖《ほおづえ》をついて、首を傾けている仕草が、子どもっぽくて可愛らしい。お酒に弱い陽平は、千沙の隣でとろんとした眠そうな顔をしていた。庭の草むらからは、虫の鳴く声が途切れ途切れに聞こえている。

「どうしているんですか？　あの二人」

「元気で学校と保育園に通ってる。二人でファミリーホームに引き取られたの」

「ファミリーホーム？」

「うん。里親さんの規模を大きくしたものって言えばいいかな？　五、六人の委託児童を預かるの。普通の住居でね」

　そんなところもあるのか。知らなかった。

「麻奈美ちゃんは、とにかくサクラちゃんと離れたくなかったの。年が離れているから、別々の施設に入れられるんじゃないかって怖がってた」

だからあんなところに住みついて、一人で妹の面倒をみていたのか。親から受けた仕打ちから大人を信用せず、保護しようと躍起になって追いかけてくる福祉関係者から逃げ回っていたのだ。

「今はね、麻奈美ちゃんはホームでは一番の年長で、年下の子の面倒をよくみてるって。ホームのお父さん、お母さんの手伝いもして、頼りにされてるの」

「よかった」

千沙に嚙みついた時の、ぎらぎらした麻奈美の目を思い出した。あの子も、一歩間違えば欲望と犯罪の街に沈んでしまい、どんなにもがいても浮き上がれないでいたかもしれない。

――ほっとけない！　ほっとけないからこうして来たんでしょ。

血を吐くような千沙の叫び。

千沙は、その世界の恐ろしさを身をもって知っている。だからこそ、今の活動を始めたのだ。

「麻奈美ちゃんは優しいの。優しい子は強いのよ。きっとあの時、夢中で美優ちゃんの手助けをして、彼女の中のそういう部分がどんどん大きくなったのね」

優しい人間は強い――それはあなたのことでしょう。千沙に向かって心の中で呟《つぶや》いた。

千沙の行動に触発されて一緒に動いたことが、麻奈美に気づきを与え、変えたのだ。他人のためにこんなに一生懸命になる人がいるとは思わなかった。井川も華南子もそうだ。

他人に頼ってもいいんだ。優しい人は強いから。

それが、美優が一番に学んだことだった。もっともっといろんなことを知りたい。学びたい。大学に行って知識を吸収したい。そこまで考えてはっとした。大学に行きたいから父親にはなれないと言った准也。手前勝手な言い分に彼を憎んだ。それじゃあ、自分は大学なんかに行かずに子どもをちゃんと育ててみせると一途に思ったのだった。

でも今は准也の気持ちもわかる気がした。私たちはともに幼かったのだ。幼くて無知で頑迷だった。

――男を父親の位置にきちんと据えようと思ったらね、女が上手に育ててあげなくちゃいけないのよ。

類子の言葉を思い出して、クスリと笑った。笑える自分に驚いた。

准也も自分もまだ親になるには準備不足だった。あれからの数か月の経験だけでも自分は随分変わった。もし大学へ行けたら――。それならたくさんのことを学んでもっと成長できるのに。あのまま高校を卒業して、自分の学力に見合った大学へ惰性で進学していたら、きっと学業への取り組みもなおざりで、せっかく与えてくれる知識も身につかなかっただろう。

家には帰れないが、学校には戻りたいと思った。元の高校じゃなくてもいい。通信制でも定時制でも働きながら通える学校へ。

勉強がしたかった。いかに自分は無知かということがよくわかった。高校に通って勉強はしていたが、真に学ぶということはしていなかった。学んだ先に、本当に自分がやりたいことが見えてくる気がした。

井川も恵まれない環境から、グレていた時期があったと聞いた。でも結局は学ぶために大学へ行こうと決心したのだと。親は当てにせず、二年働いて自分の力で進学した。学びたいという気持ちが彼を押したのだ。そういう心境に至るまで、彼を動かしたものは何だったのだろう。

太一が手にした最後の花火が一瞬大きく燃え上がり、オレンジ色の火花をまき散らした。未来の歓声に、太一の笑い声が重なる。

最後のきらめきは、どこか寂しい色だった。

夏はもうすぐ終わる。結論が出ないまま、美優はマタニティハウスで出産に臨まなければならない。麻奈美とサクラは前を向いて歩きだしたのに、私は何も決められない。

美優は夜空を見上げた。月が出ていた。少しだけ欠けた月は、山の稜線《りようせん》の向こうから迷い続ける女の子に柔らかな光を投げかけていた。

　奥多摩の秋は、山の気配の変化から始まる。

　都心では、まだ猛暑日が続いていたりする頃に、朝の空気に冷気が混じる。山の木々は濃緑《こみどり》に覆われているのに、夏の盛りのそれとは明らかに違っている。猛《たけ》り立つような緑の勢いは影を潜め、しっとりとした落ち着きが見える。日が短くなることに敏感に感応した樹木たちが、散りゆく運命を悟り、その準備を身の内で始めたみたいに。

　同時に風に混じる山の匂いは、瑞々《みずみず》しいものから乾いたものに変わっている。

　それから透明だった光に色が混じり始める。黄金色だったり、群青だったりのかすかな変化だ。まろやかに色づいた光は、家々の屋根や野辺の草花の上に等しく降り注いで、そっとその色に染め上げる。景色が泰然としてくる中で、山の鳥たちは逆に落ち着きがなくなる。渡りを始めなければならない鳥も、この地で冬を越さなければならない鳥も、その準備に余念がなくなる。

　夏が秋に場所を譲ろうとしているという気配は、ゆるりと人間にも伝わってくる。

　そうした揺るぎない自然の移り変わりは、それとなく美優を急かす。

「あなたはどうしたいの？」

　お腹の子に話しかけてみる。臨月が近くなり、赤ん坊は今までのように激しく動かなくなった。頭を下にして体を丸め、生まれる体勢を整えているのだ。

未来が麦わら帽子を被《かぶ》って庭に出ていく。彼女が夏休みの宿題で観察を続けているひまわりは、首《こうべ》をたれている。縮んだ黄色い花びらに囲まれた中には、種がぎっしりと詰まっているのだ。未来はそれを取っておいて、来年また蒔《ま》いて増やすのだと張り切っている。未来が大きなじょうろでひまわりの根元に水をやっている。

未来は、新生児の時にこの家に来た。そして華南子の養子になった。普通養子縁組は、親が単身者でも成立するけれど、特別養子縁組は、夫婦でなければ結べない。そういうことを、江藤が説明してくれた。特定妊婦が出産する前に、特別養子縁組に子どもを託そうと決めたら、迎え入れる方の夫婦は準備を始めるそうだ。中には両親学級に通って備える夫婦もあるという。彼らはそれだけ子を欲し、託される子のことを考えているということだ。

未来のように、生まれて間もなく育児放棄された突発的な事例は、不測の事態という扱いで対処されることになる。たいていは乳児院に預けられ、それから児童養護施設に入ることになるのだ。乳児院を経ることなく、華南子と井川という兄妹《きょうだい》に託された未来は、恵まれているケースだろう。華南子の本当の子ではないという真実告知も、未来はすんなりと受け入れている。グリーンゲイブルズで、里子の兄弟たちとのびのびと暮らしているように見える。

しかし、太一が行方不明になるという事件が起こった時、しばらくして華南子が話してくれた。幼い未来は、自分が華南子から生まれたのではないという事実を、自分の中で咀《そ》嚼《しゃく》していくのに時間がかかったという。

「保育園で、お友だちに弟や妹が生まれるでしょう？　そうすると、小さい子なりにそういう話をするらしいの。お母さんのお腹が膨らんで、その中で赤ちゃんが大きくなって、やがて生まれてくるんだって」

華南子と未来の間には、そういう過程が存在しないということに、未来は動揺したそうだ。「お母さん」と呼ぶ人は、お母さんに他ならないけど、自分はこの人からは生まれていないという事実に混乱したのだ。誰か他の人が未来を産んでくれたということ。その人もまた「お母さん」だということは、頭ではわかっていても、幼い未来の中ではうまく処理できなかったようだ。その時には情緒不安定になって、家でも口数が少なくなっておねしょをしたり、保育園でも乱暴な態度を取ったりしたらしい。

「で、どうしたかっていうとね――」華南子は思い出し笑いをした。「私が未来を産んだの」

「えっ！」

驚く美優を見て、また華南子は笑った。

「私が寝そべって、お腹をバスタオルで巻いておくの。バスタオルの中に小さな未来が入り込んで、そして出てくるっていう遊び。出てくる時に未来が『おぎゃあ』と泣き真似《まね》をしたり、『生まれた!』って言ったりするのよ」

北村からアドバイスしてもらってそんな遊びを繰り返したそうだ。北村によると、養子縁組でも里子でも、幼少期に真実告知をする場合、こうした遊びが有効なことが多々あるということだった。

「それで未来はすっかり落ち着いたの。二人のお母さんを受け入れたのよ。子どもって不思議ね。不思議な無限の力を持っているのよね」

初めて未来に会った時、大きなお腹の美優を見て「未来を産んでくれたお母さんも未来をお腹に入れてくれてたんだね」と言った。その背景がわかった気がしたものだ。

未来の本当の親はわからない。それでも産んでくれた人はどこかにいるわけだ。産んでくれなかったら未来はこの世に存在しないのだから、それに感謝する気持ちも彼女の中では芽生えている。真実告知はそういう意味でも重要だ。

「小さい時からそんなことを教えるのは酷だと言う人もいるかもしれない。でもこれはとても重要なことなのよ。いずれわかることなら、早くに知っておく方がいい。自分がどうやって生まれたか、どういういきさつで養子になったか、知る権利は誰にでもある。隠し事やごまかしは、どんなに小さな子でも敏感に感じ取るものよ。未来に安心してうちにいてもらうために、私たちは初めから真実を告げることにしたの」

私たち——華南子と井川のことだ。養子にしろ、里子にしろ、子どもたちを受け入れるに当たって、兄妹がよく考え、綿密に相談したということだ。この家の父と母になるために。

「そういう部分をないがしろにしていては、本当の家族になれない。そこをちゃんと知ることによって、子どもは命の重さがわかるんだから」

大きくなってそういう事実を知ると、今まで築いてきた信頼関係は崩れてしまう。子どもはアイデンティティを喪失して、悩みはより大きくなるのだと華南子は続けた。

「私たちだって変則的な家族だわ。母と私と兄と。この三人がお互いを家族だって認めて一緒に暮らし始めたのだって奇跡みたいなものよ。私、成人になるまで兄がいるなんて知らなかったんだもの」

口を挟むことができず、美優は黙って聞いていた。類子の口ぶりや井川の態度から、ここに至るまでに複雑な事情がある家族だとは感じていた。それでもこの三人がいるからこそ、子どもたちはグリーンゲイブルズという安寧の場所を得られたのだ。

「愛し合った夫婦がいて、実の子に恵まれて——、そして家族が生まれるのだと長い間私も思っていたの。でもそれだけがすべてじゃない。私たちみたいな家族がいてもいいんじゃないかって思うの」

華南子の言葉は、美優の心に静かに沁《し》みた。天から降り注いだ雨が、優しく地面を濡《ぬ》らすように。

「血のつながった家族を包む愛が、太陽の光みたいなものだとしたら、私たちのつながりは月の光のようなもの。優しくはかない月の光に抱かれた家族なの。遠慮したり、反発したり、愛し合ったりしてお互いの距離を見いだしていくしかない。でも決して離れてはしまわない。未来の実の親と未来も、そうやって月の光の届く距離にいるの」

月の光の届く距離にいる家族。華南子が自分の経験や、子どもたちとの関係から導き出した答えだろう。家族のカタチは様々だ。それでも家族には違いない。

庭からじょうろを提げて戻ってきた未来が、玄関の前で大声を出した。

「ワンピースの前が濡れちゃった！」

「あーあ」と応じたのは井川だ。

「じょうろをこっちによこしなさい。そして部屋で着替えておいで。お母さんに見つからないうちに」

「はーい」

未来がばたばたと廊下を駆けていく足音が響いた。

八月も中旬を過ぎて、いよいよ秋の気配は濃くなった。

まだお客は途切れずやって来る。グリーンゲイブルズは賑やかだ。未来は夏休みの宿題を久登に手伝ってもらっている。太一は保育園でも家でも活発に外遊びをするようになった。それで真っ黒に日焼けしている。徹が一日だけ休みを取ってやって来て、久登と未来と太一をプールに連れていってくれた。それでさらに太一は日に焼けた。

太一は、泳ぎを教えてくれた徹にも打ち解けて、未来を真似て「とおる兄」と呼んでいる。久登ともキャッチボールをしたりもする。さりげなく家族でいる集団は、きちんと機能していた。

「まあ、この子は表も裏もわからないくらい焦げてしまって」

その後の太一の様子を見にきた北村が驚いていた。しかし、すっかりこの家に馴染んだ太一を見て安心したようだ。

保育園の送り迎えは、最近は久登が引き受けてくれている。美優を、皆が気遣っている気配が伝わってきた。有難いと思うと同時に、もうすぐここを離れなければならないという寂しさにも襲われた。

所在のない気持ちのまま、井川の作業所に足を踏み入れた。井川は、相変わらず木片を相手に、黙って細工をしている。美優は隅っこにある木製の丸椅子に腰かけた。

井川はちょっと目を上げただけで、作業を続けている。ノミを振るうリズミカルな音。木の匂い。開け放たれた窓から入ってくる涼しい風。グリーンゲイブルズの何もかもを記憶に刻みつけておきたかった。

作業が一段落して、井川はノミを置き、首にかけたタオルで汗を拭った。

「井川さんは、どうして里親をしているんですか？」

以前華南子にもぶつけた質問を、美優は口にした。井川は驚いた様子もなく、穏やかな表情を浮かべた。

「僕が十代の頃――」静かな語り口で話しだす。「『家族って何なんだろうな』って言った奴《やつ》がいた」

僕がグレて歓楽街をさまよっていた時のことだ、と続けた。

「僕にもその答えがわからなかった。両親は離婚していたし、僕を引き取った父親はいい加減な男だったから。もう亡くなったけどね」

その人が、井川と華南子の父親ということか。井川はそういうところには触れなかった。

「そいつも、あの頃僕の周囲にいた連中も、家庭的には恵まれない者が多かったな。千沙も含めて」

背中に刺青《いれずみ》を彫られた千沙。あれを背負って生きてきた人生は、苛酷《かこく》なものだったろう。

「ほんと言うと、今もよくわからないな。子を持ったことのない僕も華南子もずっと手探りでやってきて、未《いま》だにそれは続いてるんだ」

井川は彫りかけの作品を目の高さまで持ち上げて、眺めた。小さくて平べったい円盤にしか見えない。あの中に閉じ込められた形とは、どんなものなのだろうと美優は思った。

「僕らが里親や養親《ようしん》になっているのを見て、かわいそうな子どもを引き取って育てる奇特な人、と言う人がいる。きっと世間的にはそう見えるんだろうね」

井川はゆっくりと木彫《もくちょう》の造形物を膝の上に置いた。それをごつごつした手で撫でる。

「でも違うんだ。僕らが子どもを引き取って育てているんじゃない。僕らが彼らによって親にしてもらっているんだ」

蜩《ひぐらし》の声が遠く近く幻のように聞こえてくる。静かに放たれた井川の声に被さる。だが、美優の心には、井川の言葉がずんと重く響き渡った。

「そういう意味では、子どもたちには感謝している。それから、彼らを産んでくれた人にも。その人たちがいなかったら、僕も華南子も親になれなかったわけだからね」

そんなふうに考えたことはなかった。美優もまた、井川と華南子のことを世間一般の人々と同じにとらえていた。すなわち児童福祉の考えに賛同し、子どもを落ち着いた家庭環境で育てることに意欲を燃やしている純良な人たちだと。

「未来がデパートの授乳室のベッドに置き去りにされていたことは、華南子から聞いただろう？」

「はい」

「その人がどんな人かはわからない。でもデパートの授乳室という人目につくところに置き去りにしたという部分に、親の気持ちが表れている気がする。自分は育てることはできないけれど、誰かに育ててもらいたいという切実な望みが。その人は、産まないという選択も、産んだ子を密《ひそ》かに殺すという選択もせず、そっと生きる方向に我が子を託したんだ。だから、僕らは大事な命を受け継いだ」

「ああ……」

思わず声が漏れた。未来が、生まれたばかりの時に捨てられたと聞いた時は、なんてひどい親だろうと思った。自分は絶対にそんなことはしないと。

「その人は、産んだ子が育っていくところを見られない。寝返りを打って、立って歩いて、言葉をしゃべるところを見られない。だから、僕らはあの子に未来という名前をつけたんだ。実の親が見られなかったその後の人生を引き受けたという意味で」

その人はどんな人だったのだろう。美優は考えた。彼女も私とそう変わらない境遇だったのではないか。付き合っていた彼にも去られ、親に反対され、途方に暮れて独りで出産し、デパートの授乳室に置いてきてしまったのではないか。そこなら誰かが見つけてくれるに違いない。どこかで育ててくれるに違いないと一縷《いちる》の望みを託した。決して褒められた方法ではないが、それも赤ん坊の命を守る一つの方法だったのだ。今は華南子と井川の許《もと》で、未来は幸せに暮らしているのだから。

それだけ話すと、井川はまた作業に戻った。美優も黙ってその手元を眺めていた。

里親制度も養子縁組も、命のリレーをしているのだ。産みの親も育ての親も、ただ我が子の幸せを願っている。そして生きる力に溢れた子は、二つの思いを受けて、ぐんぐんと大きくなる。

マタニティハウスに移る前の最後の妊婦健診を受けに青梅市の中心部に足を運んだ時、美優は立川市まで足を延ばした。児童相談所に江藤を訪ねていったのだ。ケースワーカーの江藤は忙しい勤務の間に、時間を空けて待っていてくれた。児相の中の小さな相談室に招き入れられる。

「どう？　冷房きつくない？　寒いようだったら言ってね」

さりげなく妊婦を気遣ってくれる。テーブルを挟んで向かい合った江藤に、大丈夫だと告げた。

「健診、どうだった？」

「赤ちゃん、とても元気です。もうすぐ二千グラムになるみたい」

「あなたは？　お母さんの体調も重要よ」

「順調です。貧血の方も心配ないって」

「そう。それならよかった」

江藤は目尻を下げた。その目尻に縮緬のように細かい皺が寄るのを、美優は見詰めた。やや太り気味でおっとりしているように見えるが、江藤のフットワークは軽い。美優だけではなくて、何人かを担当しているようだが、疲れた様子もなくどこへでも来てくれる。

「江藤さんにはお子さんはいらっしゃるんですか？」

ふとそんな質問が口をついて出た。江藤の丸い顔の中で、目が丸くなった。でもおおらかに微笑む。

「ええ。娘が二人。次女はもうすぐ結婚するのよ」

「そうですか」

視線を膝の上に落とした。両手でタオルハンカチを、くしゃくしゃにしたり伸ばしたりした。

「長女の方はのんびりしたものでね。市立図書館で司書をしているんだけど、仕事が面白くて仕方がないみたい。子どもの頃から本を読むのが好きだったから、最適の職についたとは思うんだけどね」

たぶん、江藤は美優が何かを言い出しかねていることを見抜いている。しかし急かすことなく、美優の方から言い出すのを待っているのだ。娘二人が小さい時に、読んでやった絵本を、今度は長女が図書館で子どもたちに読み聞かせをしていることなどを江藤は語った。

「江藤さん」

市立図書館のある場所を説明している江藤の話を、美優は遮った。

江藤は口を閉じて、じっと美優を見詰めた。

「私、あの――」

「ええ」

「この子を――」

お腹に片手をやった。腹帯《はらおび》を通して、かすかな動きが感じられた。私は今、この子の運命を変えようとしているんだ。美優はもう一方の手で、ハンカチを強く握りしめた。母の勇気を促すように、また赤ん坊が動いた。今度はやや強く。

「特別養子縁組に出そうと思うんです」

一気に口にした後、体の力が抜けた。自分が大いなる間違いをしたような気がして、泣きたい気持ちになったが、ぐっとこらえた。

目を上げて江藤を見るが、彼女は何も言わない。ますます落ち着かなくなる。ベテランのケースワーカーは、美優の真意を測るように視線を送ってくる。

「なぜ、そう決めたの？」

そう問われてほっとした。

美優はこの二週間ほど考え抜いたことを江藤に伝えた。つっかえつっかえだが、自分の心の変化を率直に口にした。

今まで自分がどうしたいかだけを考えていた。子どもを産んで育てたいと一途に思い込んできた。子どもを立派に育てることが、自分から離れていった恋人や、妊娠がわかって追い出した両親を見返すことだと思っていた。

孤立無援の環境でも、頑張って子育てをすること。それが親の務めだとただ頑なに信じていた。

「でも、親の務めって、子どもの幸福を考えることでしょ？　そのことに気がついたの。何がこの子にとって一番いいことかを」

涙が一粒、頬を伝った。それを手の甲でぐいっと拭った。

「私は一番いいことを、この子にはしてやれない」

もう止められない涙は、後から後から流れてきた。とうとう美優は、タオルハンカチを顔に当てて嗚咽《おえつ》した。江藤がテーブルを回ってきて、背中をさすってくれた。

「わかった。わかったわ、美優ちゃん」

子どものようにしゃくり上げる美優を優しく抱き締めてくれる。

「私はバカだし、お金もないし、行くところもないし――。こんな私がお母さんになったら、きっと子どもは迷惑だよね」

タオルハンカチの中でくぐもった泣き声を上げると、江藤はうつむいてしまった美優の顔を上げさせた。涙でくしゃくしゃになった美優の顔をふっくらした手のひらで拭う。涙で顔に張り付いた髪の毛もそっと撫でつけてくれた。

「そんなことはない。そんなことはないよ、美優ちゃん。子どもを産むのは大仕事なのよ。それをこれからやり遂げるあなたは立派なお母さんよ」

それを聞いて、美優はまたひとしきり泣いた。江藤の胸に頭を埋めて。

お腹の中に宿った命を、この世に生み出すことは、重要な母親の務めなのだ。そう言ってもらえて嬉しかった。私がこの子にしてやれる唯一のことがそれだ。それだけは全うしよう。ずっとずっと迷ってきた気持ちが晴れた。もう迷わない。

気が済むまで美優を泣かせてから、江藤は言った。

「それじゃあ、もう一人のお母さんを探しましょうね。あなたから大事な命を受け継ぐお母さんを」


美優の決断は、華南子にも井川にも伝えられた。

二人ともそのことについては、特に意見を言うことはなかった。美優が悩んだ末に出した決断を尊重してくれたのだ。

美優には、そのことを伝えたい人が他にもいた。

華南子たちに断って、美優は自宅に向かった。行くことは、あらかじめ伝えてあったから、父も家にいるはずだった。決心して向かったはずなのに、家が近づくと足が前に進まなくなった。ひどい言葉を投げつけられて追い出された記憶が蘇《よみがえ》ってきて、自然に体が震えてきた。父と対峙《たいじ》するのも怖かった。しかし、あの時に覚えた感情は、少しずつ変わっていった。

父も母も、自分を大事に育ててくれたのだ。その事実はどんなことがあっても変わらない。そうやって大事に育んできた娘が妊娠し、がむしゃらに産むと言い張った。子どもを産んで育てることの大変さも知らず、覚悟もなく、意地だけを張り通した。そんな娘のあり様が、両親にはよくわかっていたのだろう。

だからこそ、自分の決断を伝えておきたかった。子どもを手放した後の身の振り方についてもわかってもらいたかった。

懐かしい家が見えてきた。門の前で立ち止まった。ここから高校の制服を着て、毎日出かけていたことが、とても遠いことのように思えた。アイアンの門扉を押して、ステップを上がる。ここで迷うと一生後悔すると思い、勇気を出して玄関ドアを開けた。

「ただいま」

ついそう言ってしまって、声が震えた。

すぐに居間の引き戸が開いて、貴子が出てきた。

「美優！」

飛ぶようにやって来て、美優の手を取った。

「元気だったの？　お腹が大きくなったわね」

赤ちゃんのことも訊かれて順調に育っていると答えた。

「さあ、上がりなさい。お父さんも待っているから」

「うん」

靴を脱ぎながら、お産用品を整えてくれたお礼を言った。

「私がこっそり用意したんだけど、結局お父さんにも知れてね。でもお父さんは何も言わなかったの。お産は女の大仕事だもんね。男が口出しすることないわよね」

その言いように驚いた。母は父の言いなりだと思っていた。それとも、母も変わったのか。母の後をついて居間に向かう。ソファに座っている父が見えて、体が硬直した。しかし父の方も、マタニティウエアがすっかり板についた娘の姿に、驚きと戸惑いが混じった表情を浮かべた。

「お父さん、ただいま」

「ああ」

気まずい空気が流れる。

「そんなところに突っ立ってないで、お座りなさい」

貴子に促されて、そろそろと父の真向かいに腰を下ろした。ソファの上の丸いクッションも、ストライプ柄のカーテンも見慣れたものだったのに、今はどこかよそよそしい雰囲気を醸《かも》し出している。ここに属していた自分はもういなくなった。ソファに寝転がり、カーテン越しに庭を眺めていた頃の自分には戻れない。

索然《さくぜん》とした思いに囚《とら》われる。だが、もう後ろは振り向かない。そう決めたのだ。

貴子がサイダーを注いで持ってきてくれた。コップの中で涼やかに泡が立ち昇っている。うつむいて言葉を選んでいるうちに、母の方から近況について訊かれた。グリーンゲイブルズでの仕事にも慣れてきたこと、そこの家族のこと、もうじきマタニティハウスに移って出産に備えることなどを訥々《とつとつ》と語った。ちゃんと妊婦健診に通っていることも伝えた。

表情を変えることなく聞いていた父が、お腹の子が女の子だと言った時だけ、かすかに顔を歪《ゆが》めた気がした。不快感か、それとも感極まったのか。父はすぐに感情を畳み込んでしまったので、見極めることはできなかった。

「そうなの。女の子なの」

貴子は感慨深そうにそう言った。けれどもその先の言葉は出てこなかった。

美優はすっと背筋を伸ばした。

「この子、特別養子縁組にお願いしようと思うの」

お腹を押さえて、声を振り絞った。はっとしたように母が目を見開き、父と顔を見合わせるのがわかった。父はそれでも何も言わなかった。

「自分で決めたの。この子のことを考えて。子どものないご夫婦に大事に育ててもらう方が、きっと幸せになると思ったから」

子どもを手放すという決断は、父の言いなりになることではない。そのことを強調しておきたかった。

「私には、まだこの子を幸せにしてやる力がない。そのことがよくわかったの」

気負いこむことなく、冷静に続ける。

「私は親としての務めを果たせない。だから親になってくれる人を、児相を通じて探してもらうことにしたの」一つ大きく息を吸い込んだ。「私が親としてこの子にしてやれる最善のことが、養子に出すことだって、そう思った」

「美優」

ソファの隣に貴子が寄ってきて、美優の手を取った。その手を何度もさする。

「お父さん」

手を母に預けたまま、父に向かって言った。

「私の知らないことはいっぱいある。そのことにも気づいた。だからこの子を新しいお父さん、お母さんに託したら、働きながら勉強する」

今度こそ、父ははっきりと驚きを顔に表した。

「大学へも行きたい。自分で費用を貯《た》めて」

一気にそこまでしゃべると、すっきりした。

「今日はそのことを知らせに来たの。これからは自分でやっていくわ。だから心配しないで。お父さん、お母さんには迷惑はかけないから」

産後についても、ケースワーカーさんが生活全般について相談に乗ってくれるから、安心してと伝えた。

「今お世話になっているゲストハウスの人たちも、そこへ私を紹介してくれたNPOの人もとてもいい人なの」

美優の手を握った貴子の目が潤んでいる。母の手を優しく振りほどき、大きなお腹を庇いながら立ち上がった。

「じゃあ、もう行くね」

もう一回家の中をぐるりと見渡した。今度ここへ来るのは、いつだろうか。それまでよく憶えておきたかった。

「美優」

父が娘を見上げて声をかけた。一歩踏み出そうとしていた美優も、父を見た。

「お前が子どもを養子に出して、それから働きながら学校へ行きたいという気持ちはよくわかった」

貴子は不安そうな眼差《まなざ》しで、夫と娘を交互に見やった。

「それには反対はしない。お前が勉強をしたいと言うのなら、そうすればいい。だがな――」

父の高圧的な物言いに、どうしても萎縮してしまう。

「だが、働きに出るにしても、学校に通うにしても、この家から通いなさい」

「あなた――」

とうとう母の目から涙が溢れた。

美優はただ言葉もなく立ち尽くすのみだ。父の言ったことが信じられなかった。

「お前には確かにまだまだ学ぶことがたくさんある。そのことに気づいたのなら、それを後押しするのが、親の務めだ。私たちも親だからな」

にこりともせずに言う父に、何と答えていいのかわからなかった。

私は赤ん坊を産むことで親になる。すぐに別の両親に渡してしまうにしても親には変わりがない。だけど親であり、同時に娘でもある。私の親は、やっぱり子どもの幸せを願っているのだ。その重さ、有難さが素直に感じられた。

子どもを産むとはそういうことだ。誰かが誰かの親になり、子どもになり、そうやってつながっていく。

「子どもをちゃんと産んで、立派な親になって来なさい」

それだけを言うと、父はさっと立ち上がって居間から出ていった。その後ろ姿に、美優は深々と頭を下げた。母の嗚咽はまだ続いていた。

グリーンゲイブルズで静かにマタニティハウスに行く日を待った。ここにいるのもそう長い間ではない。華南子からそのことを言い含められた未来は、何かと美優の近くにいたがった。乾いたタオルを畳んでいる美優の手伝いをしてくれながら、おしゃべりをしている。

「美優ちゃんの赤ちゃん、どんな子かなあ。未来、見てみたいなあ。生まれたら、連れてきてくれる？」

「ううん。それはできないの。赤ちゃんはね、別のお父さん、お母さんに育ててもらうことにしたから」

こんな話を未来にするのはよくないのかもしれない。生まれたばかりの時に捨てられて、華南子に引き取られた未来には。だが屈託のない女の子は、率直な疑問を口にする。

「どうして？　美優ちゃんが育てればいいじゃない」

ちらりと華南子に視線を走らせる。華南子はキッチンで洗いものをしながら微笑んで聞いている。華南子の足下に太一がまとわりついていた。

「私もそうしたいんだけどね、でも今はまだちゃんと赤ちゃんを育てられないの。だから赤ちゃんは、赤ちゃんを欲しい欲しいと思っている人に育ててもらうことにしたの」

自分の拙《つたな》い説明で、幼い子を納得させることができるかどうか。未来を傷つけることになりはしないか。そんな不安に駆られた。

「ふうん、そうなんだ」未来は考え込む仕草をする。「赤ちゃん、新しいお父さんとお母さんのところに行くのか」

それからぱっと明るい顔になった。

「でも、いつか美優ちゃんのことを捜して来てくれるかもしれないよ」

驚いて、洗濯物を畳む手が止まった。華南子は穏やかな表情を崩さない。そういうことも、この親子の間では話題になるのかもしれない。純真な未来は、思ったことをすぐに口にする。それに華南子も井川も真摯《しんし》に答えている。

美優はつい尋ねてしまった。

「未来ちゃんは、未来ちゃんを産んでくれたお母さんに会いたいの？」

「うん、会いたい」

即答されて美優の方がうろたえた。

「どうして？」

声が震えた。よそにやる子と自分の、その後のことなど考えたことがなかった。

「だって、産んでくれた人もお母さんだもん。その人が産んでくれなかったら、未来はお母さんと会えなかったんだよ」

あ、お母さんはこのお母さんのことね、と華南子を指差した。

「ね？」と華南子に同意を求める未来に、華南子は「そうね」と答える。

それを聞いて、華南子の脚にまとわりついていた太一が「お母さん、お母さん」と甘えた声を出した。行方不明事件以来、太一は華南子のことを未来に倣って「お母さん」と呼ぶようになった。それを華南子は正そうとはしない。

「呼び方なんかどうだっていいわ」と鷹揚《おうよう》に構えている。

グリーンゲイブルズのかりそめの家族は、不思議な絆でつながっている。

江藤から、養親になる夫婦が決まったと連絡が入った。北陸地方に住んでいる夫婦だという。

「そんなに遠くから？」

「まだ名前は伝えられないけれど、いい方よ」

三十代後半の夫婦だという。

「長い間不妊治療を続けていたんだけれど、どうしてもお子さんには恵まれなかったの。それで特別養子縁組を希望されて、研修も熱心に受けられているのよ。お子さんに出会えるのを楽しみにしていらっしゃる。きっと赤ちゃんを慈しんでくださるから、安心してね」

今回は、立川児童相談所から他県の児相や医療機関、福祉団体などのネットワークへ話がつながり、養親が決められたようだ。児相の担当者からの、これから生まれる赤ちゃんの親になってくれませんかという連絡を受けた時、電話の向こうで養親候補さんは感極まって泣き崩れたという。どれほどその瞬間を待ちわびていたことか。図らずも子に恵まれなかった夫婦は、子育てする日を長い間夢見ていたのだ。

もし双方が希望するなら、お産の前に会うことも可能だと江藤は告げた。

「会いたいです」自分でも驚いたことに、すぐに言葉が出た。「どんな方がこの子を育ててくださるのか知っておきたいし、それによくお願いしたいの。赤ちゃんのこと」

「わかった。向こうの担当者さんから意向を訊いてもらうね」

未来の様子をそばで見ていなかったら、きっと養親に会うことを拒んでいただろう。産んだ子を手放すことに後ろめたさを感じ、自分の代わりに子どもを引き受けてくれた人の顔などまともに見られないと考えたに違いない。

でも今は、堂々と子どもの幸せを願ってやれる。「産んだお母さん」には、その資格があると思うし、どこかでつながっていられるという確信があった。将来、会えるかもしれないし、もう二度と会うことはないかもしれない。それでもいいと思えた。

――子どもはね、自分で自分を育てる力を持っているんだ。

類子の言葉も美優の決心を後押ししてくれた。太一の様子を見に来た児相の北村に、「太一はうちの子だよ。どこにもやらない」と言い放った果敢な老女。

月の光は弱いけれど、全世界を照らしている。月の光の届く距離に自分が産んだ子がいると思えば、寂しくはなかった。これから夜空の月を見る度に、そのことを思うだろう。江藤に、別れていく赤ちゃんに手紙を書いたらと言われて、自分の思いを綴《つづ》った。長い手紙だと成長した子どもが読んだ時に負担に思うといけないと思い、短い文にした。短いけれど、今の美優の素直な思いが凝縮した手紙だ。

それから働いて得たバイト代で、ベビーリングを買った。小さな真珠が一つだけ付いたベビーリングだ。ネットで買った。高いものではない。それでも、どうしても真珠が付いたデザインにしたかった。真珠は月を思わせるから。それを手紙と一緒に新しいお父さん、お母さんに渡すつもりだった。初めての、そして最後になる子どもへのプレゼントだ。

届いた小さなリングを手のひらの上に載せてみた。まろやかな、透明感のある真珠の光沢に見入る。光を反射しているようで、吸収しているようでもある。内側から発光しているようにも見える。美優のことを「内側から輝いてる」と言ってくれた華南子の言葉を思い出した。

いつか子どもが大きくなった時、この手紙とリングを見て、同じように思ってくれたら嬉しい。それだけで満足だ。

美優の決心を知った千沙が訪ねて来てくれた。

「千沙さんに会った時、どうしてもこの子を産んで自力で育てるって言い張ってたけど、やっぱりこうすることに決めたの」

美優の部屋で千沙と向き合い、そう告げた。

「美優ちゃんの決めたことだもの。私は応援するよ」

「ありがとう。今、私がこの子にしてやれる一番のことを考えたの。そしてこれがいいって思ったの」

「そうね。その勇気もお母さんとして必要なものだよ」

「きっと大事に大事に育ててくれると思うの。長い間子どもを望んできたご夫婦らしいから」

江藤と打ち合わせたことを伝えた。出産前に一度面談をさせてもらうよう頼んだこと。いよいよ陣痛が始まったら、養親たちが産婦人科に駆け付けてきて、待機してくれること。名前は新しい両親に付けてもらうこと。美優は一度だけ我が子を抱いてひと時を過ごした後、彼らに渡す段取りになっていること。養親は、美優が赤ちゃんを抱いた写真を一枚だけ撮らせてくれるように言っていること。将来、子どもが「私を産んでくれたお母さんはどんな人？」と訊くことがあったら見せるつもりだそうだ。彼らは子どもには、早い時期に真実告知をすると決めているという。

養親はその後、自宅に赤ん坊を連れて帰ること。

「そっか」

努めて淡々と話す美優の、でもその裏側にある複雑な思いを見て取ったように、千沙は短く答えた。この心境に至るまで、たくさんのことがあったことを、千沙は知っている。美優が産後は家に戻って、働きながら学校に通うという選択をしたことも喜んでくれた。

美優は、真珠のベビーリングを千沙に見せた。

千沙はそれをじっと見詰めていた。

「これを生まれた赤ちゃんにあげるの。手紙と一緒に」

「いいね」

真珠を人差し指でそっと転がす。

「アコヤガイはね、体の中に異物が入ってくると、痛くて痛くてたまらないの。だから、それを自分が分泌した真珠質で巻いていくんだって。何重にも層になるくらいにね。そしたら、こんなにきれいな珠《たま》になるの」

真珠の部分を摘まみ上げて、光にかざす仕草をする。

「不思議でしょう。痛い思いをした分、こんなに美しくなるんだもの」

そして美優の手にリングを返した。

「美優ちゃんの気持ち、きっと子どもに伝わると思うな」

千沙は少し離れた両目を細めて、にっと笑った。

盆を過ぎると、美優は少しずつ身の回りの整理を始めた。

グリーンゲイブルズで過ごしたのは短い間だったが、人生の大きな決断をした場所だ。これからの人生でも決して忘れることはないだろう。見慣れた奥多摩の景色も、きっと懐かしく思い出すことだろう。

そんな美優に、井川が木彫りの作品を一つくれた。片手で包み込んでしまえるほどの平べったい円形のもの。この前彼と話した時、作業所で彫っていたものだと気づいた。微妙な窪《くぼ》みがついていて、見ようによっては、胎児が丸まっているように見える。離れて見ると、満月にも見える。

しばらくその造形に見入ってしまった。それから何度も撫でた。

「ありがとうございます。大事にします」

そう言うと、井川は満足そうに笑った。

その日、未来と太一とを連れて、多摩川の河原を歩いた。石がごろごろしていたから、未来は美優の手を握って「大丈夫？　転ばないでよ」と心配してくれた。

太一は河原にある石を夢中で拾い集めていた。

「これはクジラ」

「これは牛の角」

「これはおにぎり」

美優と未来のところへいちいち持ってきて、石から連想する形を言う。いつも井川の作業所で遊んでいる太一は、想像力が豊かだ。

川面《かわも》を渡ってくる風は、明らかに秋のそれで、季節が確実に移り変わってきていることが実感できた。未来と太一に釣られて手を入れた川の水は冷たく、さざ波が反射する光は深い色を湛《たた》えていた。川岸に生えた木々は、葉を振るい落とす準備が整ったように静かなたたずまいだ。もうすでに、厳しい季節の到来を予感しているような気配がする。

何もかもが前に向かって進んでいる。赤ん坊でさえ、生まれ出ようとする覚悟が決まったみたいにお腹の中でだんだん下がってきて、じっとしている。

もうここで足踏みしているわけにはいかない。この子をちゃんと産んで、この世に送り出してやらなければならない。そして、新しい両親にきちんと渡して、別れを告げる。それが美優に課された重要な仕事だった。一人の子の人生の始まりにだけは責任を持たなければ。

准也はどうしているだろうか。長い間思うことがなかったのに、ふと彼のことを思った。別れてしまい、もしかしたらもう二度と会うことはないかもしれないけれど、この子の父親であることには変わりはない。きっと准也も、もうすぐ生まれるはずの我が子のことを時折考えていることだろう。そしてこれからも何かの折に触れ、顔を見たこともない子どものことを思うに違いない。

そのことは手紙にも書いた。もし将来、娘が自分のルーツを知りたいと美優のところへ来た時には、父親がどんな人だったか、教えてやらねばならない。そういう時が来るかどうかはわからないが、自分がこの世に生み出した子に恥じない生き方はしようと思う。

未来と太一と手をつないで、グリーンゲイブルズへ続く緩い坂道を上がった。前庭のメイフラワーの木の下に、車椅子に座った類子とそばに寄りそう華南子が見えた。二人で何か言葉を交わしているようだ。

時に鋭い刃のように飛んでくる類子の皮肉やわがままをさらりとかわす華南子のやり様を見ていると、この親子の間にある強くて深い絆を感じる。それは愛情やかなしみ、赦《ゆる》しのような複雑な感情に裏打ちされたもののような気がする。確たる絆があるからこそ、類子の認知症による物忘れや頑迷さを、華南子は優しく受け止めているのだろう。

こうして寄り添ってきた親子の長い歴史には、計り知れないものがある。

「おやおや」

三人がメイフラワーの近くに寄っていくと、類子が顔をこちらに向けた。

「子ども三人が仲良く手をつないで来たと思ったら、一人はもうすぐ母親になるっていうんだからね。世の中変わったもんだ」

「お母さんったら」

華南子が困った顔を美優に向けた。類子の物言いに慣れている美優は気にならなかった。

「ばあちゃん、ほんとは寂しいんだよ。美優ちゃんがいなくなると」

未来がクククッと笑った。

「そうね。おばあちゃんの愚痴や自慢話を聞いてくれる人がいなくなるもんね」

華南子がやんわりとやり返した。類子は「ふん」とそっぽを向く。

二人の頭上でメイフラワーの葉がさらさらと鳴っている。華南子は梢《こずえ》を見上げた。

「九月になると、この木には赤い実が生《な》るのよ。きれいな実なの。それを美優ちゃんに見せてあげられないのは残念ね」

「その実を採って、ジャムを作るんだよね」

未来の言葉に、太一が「ジャム、ジャム」とぴょんぴょん飛び跳ねた。

「太一はまだ食べたことがないね。一緒に作ろうね」

華南子が太一の頭を撫でた。

「お母さんがこの木を植えたんでしょ？　いいね。お花もきれいだし、実も食べられるし」

未来が葉っぱを触りながら言った。細かなギザギザに囲まれた葉だった。

「『赤毛のアン』に出てくる花だからだろ？　いつまで経っても娘気分だよ。しょうがないね」類子が反撃に出た。「結婚もしないで夢みたいなことばっかり言うんだから、困ったもんだ」

「困ったもんだ」

太一が類子の口真似をして、華南子と未来がぷっと噴き出した。

「太一」

類子は厳しい顔で太一を見下ろした。

「あんたの家はここだからね。迷子になんかなるんじゃないよ。この木が目印だよ」

「そうそう。春には白い花が咲いて、秋には赤い実が生る木ね！」

未来が続けた言葉を無視して、類子は自分で車椅子をくるりと回した。

「未来、部屋まで連れていっておくれ。ここは暑くてかなわないよ」

「はいはい」

その時、坂の下からバンが上がってきた。いつも来る食品加工場の車だ。助手席に久登が座っていた。メイフラワーの木の前で停まったバンの両方のドアが開いて、加工場の主人と久登が降りてきた。

「そこで久登を拾ってきた」

小柄な主人が大きな声で言った。

「乗せてもらえてラッキーだった！」

友だちの家に遊びに行っていた久登が笑った。鼻の上に細かな汗が浮かんでいた。

「それなら、荷物、下ろすの手伝え」

主人に言われて久登は、バンの後ろに回った。主人はハッチバックを開いて、頭を突っ込んだ。

「ああ、そうだ。いいもん持って来てやったんだ」

青いキャリーを取り出してくる。ほら、と見せたその中に、黄色くて丸い果物が数個入っていた。車椅子に座って、不機嫌そうに動き回る人々の様子を見ていた類子が、大きく目を見開いた。

「おや、珍しい。マクワウリじゃないか」

「そうだ。さすがばあちゃん、よく知ってるな」

出入りの業者に親しそうに声をかけられて、類子はまたむっとした表情に戻った。

「なに？　マクワウリって」

未来がすべすべした果物を手で撫でながら問うた。

「冷やして食ったらうまいぞう！　メロンよりうまい」

業者の乱暴な口のきき方に、類子の眉間に皺が寄った。

「ええ？　ほんとに？　メロンよりも？」

「ほんとさ。薄切りにしてサラダに入れてもおいしい」

調布市《ちょうふ》で伝統野菜を作っている農家があって、そこでもらってきたのだと彼は言った。

「サラダに？」

久登が疑わしそうに言ったのを、華南子がからかう。

「久登、野菜が嫌いだもんね」

「いい匂いがするよ。ほんと、メロンみたいな匂いだ」

未来の言葉に類子も「どれ」と顔を近づけた。

「懐かしい匂いだ。子どもの頃によく食べたもんだ」

ハッチバックから他の野菜や加工品を下ろしながら、加工場の主人はガラガラ声を出す。

「旬の野菜は体にいいんだぜ」

類子の車椅子を押した未来と、華南子が並んで家の中に入っていった。その後ろを美優もゆっくりついていく。荷物を下ろしてキッチンまで運んだ加工場の主人も、バンに戻った。ウィンドウを下ろして顔を出す。

「久登、ちゃんと野菜を食えよ」

「うん」

バンのエンジンがかかって、動き出した時、作業所の方から井川がやって来た。

「カメ！」

「おう！　明良」

この二人は昔からの知り合いだと言っていた。バンのそばに寄っていった井川が立ち話をしている。

「どうだ？　今年の夏野菜の出来は」

「雨が少なかったからなあ。どこの農家も苦労してるよ。うちの仕事も野菜ができないとさっぱりだからな。まあ、何とか走り回って集めてるよ。そのうちシソの実の佃煮《つくだに》ができたら持って来てやるよ」

井川は朗らかに笑った。

「何だよ」

「いや、いつも思うんだけど、カメにぴったりの仕事だなと思って」

「うるせえ！　もう行くぜ」

加工場のバンは、エンジンの音を響かせて行ってしまった。

美優の目の前を、赤とんぼがついっと飛んだ。

吹き渡る風に乗って高みに昇っていく。見上げた空には、白い月が浮かんでいた。青い空と白い月に目を凝らしていると、お腹の子がぐっと体を動かした。思わずそこに手をやる。

「もうすぐだよ。もうすぐ会えるよ」

思わずそんな言葉が口から漏れた。

それに応えるように、もう一回動いた。この子の顔を見たら、何と声をかけてやろう。

そこには新しいお父さんとお母さんもいるはずだけど、やっぱり私が一番に声をかけよう。

生まれて初めて見た人のことを、この子は憶えてはいないだろう。

だけど、網膜に残る些細《ささい》な記憶になるように。私のお腹の中を「初めにいた場所」とどこかに刻みつけてくれるように。

小さな目を覗き込んで、そして——。

参考文献

『「真に」子どもにやさしい国をめざして　児童福祉法等改正をめぐる実記』塩崎恭久・著（未来叢書）
『「赤ちゃん縁組」で虐待死をなくす　愛知方式がつないだ命』矢満田篤二　萬屋育子・著（光文社新書）
『里親になりませんか　子どもを救う制度と周辺知識』吉田菜穂子・著（日本法令）
『漂流少女　夜の街に居場所を求めて』橘ジュン・著（太郎次郎社エディタス）
『女性たちの貧困　〝新たな連鎖〟の衝撃』ＮＨＫ「女性の貧困」取材班・著（幻冬舎）
『援助交際』黒沼克史・著（文春文庫）
『制服少女たちの選択 After 10 Years』宮台真司・著（朝日文庫）
『新宿歌舞伎町交番』久保博司・著（講談社文庫）
『新宿・歌舞伎町　人はなぜ〈夜の街〉を求めるのか』手塚マキ・著（幻冬舎新書）
『赤毛のアン』Ｌ・Ｍ・モンゴメリ・著　松本侑子・訳（集英社文庫）
「精子および卵子バンクの現状とその社会的影響」李文昇・著（「東洋哲学研究所紀要」18号掲載記事）
「私の父親はだれなのか　ルーツを知ろうともがく人たち」（「朝日新聞 GLOBE ＋」２０１４年6月1日付記事）

本書を書くにあたり、長年、児童福祉に携わってこられた梶川直裕さんと石丸世志さんに専門的なアドバイスをいただきました。この場を借りてお礼を申し上げます。（著者）

解説

大矢博子《おおやひろこ》（文芸評論家）

本書の話をする前に、二〇一九年に刊行された『展望塔のラプンツェル』の話から始めたい。児童虐待をテーマにした社会派にして技巧的なミステリで、第33回山本周五郎賞の候補になった他、「本の雑誌が選ぶ2019年度ベスト10」の第一位に選ばれるなど、高い評価を受けた作品である。宇佐美作品の中でも、代表作のひとつと言っていいだろう。

『展望塔のラプンツェル』は、決して治安がいいとは言えない町を舞台に、虐待されている子どもたちを救うために駆け回る児童相談所やこども家庭支援センターの職員の描写が中心になる。並行して、性的虐待を受けてきた少女が育児放棄をされているらしい幼児を助けようとする話、そして子どもを望みながら妊娠できずに悩む主婦の話が語られる。この三つのパートがどんな形で融合していくかというのが大きな読みどころだ。

辛《つら》い状況にある子どもたちが居場所を見つけることができたり、福祉の手に委ねられたり、虐待していた親が逮捕されたりするとほっとした。だが終盤、（ミステリなのでその顚末《てんまつ》を具体的には明かせないが）かつて被虐待児童だったという大人が登場した場面で、あることに気付かされたのだ。

たとえ困難な環境から抜け出せたとしても、それはまだハッピーエンドではない。なぜなら彼ら・彼女らの人生は続くのだから。いや、そこから先の方が長いのだ。『展望塔のラプンツェル』に登場した子どもたちはその後どうなったのか。元被虐待児童だった大人は何を経て今の自分を摑《つか》んだのか。保護されるのが子どもだということを考えれば、その後も多くの人々が彼らの成長にかかわっていたはずだ。しかも子どもは皆、年齢も性別も事情も異なるのだからサポートもひとつではないだろう。そこにはどんな制度があり、どんな支援があるのか。

そんなことを考えていたときに、本書『月の光の届く距離』が刊行された。答えがここにあった。なるほど、『月の光の届く距離』は『展望塔のラプンツェル』の続きであり、アンサーソングなのだ。


ということで前振りが長くなったが、『月の光の届く距離』である。

十七歳で予期せぬ妊娠をしてしまった美優《みゆ》。お腹《なか》の子の父親である同級生からは突き放され、母には泣かれ、父親は激怒。もともと真面目で世間知らずの高校生だった美優は道を踏み外すこともできず、行き場をなくしてついには自死を考える。そこで出会ったのが、居場所や生計の手段を失った子を支援するNPO団体の千沙《ちさ》だ。

千沙は美優を保護したのち、住み込みで働けるグリーンゲイブルズというゲストハウスを紹介する。そのゲストハウスを切り盛りする明良《あきら》と華南子《かなこ》の兄妹《きょうだい》は、里親として三人の子どもを引き取って育てているという。同世代以外と付き合ったことのない美優は、このゲストハウスでさまざまな体験をしながら、出産とその後について考え始める——。

というのが第一章のあらましである。なるほど、里親か、と膝《ひざ》を打った。里親制度とは事情のある子どもを児童養護施設ではなく一般家庭で預かり養育する制度だ。実の親のところに戻るケースもあれば成長して巣立っていくケースもある。『展望塔のラプンツェル』の子どもたちも、こういう場所に引き取られたのかもしれない。美優もとりあえず落ち着き先ができてよかった——いや、違う。

よかった、で終わってはいけないのだ。それこそが本書のテーマであり、本書が『展望塔のラプンツェル』のアンサーソングであるという所以《ゆえん》だ。

第二章以降、物語は明良と華南子の過去が語られる。いやあ、これが！　どこまで書いていいものか悩むが、ふたりとも種類は違えど「世間で一般的と呼ばれる家族」で育ったわけではないのだ。両親の離婚、母の再婚に伴って父と暮らすことになった明良は、風来坊のような父親に振り回され、居場所を夜の歌舞伎町に求めるようになる。華南子は有名人の母のもとで何一つ不自由ない暮らしをしていたが、母は独身のまま華南子を出産しており、父親がどこの誰なのかは知らされない。

そんなふたりがなぜ兄妹として里親をやっているのか。そこに至るまでの物語は圧巻だ。あまりにもドラマティックで、何度もページをめくる手が止まった。そして読者は気づくのだ。これは家族とは何かを問う物語であり、恩送りの物語なのだ、と。

親に翻弄され、夜の繁華街を根城にするようになった明良は、同じように夜の街に集まってくる少女たちと出会う。その中には、ひどい性的虐待を受けて逃げてきた少女がいて、その少女を守ろうとする別の少女がいた（この構図は『展望塔のラプンツェル』のナギサとハレを彷彿《ほうふつ》させる）。また、そんな明良に対して、彼を受け入れ、見守り、生きる道を示してくれた大人もいた。そんな出会いのひとつひとつが明良という人間を作っていく。ここに浮かび上がるのは、彼を守り、救い、彼の居場所となったのは、血のつながった父や母ではない別の人々だったということだ。

華南子についてはまったく事情が異なるが、こちらはこちらで衝撃的な事実が明らかになる。それはここには書かないでおくが、これもまた、家族というものは血のつながりがすべてではない、ということを明確に表している。

『展望塔のラプンツェル』にも、辛い目に遭っている子どもを助けたいと思う年長者が何人も登場する。引き取って自分が育てたいとまで考える人もいる。彼らを別の形で登場させたのが本書だ。子どもの頃に居場所がなかった。虐待されていた。逃げ場がなかった。そんな人たちが家族以外との場所で救われ、つながりを持ち、そして自分たちと同じような境遇の子どもたちを救う側になる。そしてその行為により、「かつて可哀想《かわいそう》な子どもだった」自分たちもまた救われるのだ。

なんと優しい物語だろう。なんと気高い物語だろう。

里親制度は、ただ子どもを救う方策のひとつというだけではない。血のつながりはなくても家族になれるのだという福音だ。グリーンゲイブルズを巣立った青年が、まるで里帰りのように顔を出すのがその証左である。

その一方で、血のつながった親子の情にも、著者は筆を割く。美優を心配する母親もそうだし、美優自身もそうだ。事情があってともに暮らせない、里親や養子縁組という形で我が子を他人に託さざるを得ない親も大勢いる。だからといってそこに愛情がないわけではない。子どもを虐待する親がいる一方で、ともに暮らせない我が子を月の光のように見守り、その幸せを願う親もいるのだ。

互いが互いの居場所であること。どちらかがどちらかを一方的に縛るのではなく、ともに幸せになろうと思えること。それこそが家族なのではないだろうか。

作中の一文を引用する。

〈里親制度も養子縁組も、命のリレーをしているのだ。産みの親も育ての親も、ただ我

が子の幸せを願っている。そして生きる力に溢れた子は、二つの思いを受けて、ぐんぐんと大きくなる〉

『展望塔のラプンツェル』の、元被虐待児童だった大人たちも、本書のような出会いがあったのだろう、実の家族には恵まれなくても他のところに「家族」と呼べる人たちがいたのだろうと、胸があたたかくなった。本書は里親や養子縁組という「命のリレー」を描いているが、誰かの居場所になろうという思いもまたリレーされていくのだと、この二冊を読んでしみじみと感じ入ったのである。

宇佐美まことは二〇〇七年、『るんびにの子供』（角川ホラー文庫）でデビュー。以来、ホラーやミステリのジャンルで頭角を現すが、『展望塔のラプンツェル』を境に作品の幅が大きく広がったように思える。小笠原の歴史を題材にした『ボニン浄土』（小学館文庫）もまた家族の話であり、『羊は安らかに草を食《は》み』（祥伝社）は人生の黄昏期を迎えた人々の記憶と歴史の物語である。この二作もともに、記憶や思いのリレーを描いている。

進化する宇佐美まことにとって、『展望塔のラプンツェル』と『月の光の届く距離』は明らかに飛躍の二冊だったのだ。思いがリレーされていく物語を、どうかたっぷりと味わっていただきたい。

二〇二二年一月　光文社刊
この物語はフィクションであり、登場する人物および
団体名等は実在するものといっさい関係ありません。

光文社文庫

月《つき》の光《ひかり》の届《とど》く距離《きょり》
著　者　宇佐美《うさみ》まこと

2024年11月20日　初版1刷発行

発行者　三　宅　貴　久
印　刷　新　藤　慶　昌　堂
製　本　ナ　シ　ョ　ナ　ル　製　本

発行所　株式会社　光　文　社
〒112-8011　東京都文京区音羽1-16-6
電話（03）5395-8147　編　集　部
8116　書籍販売部
8125　制　作　部

ISBN978-4-334-10493-1　Printed in Japan

組版　萩原印刷